德谟斯提尼演说集
II

〔古希腊〕德谟斯提尼 著

芝人 译

广西师范大学出版社
·桂林·

德谟斯提尼演说集 II
DEMOSTHENES YANSHUO JI II

图书在版编目（CIP）数据

德谟斯提尼演说集. II /（古希腊）德谟斯提尼著；
芝人译. —桂林：广西师范大学出版社，2020.2
ISBN 978-7-5598-2513-1

Ⅰ. ①德… Ⅱ. ①德…②芝… Ⅲ. ①政治家－演讲－古希腊－选集 Ⅳ. ①I545.62②D59

中国版本图书馆 CIP 数据核字（2019）第 292448 号

广西师范大学出版社出版发行

（广西桂林市五里店路9号　邮政编码：541004
网址：http://www.bbtpress.com）
出版人：黄轩庄
全国新华书店经销
广西广大印务有限责任公司印刷
（桂林市临桂区秧塘工业园西城大道北侧广西师范大学出版社集团有限公司创意产业园内　邮政编码：541199）
开本：787 mm × 1 092 mm　1/32
印张：9.75　　　　字数：200千字
2020年2月第1版　　2020年2月第1次印刷
定价：59.00元

如发现印装质量问题，影响阅读，请与出版社发行部门联系调换。

德谟斯提尼（前384—前322）

目 录

译者弁言	001
作品第 18 号　金冠辞	001
作品第 19 号　为奉使无状事	139
附　录	275
《金冠辞》提要	276
《为奉使无状事》提要	278
人名专名索引	279
地名索引	290

译者弁言

作者生平

德谟斯提尼（Δημοσθένης），生于公元前 384 年，少年失怙，见监护人挥霍家产，因而发愤学习法律。前 366 年，他甫一成年，即将原监护人告上法庭，从此开始了他的法律生涯，很快闻名于雅典。其后，他投身政坛，主张雅典积极参与国际事务，重振国际地位。他将马其顿国王腓力视为雅典的头号敌人，曾作数篇《反腓力辞》。前 346 年，雅典与马其顿缔和，德谟斯提尼参与了谈判工作，但很快转而反对该和约，推动建立反马其顿联盟。前 338 年，腓力进入中希腊，德谟斯提尼一力促成雅典与忒拜联手对抗，从而有喀罗尼亚之役。此役败绩之后，雅典再无能力对抗马其顿，但德谟斯提尼的反马其顿态度并无改变，腓力于前 336 年遇刺身亡之时，他公开庆祝。亚历山大继位后，曾要求雅典将他交出，但随后听取了雅典使团的劝说，并未坚持。前 324 年，马其顿高官哈耳帕罗斯携巨款逃至雅典，德谟斯提尼参与了对其钱财的处理，因而卷入亏空丑闻，遭到流放，但不久又被迎回。前 323 年，亚历山大去世，德谟斯提尼支持雅典起兵反抗马其顿。

次年，雅典战败投降，马其顿摄政安提帕特要求雅典交出德谟斯提尼，他逃入海岛神殿之中，追兵踵至，他便服毒自尽。

德谟斯提尼向被推崇为雅典最为伟大的演说家，其作品覆盖公共政策、公务诉讼、私人诉讼等方面，是反映雅典历史与社会面貌的宝贵资料，也是优秀的文学作品。今存《演说集》六十一篇（某些篇章为托名阑入）、《演说开篇集》五十六篇（存疑）、《书信集》六篇（存疑）。

《为奉使无状事》解题

前346年初，雅典派出十人使团前往马其顿议和，其中成员有德谟斯提尼与埃斯基涅斯。双方达成初步意向之后，雅典方面批准了和约，并举行了宣誓仪式，随后派遣同一群使节前去马其顿，监督腓力进行宣誓。腓力在宣誓之前扩大了他在色雷斯地区的控制范围，宣誓之后，又迅速占据温泉关，迫使雅典的盟邦福基斯投降。雅典本以为达成和约之后可以约束腓力，保持议和时原有态势，也可为福基斯争取到体面和平，结果全部落空。因此，雅典内部对和约及相关和谈工作大为不满。

使团成员作为公务人员，在离职时需接受述职审查，其间任何人均可告发其任职不法情事，此等控诉经过初步审核之后即可提交法庭。在使团第二次出使返回接受述职审查时，德谟斯提尼即控诉埃斯基涅斯在出使过程中出卖国家利益，并指称其动机系受了腓力收买。

埃斯基涅斯立即反控与德谟斯提尼一同发起控诉的提马耳科斯，指称其操持贱业、挥霍家产，按法律应丧失发起此类控诉的权利。该演说几可称为雅典法庭演说辞中捕风捉影之典型，但结果大获成功。

德谟斯提尼受此挫折之后，并未放弃，前343年，此案正式开庭，德谟斯提尼便发表了本篇演说。埃斯基涅斯发表同名演说自辩，得获开释，但其自辩内容主要集中在细节与动机之上，并未驳倒对和约整体的攻击，因而一般认为此案结果仍是德谟斯提尼在政治上的胜利。

此篇的常用希腊文标题"Περὶ τῆς Παραπρεσβείας"与拉丁文标题"De Falsa Legatione"系来自正文第191节及以下三句话，而英文标题"On the False Embassy"则译自拉丁文标题。

> 如果说，雅典人啊，我要控告他犯下了提案违宪、奉使无状（παραπρεσβείας）或是其他什么这类罪行……
> ——德谟斯提尼《控诉墨狄阿斯》第5节

> 他控告埃斯基涅斯奉使无状（τῆς παραπρεσβείας）的那篇作品是否实际演讲过，并无一定之说，伊多墨涅宇斯倒是说了，埃斯基涅斯是凭着三十票之差而被开释的。
> ——普鲁塔克《德谟斯提尼传》第15章第3节

> 他有很多整体精巧的演说，例如针对勒普提涅斯的那篇，有很多整体严肃的演说，例如某几篇反腓力辞，还有很多风格多变

译者弁言　003

的演说,例如为奉使无状(falsae legationis)而针对埃斯基涅斯的那篇,或是为克忒西丰辩护而针对同一人的那篇。

——西塞罗《演说家(致布鲁图)》第31章第111节

至于中文标题,则历来不定,有称为《使团辞》或《伪使辞》的,似均未反映其实际控诉内容。此次翻译,取《后汉书》卷二十六《伏湛·子隆》"臣隆奉使无状"(李贤注:"言罪大也。")之语为题。

作品序号为后世编者所加,与创作发表时间无关,因此本演说虽早出于《金冠辞》,但序号在后。

《金冠辞》解题

前338年,雅典惨败于喀罗尼亚之役,城中震恐,腓力出于多方考虑,向雅典提出了相当宽大的和平条件,雅典接受。德谟斯提尼的政敌随即多次对他提起控诉,但未能撼动他在政坛上的地位。前336年,他的支持者克忒西丰提议向他授予冠冕,这类提案在雅典相当常见,并非殊荣,然而埃斯基涅斯认为这是一个攻击德谟斯提尼的大好机会,便揪住其中的几个技术性违规之处,控诉克忒西丰提案违宪。一般认为埃斯基涅斯在技术性问题上似乎确有一定依据,但即使是他本人,实际也并不以此为重点,而是试图借此场合对德谟斯提尼的整个政治生涯作一个全盘否定的总结,其发言主要内容也都集中于此,大要是将德谟斯提尼描述为一个反复无常、贪婪愚蠢的小人，并称其政策为雅典带来了重大灾难。

该案于前330年正式开庭，德谟斯提尼为克忒西丰辩护，同样将技术性问题轻轻略过，而把主要精力放在对本人政策的回顾之上。这篇演说无论在整体立意还是在细节处理上，都足可居雅典法庭演说辞之冠。千古之下，赞不绝口，在当时法庭之上，也是大获全胜，埃斯基涅斯甚至未能获得五分之一的票数，于是出走异邦。

此篇中文名《金冠辞》沿用已久，今译不改。

文本说明

《金冠辞》系根据2002年牛津古典文本（Oxford Classical Texts）迪尔茨（M. R. Dilts）编校本（*Demosthenis Orationes: Tomus I*, Oxford University Press）翻译，在文本方面参照了1904年古德温（W. W. Goodwin）注释本（*Demosthenes on the Crown*, Macmillan Company）。① 并参考了1912年皮卡德（A. W. Pickard）英译本（*The Public Orations of Demosthenes*, Clarendon Press）、1926年洛布古典丛书（Loeb Classical Library）文斯

---

① 两本之间词形或拼写不同时择要注出。原标点符号，译文酌情修改，不强求一致。分节按牛津本，但牛津本将各种"文献"的标题放在前一节末，均将"文献"的正文标注为赘文（除《金冠辞》第289节铭文不完全确定），本书则将标题放在其正文开始处的该节中，赘文则以〔〕标出。

兄弟（C. A. Vince & J. H. Vince）英译本（*Orations 18-19: De Corona, De Falsa Legatione*, Harvard University Press）、2005年尤尼斯（Harvey Yunis）英译本（*Demosthenes Speeches 18 and 19*, University of Texas Press）、1895年英希对照本（*The Oration of Demosthenes on the Crown, Classic Interlinear Translations*, Arthur Hinds & Co.）、1861年斯蒂埃夫纳（J. F. Stiévenart）法译本（*Œuvres Complètes de Démosthène et d'Eschine*, Firmin Didot Frère Fils et Cie）、1847年钱普林（J. T. Champlin）注释本（*The Oration of Demosthenes on the Crown*, J. Monroe & Co.）。

《为奉使无状事》则系根据2005年牛津古典文本迪尔茨编校本（*Demosthenis Orationes: Tomus II*, Oxford University Press）翻译。并参考了2005年尤尼斯英译本、1926年洛布古典丛书文斯兄弟英译本、1912年皮卡德英译本、1861年斯蒂埃夫纳法译本、1886年希勒托（Richard Shiletto）注释本（*Demosthenis de Falsa Legatione*, Deighton, Bell & Co.）。

编辑又在此两篇译文基础上，参考了2010年西洋古典丛书木曾明子日译本（《デモステネス 弁論集2》，京都大学学术出版会）。

关于雅典历的日期

书中多有提及日期之处，先在此特作说明。

雅典历各月份译名列表于下：

希腊语月份名	本书译名	约相当于中国农历月份*
Ἑκατομβαιών	正月	六月
Μεταγειτνιών	二月	七月
Βοηδρομιών	三月	八月
Πυανεψιών	四月	九月
Μαιμακτηριών	五月	十月
Ποσειδεών	六月	十一月
Γαμηλιών	七月	十二月
Ἀνθεστηριών	八月	正月
Ἐλαφηβολιών	九月	二月
Μουνιχιών	十月	三月
Θαργηλιών	十一月	四月
Σκιροφοριών	十二月	五月

*按现代（夏正）月份，不考虑公元前4世纪中国可能使用周正的情况。

当时科学家已发现十九年七闰之规律，但置闰并未完全按照科学规律，而是比较随意。雅典人喜用闰六月，但闰正、二、七、八月亦尝在记录中出现。雅典历中并无一整套与中国的节气相当的概念，因而也就没有按中气置闰的要求。雅典人一般并不用"闰某月"的说法，比如闰六月通常仍称六月，即该年有两个六月，本书就不细考提及月份时是否是闰月，而均简单译作"某月"了。

雅典人也按十个部落将一年划分成十个"主席团任期"，在一些文件中会出现"某某部落正担任主席团"的字样，但通常并不用来标记日期，而仍是以上面这些月份名称为主。

在一月中计日时，雅典人可能以朔、望、晦日之一为基准，而不是一定从一到三十依次计数。本书尽量保持原有计日方法，计日如以朔日为基准则仍称"初一"、"十二"等，如以晦日为基准则称"倒数第某日（天）"。

注释中公历换算悉据文斯兄弟译本的前言及注释。公历年月日一律使用阿拉伯数字，以示区别。

本书的缘起仅是翻译《金冠辞》这一篇向称雅典古代演说之冠的作品，但随即发现，若无《为奉使无状事》及埃斯基涅斯各篇相关演说作为背景铺垫参照，则《金冠辞》中多处会显得非常突兀，不仅不利于读者理解，也不利于翻译工作的进行，因此逐渐扩大了翻译范围。

本人并非古代史或古希腊语专业人士，其中错漏必多，希望读者谅解，但也希望借由拙译能让中文读者体会到一些雅典古代演说辞的魅力。

翻译过程中，得到了拙荆与其余家人的大力支持，另得到《南方周末》读书版编辑刘小磊先生的多方帮助，在此一并致谢。

作品第18号

金冠辞

[1] 首先,雅典人啊,我祈请上下四方男女神明,愿我对国家、对你们所有人从未间断的忠诚能在这一审判之中得到同等回报;① 其次,则是为了你们、为了你们的虔敬和你们的声名②祈请,愿神明指引你们,在考虑你们应该怎样听取关于我的种种的时候,不要以我的对手为指导(这会是很残酷的),[2] 而是以法律、以誓言③为指导,在这份誓言之中,除了其余所有公正内容之外,还写下了这一条,就是,你们要同等地听取双方发言。这不单单包括了不能有先入之见,不单单包括了对双方给出同等的待遇④,也包括了,不管是怎样的组织顺序、怎样的辩护内容,只要是任何一方诉讼当事人所认可了的、所选择了的,那么就允许他照此使用。

[3] 这审判中,我在很多方面都落于埃斯基涅斯的下风,其中两方面,雅典人啊,是最为严重的:其一,我与他所面临的并不

---

① 原文直译"但愿我一直以来对国家、对你们所有人拥有的那么多的εὔνοια,现在也能有同样多属于我所能拥有,在这一审判之中"。εὔνοια的基本含义是"善意"、"心意",通常特指一种受了恩惠的人的"感激"或居于低位的人的"忠心",但反过来用于居高位者,例如"国家"或"人民",就是"施恩"或"仁慈"一类(较用于居低位者的情况稍少见一些)。化译如此。
② 虔诚(εὐσέβεια)是在神明面前的表现,声名(δόξα)则是在世人面前的表现,两个词综合得出"无愧于神、无愧于人"的效果。
③ 木曾注云,指的是被选为陪审员的六千名公民就任前的宣誓(ὅρκος ἡλιαστῶν)。德谟斯提尼《控诉提摩克剌忒斯》第149—151节引用了该誓言,但可信度不高。
④ 此处仍是εὔνοια,化译如此。

是同等的风险，对于我来说，是有可能失去你们的关怀①，而对于他来说，只不过是拿不下一场官司，这不是一样的概念。实在地，对于我来说——不过我不想在发言一开始就说一些不吉利的话，②就只说这一点吧——他来控告我，真的是手头太丰富了③。其二，则是世间④人性本来如此，会喜欢听那些辱骂控诉的内容，而讨厌自我表扬。[4]现在呢，其中那招人喜欢的事情，已经分配给他了，而那常言道人人讨厌的事情，就剩到我这儿了。要是我谨小慎微，不来说一下我做过的事，那么，就显得是我没有办法驳斥他的控诉，没有办法展示我为何应该得到表彰了。而要是我详细叙述我所做过的一切、我的整个政治生涯，那么我就必须经常提到我自己了。所以，我会试着尽量节制一点去做这件事，只做到这一诉讼所必需的程度，这里的责任，就让那发起了这种诉讼的人来承担吧。⑤

[5]我想，你们，雅典人啊，都会认可这一点，就是说，这件诉讼是同样地牵涉到我和牵涉到克忒西丰的，它值得我付出的努力，实在不能比后者更少。任何损失都是痛苦难受的，特别是出

---

① 此处仍是 εὔνοια，化译如此。
② 即不想描述自己一旦输了会有什么严重后果。
③ 原文 ἐκ περιουσίας 一般译作"占据了一个有利地位"，但钱普林认为 περιουσία 本义"极大丰富"在这里隐含了另一层意思，即埃斯基涅斯是"资源多得用不完了"，所以"当作消遣似的"来提起控诉。
④ 原文 πᾶς 直译"所有"，化译如此。
⑤ 意即"我如果显得在自夸不是我的错，都是他逼的"。

自敌人之手的时候；而失去你们的关怀与爱护，那最最值得拥有的财富，则相应地，是最最严重的损失。[6] 正因这次审判牵涉到这样的风险，所以，我请求你们，我祈求你们，公正地听取我对控诉内容的答辩，正如法律所要求的那样。这些法律是由梭伦最早立下的，[①] 他，一位热爱你们的民主人士，认为这些要求不只应通过立法行为，还应通过由审判员们立下誓言这种程序，以获得认可。[7] 在我看来，这不是因为他不信任你们，而是因为他看到了那种指控和诬蔑，控诉人恃着优先发言的地位逞强，没有一个被告人能抵挡得住，除非你们每一位审判员都能够谨守对众神的虔敬，善意地接纳靠后发言一方的依法陈辞，以同等的公正态度聆听双方，然后再根据所有这一切作出裁决。

[8] 看来，我今天立刻就要为我的整个私生活，为我的公共政治生涯，作出陈述了。首先，我要再一次祈请众神，当着你们的面祈请，首先，愿我对国家、对你们所有人从未间断的忠诚，能在这审判中从你们手里[②]得到同等回报；其次，愿他们指引你们所有人的心灵，为这一诉讼作出有益于你们共同的声望、有益于你们各自的虔敬的裁决。

[9] 如果埃斯基涅斯发言指控的内容只有起诉书里的那些，那

---

① 木曾注云，将起源不详的古代法律归于梭伦名下，以示之有说服力，这是辩论家的惯常伎俩。埃斯基涅斯亦然，参见《控诉克忒西丰》第257节。
② 古德温本无"从你们手里"。

么我就要立刻对这条议案稿①本身作辩护了。但既然他浪费了不少时间来详细讨论其他无关的内容，其中大部分都是对我的无端毁谤，那么我觉得，首先，雅典人啊，我也必须而且正当地，针对这些予以简洁的回应，免得你们当中有人受到这些与案情无关的内容的引导，在听取我关于起诉内容的辩护发言时会带有偏见。

[10] 就他关于我私生活的那些毁谤辱骂，请看我将作出何等直截了当的公允答复。要是在你们心中，我真的是他指控的那样一个人（我从来没有在别处生活过，而是一直生活在你们中间），那么，就别让我发出声音了吧，就算我的公共政治生涯卓越无比，也即刻站起身来，投下反对我的一票吧。而如果你们认为，你们知道，我的品行、我的出身都大大强过那个人②，而且比起别的本分人来——我就不说伤人的话了——我的个人和我的家庭也并不逊色，那么，就不要相信那个人的其他说法（很明显，这一切都同样是他编造出来的），而是请把你们从前一直在我历次比试③之中向我展示的关怀，现在也同样赐予我吧。

[11] 你平时一副坏心思，埃斯基涅斯啊，可是到了这个事情

---

① 古德温注云，严格地说，克忒西丰提出的授予德谟斯提尼金冠的议案仅仅由五百人议事会通过，尚未经公民大会正式表决，因此只能像此处用词一样称为προβούλευμα（五百人议事会决议）而不是 ψήφισμα（公民大会决议），不过埃斯基涅斯总是将它称为 ψήφισμα，德谟斯提尼自己措词也不总是严格的，有时也称之为 ψήφισμα。另，五百人议事会系由雅典十个部落各出五十人组成，各部落轮流担任主席团，任期为一年的十分之一。
② 指埃斯基涅斯。
③ 指法庭上的较量。

上倒转着彻头彻尾的老实心思,寻思着①我会放过那些关于我的成就、关于我的政治生涯的内容,转过来应付你的谩骂。我才不会这么干,我的脑子没有坏掉。我会好好审视那些关于我的政治生涯的毁谤辱骂,至于那些放肆的下流言论,要是这里诸位②有心聆听的话,我随后再回顾。

[12] 指控的内容很不少,针对其中某些,法律定下的惩罚是严重的,甚至是极刑;然而,这一审判的最终目标其实另有所在,其中都是出自敌人的侮辱、伤害、谩骂、轻蔑,以及其他种种;可是,说出的那些控诉、那些罪名,就算都是真的,国家也是没有能力给出相称的惩罚的,退而稍求其次也不可得。③ [13] 剥夺一个人走到人民面前发言的权利,还是以一种带有侮辱和恶意的方式,是不应该的。(众神在上,这是不公正的,是不合法度的,是不合道义的,雅典人啊。)要是他看见了我以什么行为伤害了国家,而且还是他以悲剧表演的方式如此庄重地朗诵出④的那么严重的罪行,那么,他就应该在罪行发生之时立刻采取法律给出的惩罚方式。如果他看见了值得告发⑤的行为,就应该前来告发我,

---

① 古德温注云,原文 κακοήθης(邪恶)、εὔηθες(善良、单纯)、ᾠήθης(想,以为),特意追求一种音韵效果。此处试译为"坏心思"、"老实心思"和"寻思"。
② 指审判团。
③ 严格地说,本案被告只有克忒西丰一人,所以,无论埃斯基涅斯指控德谟斯提尼多少罪行,都不可能导致德谟斯提尼受到法律的惩罚。
④ 埃斯基涅斯曾经做过演员。
⑤ 告发(εἰσαγγελία),是向五百人议事会或公民大会告发有人危害国家(如提诉卖国、颠覆民主制等)的法律程序,与普通诉讼(γραφή)的程序不同。前360年以后转由陪审庭受理,由此而判获重刑者不乏将军、政治家。

把我带到你们面前接受审判；而如果是看见了我提出违宪的议案，就应该提起违宪的控诉。不可能的，他能为了我而起诉克忒西丰，怎么反而对我〔本人〕，要是他真的觉得可以坐实我的罪名的话，可能不提起控诉呢？[14] 要是他真的看到我做出了他现在长篇大论诬蔑我的那些事情，或者是看到我对你们犯下了不管什么其他罪行，那么，自有法律和处罚来对待这些，自有司法程序，自有可以作出无情严厉的处置的审判，所有这一切他都可以利用。如果说，哪天哪刻真有人看见他这么做了，用这套程序来对付我了，那么他的这个控诉至少还可以说是与他的所作所为相吻合的。[15] 而实际上呢，他离开了笔直的正确道路，罪行当下躲开不加呵斥，却在这么久之后，堆积罪名，堆积嘲毁①，堆积辱骂，跑来作起戏来；他指责的是我，起诉的却是这位先生②，他在这整个审判之中是把对我的敌意放在了首要位置，却从来没有与我就此直接照面，而是摆出一心要让别人丧失公民权③的架势。[16] 再说了，除掉所有其他那些，雅典人啊，可以为克忒西丰发表的言论之外，在我看来，这一条实在是再正当不过了：我们之间的过节应该由我们自己来解决，而不是逃避彼此之间的直接较量，却去找一个

---

① διασύρω 本义"撕毁"，引申为"说得一文不值"，此处和在德谟斯提尼《为奉使无状事》里译作"嘲毁"。
② 指克忒西丰。
③ 古德温注云，如果埃斯基涅斯获胜，他将提议向克忒西丰处以巨大罚款，后者若缴不出就会丧失公民权。另外，作为在违宪诉讼中败诉的一方，克忒西丰有可能丧失提案权。

别的什么人来加以伤害,这实在是不公得太过分了。

[17] 谁都可以看得出来,整个指控内容都是从这些来的一路货色,他的话里没有一点道理,没有一点事实。不过呢,我还是想要对里面逐项详加审视,特别是他在和约与出使这两件事上对我的毁谤①,那里面他把他自己和菲罗克忒斯一起做的事都安到我头上来了。所以,必须,雅典人啊,似乎也合适,来重提一下那些日子的情况,好让你们把每一件事都摆在当时的形势背景之下来观察。

[18] 话说当初福基斯战争②爆发之时③——那和我无关(当时我还没有参政)——一开始,你们的倾向是希望福基斯能够脱险,尽管你们看到他们做了不好的事,④同时,也乐见忒拜人遭受任何不幸,因为你们当时很讨厌他们,这也不是没有理由的,不是违反道义的,⑤实在是他们仗着在留克特拉取得成功的那种好运⑥肆意无度。至于伯罗奔尼撒,则是整个地陷入了分裂,⑦那

---

① 参见埃斯基涅斯《控诉克忒西丰》第58—76节。
② 即第三次神圣战争。
③ 前356年。
④ 古德温注云,这里明显在对当时的情况轻描淡写。木曾注云,即在阿波罗神庙圣地内耕作,又夺取了神庙里的财宝用作雇军之资。
⑤ 木曾注云,忒拜人是雅典人的宿敌,前371年打败斯巴达以后的忒拜人更是不可一世,前366年吞并俄洛波斯,以及前357/前356年在优卑亚岛作乱,都招致雅典人的仇恨。参见狄奥多鲁斯《史库》第15卷第76章,第16卷第7章第2节。
⑥ 参见埃斯基涅斯《为奉使无状事》第164节及注释。
⑦ 斯巴达称霸时基本控制了整个伯罗奔尼撒半岛,留克特拉战役后则再无力维系半岛的统一。

些憎恨拉栖代梦人[①]的人并没有强大到足以消灭他们的地步，而那些以前依靠他们进行统治的人也不再能在城邦中作主，[②]那些城邦，所有其他城邦，都陷入了一片毫无头绪的混乱与争斗之中。[19]这些都被腓力看在眼中（又不是什么秘密），他就在各地的卖国贼身上花了很多钱，让大家自相争斗、彼此不和，然后，靠着别人举止乖张、心术不正，他就准备齐全了，发展到危及所有人的地步。等到曾经心高气傲、如今幸运不再的忒拜人已经很明显被持续的战争耗尽力量，将要被迫投奔你们的时候，腓力，他为了不让两邦之间结盟成功，就向你们许诺了和平，向他们许诺了援助。

[20]那么，是什么帮助了他，让你们几乎就是心甘情愿地受了他的欺骗？是其余希腊人的……（我不知道该说是卑鄙，还是愚蠢，还是两者兼有，）当你们陷于持久的长期战争之中，而且你们是在为所有人的共同利益而战（这一点已经由事实揭晓），他们却没有向你们提供金钱、人力或是任何其他方面的帮助，你们于是公平合理地对他们感到愤怒，由此毫不迟疑地听从了腓力。我们之所以允准了那份和约，就是由这些，而不是像他诬蔑的那样由我而导致的；而这些人在这件事里的罪行，他们的受贿行为，任何人只要加以公正审视，就会看出，才是如今这种局面的根源。

---

① 即斯巴达人。
② 古德温注云，斯巴达称霸时，在伯罗奔尼撒半岛各城邦中培植听命于它的"十人组"形式的政府，留克特拉一役后各城邦便起而驱逐了这些十人组成员。

[21] 所有这一切,为了挑明真相起见,我要精准分析一下,详细叙述一下。不管这些事情里的罪行看起来有多么严重,可以说都完全与我无关。起头发言提起议和的是演员阿里斯托得摩斯;① 接手提案、在此后卖身求荣的,是哈格努斯村人菲罗克拉忒斯,他是你的同伙,埃斯基涅斯,不是我的,就算你撒谎撒得整个人裂开也没用;而为了不知什么原因(我现在就说到这个地步吧)发言支持的是欧部罗斯②和刻菲索丰,从来都没有过我的份。[22] 可是虽然如此,虽然一切情况就是这样,摆明了就是事实真相,他竟然也能达到如此无耻的地步,厚着脸皮来说什么我不仅要对和约的成立负责,还阻止了国家与希腊各邦共同大会一致行动而达成和约。那么,啊,你个……到底该叫你什么才算合适呢?是在哪个当口,你现场看见了那么重要的一次行动、一桩缔盟,重要到了像你现在描述的那样,被我从国家手里毁掉了,就立时义形于色③了,要不也是走上前来把如今你的这些指控内容阐明了一下、描述了一下呢?[23] 如果说,我当真拿了腓力的钱而阻止了全希腊达成合作,那么你该做的,就是打破沉默,大声疾呼,

---

① 木曾注云,参见埃斯基涅斯《为奉使无状事》第 15—17 节。埃斯基涅斯曾与之共演,参见德谟斯提尼《为奉使无状事》第 246 节。
② 木曾注云,欧部罗斯于前 354—前 346 年担任公共娱乐资金管理委员会成员,主张削减佣兵费、优待当地外国商人、再度开发劳里昂银矿、对外不干涉等政策,使陷入盟邦战争中的雅典经济得以恢复。
③ ἀγανακτέω 本义"义愤填膺",进一步作"表现出义愤",木曾即译如此;文斯兄弟和皮卡德都译作"提出抗议";尤尼斯作"心中不安",译文为了与下一节的几个词相区别而译如此,接近斯蒂埃夫纳的处理。

严重抗议，向大家展示真相。可是，你任何时候都没有这么做过，也没有人听到过你的一点声音。其实，当时根本就没有一个使团受派遣去到哪个希腊城邦，所有各国的态度都早已验明了；他在这件事上连一句实话也没说。

[24] 除此之外，他还以他的谎言极大地抹黑了国家。要是说，你们一边呼吁希腊人投入战争，一边却派出使团去与腓力议和，那么，你们做的根本就是只有欧律巴托斯①才干得出来的事，不是国家所应该做的、正派人所应该做的。不，不可能是这样的，不可能！你们在这个当口去召集他们能是为了什么呢？是为了和平吗？可是他们都享受着和平。还是为了战争？可是你们自己已经在讨论和约了。所以说，很明显，我不是最初这一个和约的发起人，也不是责任人，至于他针对我所说的其余种种诬蔑之辞，也没有一样是真的。

[25] 然后，在我邦接受了和约之后，请你们看看，我们各自在这个时候的选择分别是什么，从中你们就可以明白，到底是谁在〔所有事情上都〕帮着腓力，又是谁一直在为你们的利益而行动，一直在追求国家的利益。我当时以五百人议事会成员②的身份提出了一条议案，要使团尽快出航，得知腓力在哪里就到哪里去，接受其宣誓；而这些人呢，就算在我已经提了这条议案以后，还是不愿意去照做。

---

① 参见埃斯基涅斯《控诉克忒西丰》第137节及注释。
② 前347—前346年，德谟斯提尼任职五百人议事会。

[26] 这是什么意思呢，雅典人啊？让我来告诉你们吧。对于腓力来说，宣誓之前的间隔时间①越长越有利；对于我们来说，则是越短越有利。为什么呢？因为，你们不单从宣誓缔和的那一天②起，而且从你们最初期待和平的那一天起，就已经抛下了一切的战争准备工作，而这也正是他一直以来所积极追求的，他想的一点都没有错，就是不管他在立誓之前从我邦取得多少东西，他以后都可以牢固把握在手，没有人会为了这些去破坏和平。[27] 我预见到了这一切，雅典人啊，我盘算了这一切，所以才提出了这条议案，要出航前往腓力所在的任何地点，尽快接受其宣誓，为的就是能够让你们的盟友，色雷斯人，③保有这位先生刚才嘲毁不堪的那些地方——塞里翁、密耳忒农与厄耳癸斯刻④。在这种情形之下举行宣誓仪式，为的就是不要让某人占据这些要冲以成功取得对色雷斯的控制，也不要让他由此拥有了大量人力物力而轻易地着手开展下一步动作。⑤

---

① 古德温注云，宣誓之前的间隔时间（τὸν μεταξὺ χρόνον...τῶν ὅρκων）系指自订和时起算至腓力宣誓的间隔时间。誓言（ὅρκων）非统指双方誓言。木曾理解为雅典一方誓约与腓力誓约之间的间隔时间。
② 此处"宣誓缔和"的主语既可以理解为"你们"，也可以理解为"他"（腓力），两个人称的形态相同，译文便模糊处理。皮卡德明确处理成"他"；尤尼斯、斯蒂埃夫纳和木曾则明确处理成"你们"；文斯兄弟处理成"从批准和约的那一天起"。
③ 参见埃斯基涅斯《控诉克忒西丰》第 61、65 节及注释。
④ 参见埃斯基涅斯《控诉克忒西丰》第 82 节及注释。
⑤ 木曾注云，腓力攻略色雷斯以后，当地克瑞尼得斯（后来的腓立比）金矿产出量剧增，岁入达一千个塔兰同，足资佣兵、收买希腊政客，国力得到快速的提升。参见狄奥多鲁斯《史库》第 16 卷第 8 章第 2—7 节。

[28] 这条议案,他既没有引述,也没有让书记员宣读,而我作为五百人议事会成员建议引见使团,他倒是拿这个来攻击起我来了。① 那我应该怎么做呢?提议不引见这些前来与你们谈判的人员,还是命令剧场管理员不要为他们特意安排座位?我如果不提议这个的话,他们就会去两毛钱的座位②看表演了吧。难道说,我应该为国家的这点小利③斤斤计较,对于重大利害,倒像这些人一样地出卖掉?当然不会的。请取出我的这条议案并宣读,就是这位先生了然于心却略过不提的那一条。

[29] 德谟斯提尼所提的议案:

〔于谟涅西菲罗斯担任执政官之年,④正月晦日,潘狄翁尼斯部落担任主席团之时,派阿尼亚村人德谟斯提尼之子德谟斯提尼提议:鉴于腓力已派出使团前来议和,已同意和约条款,五百人议事会与雅典公民大会当决议,和约一经成立,一经首次公民

---

① 参见埃斯基涅斯《控诉克忒西丰》第78节。
② 古德温注云,剧场内的普通席票价是两个角币,任何公民只要向公共娱乐资金管理委员会申请就可以拿到这个票钱,所以等于是一种公共福利。按,古希腊货币译法如下:一塔兰同(τάλαντον)兑六十米那(μνᾶ),一米那兑一百银币(δραχμή),一银币兑六角币(ὀβολός)。
③ "利"在牛津本注为赘文,则又可译为"小事",下句"重大利害"便作"重大事项",为行文考虑,仍译如此。
④ 按前347—前346年任名年执政官者为地米斯托克利(与萨拉米斯海战中的统帅同名),且目前记录中并无任何一年由名为谟涅西菲罗斯之人任名年执政官。

大会批准，即从全体雅典公民中选出五名使节①，其人一经选出则当立即离境，不得有任何延迟，前往据闻腓力所在的任何地点，根据由他与雅典人民达成的条约，尽快与他彼此当面宣誓，②并将各自盟国均包括在内。以下为当选使团成员：阿纳佛吕斯托斯村人欧部罗斯、科托喀代村人埃斯基涅斯、剌谟努斯村人刻菲索丰、佛吕亚村人得摩克剌忒斯、科托喀代村人克勒翁。]

[30] 我提出这条议案的目的，是为了国家的利益，而不是为了腓力的利益。而这些优秀的使团成员们，对此毫不在乎，竟在马其顿静坐了整整三个月，③直到腓力已经整个地控制住了色雷斯那边的形势，④从那儿回来了。本来只需十天，甚至是三到四天，他们就可以抵达赫勒斯滂⑤，解救下这些地方，在某人占领它们之前举行宣誓仪式。如果我们在那里的话，他是不可能沾到那些地方的边的，因为那样的话我们不会接受他的宣誓，他就会失去和平，而不是两者兼得——和平条约与上列地点。

[31] 就这样，在这一出使之中，就首次发生了腓力的这种欺诈，首次发生了这些恶人的这种贪贿。正是由于这些，我宣布，当时、

---

① 古德温注云，实际上是十人。
② 古德温注云，其实雅典方的宣誓仪式是在批准之后当着马其顿使团的面举行的，外交礼节上不可能由雅典派出的使团举行。
③ 古德温注云，实际上没有那么长。
④ 古德温本少两个词，意义大体相同。
⑤ 本篇第27节提到的地点都在赫勒斯滂海峡的海岸附近，腓力当时也在那一带。

现在以至于永远，我都与他们为敌，与他们抗争。请看接下来即刻发生的另一件更为严重的丑恶行径。

[32] 腓力靠着这些人不遵从我提出的议案，就先把色雷斯抓到了手里，然后再宣誓确立了^①和约。在此之后，他又收买了他们，让我们先不要离开马其顿，而是一直等到他已经把出兵攻打福基斯人的准备行动做完了再走。这里面的目的，就是免得如果我们回来通报说他有意出征，已经做好了准备，那么你们就可能会派兵出去，让舰队绕行到关口^②，像上次那样^③抢先封锁住这个地点，而现在这样，等你们听到我们通报的时候，某人就已经进到关内了，你们就什么也做不了了。[33] 腓力当时非常紧张，极度焦虑，怕的就是虽然他已经抢占了这些先机，^④要是你们还是在他消灭福基斯人之前作出决议援助他们，那么他的目标就会落空，所以他才收买了这个令人唾弃的家伙，不再是和其他使团成员一起了，而是单单收买了他，让他来如此这般地对你们发言，对你们作通报，凭着这些好把一切都毁掉。

[34] 我请求你们，雅典人啊，我祈求你们，请你们记住，在

---

① 古德温本作"批准了"。
② 温泉关一侧靠海。
③ 前352年，番红花地之战以后。
④ 此处"这些"的复数中性形式（ταῦτα）及"抢占"的完成时态（προειληφότος）似乎都说明这是指腓力在色雷斯取得的成功，文斯兄弟分明如此理解，木曾亦认为指色雷斯的土地，皮卡德译作"这些地方"；而斯蒂埃夫纳译为"这个位置"，尤尼斯译为"这个地方"，似有指温泉关之意，若果真是此意，则恐不切，"关口"一词虽是复数形式，但属阴性。

整个审判过程中记住，要是埃斯基涅斯没有拿出这些起诉书内容之外的事情来发言攻击我，我也不会说一句与案情无关的话，可是既然他一下子提起了这一切的指责、这一切的谩骂，那我也就不得不对他攻击我的每一项内容作简短答辩了。

[35] 那么，由他在那个时候说出的那些话，把一切都毁掉了的那些话，到底是什么呢？就是说：不必因为腓力已经入到关内而不安，只要镇之以静，一切都会如你们所愿，你们在两三天之后就会听到，那些他来的时候当成敌人的人①，已经变成他的朋友，而那些本来是他的朋友的人②，却反过来成了他的敌人。他还说，友好关系的保障不是言辞——他选了最最庄重的词汇——而是共同的利益，而腓力、福基斯人和你们所有人都有着共同的利益，就是要摆脱忒拜人的那种粗鲁和傲慢。[36] 有些人听了他说的话就很高兴，因为当时普遍都很讨厌忒拜人。在这之后，立刻，③过了没多久，发生了什么呢？福基斯人被消灭了，他们的城镇被铲平了，你们本来还在"镇之以静"，还在听信着他，结果很快就忙着从乡下卷包进城了，他倒是拿到了钱财，而且除此之外，忒拜人和帖撒利人那边的敌意都落到了我邦头上，一切事情的功劳④则都落到了腓力头上。⑤[37] 为证明当时情况确实如此，

---

① 指福基斯人。
② 指忒拜人。
③ 古德温注云，大约十一天。
④ 原文 τὴν δὲ χάριν τὴν ὑπὲρ τῶν πεπραγμένων 直译"对所做的一切的感激"，化译如此。
⑤ 由于雅典在这件事上的举棋不定，既未能保全福基斯，又未能取信于腓力与忒拜的一方，故有此言。

请为我宣读卡利斯忒涅斯提出的议案与腓力的来信,这两份文件将会向你们显明一切。请宣读。

议案:

〔于谟涅西菲罗斯担任执政官之年,由众将军及五百人议事会主席团并经五百人议事会批准召集公民大会,时为五月的倒数第十天,法勒戎村人厄忒俄尼科斯之子卡利斯忒涅斯提议:任何雅典人不得以任何借口在乡下过夜,必须在本城及庇里尤斯中过夜,已被指派的卫戍部队除外,后者必须每人坚守指定岗位,无论日夜不得擅离。[38]若有违反此法案者,当依叛国罪论处,除非其人能提出①自身无法遵守法案的理由,对此无法遵守法案的理由,当由负责步兵事务的将军、负责后勤事务的将军与五百人议事会的书记员一并审核。所有乡间财物当尽快搬运进城,一百二十斯塔迪亚②范围之内的运入本城及庇里尤斯,一百二十斯塔迪亚范围之外的运入厄琉息斯、费莱、阿菲德那、刺谟努斯及苏尼翁。③〕

你们决定议和的时候,带着的就是这样的希望吗?这个出卖了自己的家伙向你们许诺的就是这个吗?

---

① 古德温本多"存在"一词。
② 约合二十二公里。
③ 有的版本结尾处多出两句:"此议。法勒戎村人卡利斯忒涅斯。"牛津本和古德温本均无。

[39] 请宣读腓力在此之后发来的书信。

书信①:

〔马其顿王腓力致意雅典五百人议事会及人民。汝等应知孤已挥师入关,处置福基斯地区所辖诸城镇如次:堡寨之自愿拱让者,俱已置兵戍守;其不臣服者,俱已强攻夺取,奴役其民,夷平其城。孤闻汝等有意相援,故致信,望勿为彼多加自扰②。总而观之,汝等所为颇悖情理,我二国和议既定,汝等竟复欲来敌,况福基斯人固不在我二国所定协议条款之列。若汝等不遵协议,必无一利,但得首启战端之名也。〕

[40] 请听,在这封寄给你们的信中,他是怎样清晰地向他的盟国展示宣布了以下内容:"孤之所为,雅典人颇不欲之,颇不乐之,职此之故,忒拜及帖撒利众人,汝等若明辨是非,则当以彼为敌,自托于孤。"他写的时候当然没有用这样的字眼,可是他想要传达的就是这样的信息。靠了这些,他就欺骗了他们,让他们没有能预见到、察觉到接下来的一切,而是听任他随心所欲而为,就是这样,这些可怜人就落到了现在这般的不幸境地。[41] 可这个人,帮助他获得了这种信任的这个同伙,这个帮凶,这个在这里通报了谎言、欺骗了你们的家伙,这个人到了现在,倒哀

---

① 木曾指出,大多数学者认为此书信不真。
② 古德温本用词略不同,意义无区别。

哭起忒拜人的遭遇，叙述起他们的可怜来了，而他，他正是这一切的元凶，在福基斯所发生的一切不幸的元凶，希腊人所遭受的一切的元凶。是啊，你，你为了这些灾难心碎了，埃斯基涅斯，你同情着忒拜人，你这个在彼奥提亚①有着产业、耕作着他们的土地②的家伙，我倒是在欢欣雀跃，我，我这个马上就被做出了这一切的人③指名索要④的人！

[42] 不过我已经进入还是过一会儿再讲为好的发言部分了。我还是回过头来展示这些人的罪行是如何导致了当前的局面的吧。

在你们被腓力欺骗了之后，被他靠着这些在出使过程中出卖了自己、对你们作了没有一句实话的报告的家伙们欺骗了之后，在可怜的福基斯人也被欺骗了、他们的城镇都被铲平了之后，又发生了什么呢？[43] 那些令人唾弃的帖撒利人、粗鲁无知的忒拜人，他们把腓力当成了他们的朋友、恩人、救星，他就是他们的一切了，有人想说点什么不同意见他们也根本不听。而你们，带着疑心，带着不平，看着发生了的一切，却还是遵守着和约，你们也干不了别的什么。至于其余希腊人，他们跟你们一样被欺骗了，他们的希望一样地落空了，但他们也还是心甘情愿地⑤维持

---

① 以忒拜为中心的一个地区，受忒拜控制。
② 有称埃斯基涅斯获得马其顿方以位于彼奥提亚境内的一些地产作为的谢礼。另参见德谟斯提尼《为奉使无状事》第145节。
③ 指亚历山大。
④ 参见埃斯基涅斯《控诉克忒西丰》第161节及注释。
⑤ 古德温本认为此词赘文。

了和平,尽管①从某种意义上说针对他们的战争行动已经持续了很久。[44] 因为当腓力在四处巡游,征服伊利里亚人和特里巴利人②甚至是一些希腊人的时候,当他把大量可观实力聚集到手中的时候,当各国某些人〔(其中之一就是这个家伙)〕仗着和平的保障去到那边被收买的时候,这些时候,某人就是在进行战争行动,在针对他们所有人做战争准备。至于说他没有能看出来,那是另外一回事,与我无关。

[45] 我一直在预言,一直在呼吁,在你们中间这样做,也在所有我被派往的城邦这样做,可是各国都已经染上了疾病,政客们收受贿赂,为了钱财而丧失人格,普通大众毫无远见,被每日的安宁悠闲所迷惑,所有人都转着这样的一种念头,就是各人都认定灾难过来的时候单单会放过自己,甚至还指望靠着让别人落入险境来无限期地维持自己的安全。[46] 然后,我就知道,民众为那种巨大的不合时宜的漠不关心付出了代价,降临到了他们头上的命运就是失去自由,而那些政客们,他们以为他们能出卖别人保住自己,结果发现他们第一个卖掉的其实就是自己;当初他们在受贿的时候被尊称为朋友、宾友③,而现在呢,他们听到的

---

① 此处语气转换,乃从古德温、文斯兄弟和尤尼斯的理解翻译。皮卡德认为应该是"因为",就是说这些希腊人感觉到战争实际上是冲着他们来的,所以能有和平就很高兴了,斯蒂埃夫纳处理相对模糊,木曾处理为"其实"。
② 一个色雷斯部落。
③ ξένος 本义"外来作客的朋友",与主人之间有着一套近于神圣的相互权利与义务。后来这个词一方面发展为"外人",更引申出"外国人"的意思,另一方面则保留了"友人"的含义,但仍旧与"亲友"有一定的界限。此处翻译成"宾友"。

称呼是马屁精、神憎鬼厌之人，还有其他合适的字眼。活该。

[47] 从来没有人，雅典人啊，会为了卖国贼的幸福着想而付出金钱，也不会有人在获得了他买下的东西之后还在其余事情上听取卖国贼的意见。若真能是那么回事的话，那世上就没有比做卖国贼更好的事了。不，不可能是这样的，怎么可能是这样的呢？远远不是这样的！那个追求权力的人一旦拿到了他想要的东西，一旦成了向他出卖了那些的人的主人，对这些人的卑劣一清二楚的他，到那个时候，就只会憎恶他们，怀疑他们，践踏他们。[48] 就请看吧。虽然事情发生的时机已经过去了，但了解这类事实的时机对于明智的人永远都在当下。以前拉斯忒涅斯是被称为朋友的，那是到他出卖了俄林托斯为止；提摩劳斯，到他毁掉了忒拜为止；欧狄科斯和拉里萨人西摩斯，到他们把帖撒利交到了腓力手里为止。如今，在有人居住的整个世界上，都充斥着这些被驱逐、被侮辱、遭受着一切报应的家伙。还有，锡库翁的阿里斯特刺托斯呢？麦加拉的珀里拉俄斯①呢？他们不是都被抛弃了吗？[49] 由此，就非常明显了，一个对祖国的安全最为关心的人，对那种人最为不假辞色②的人，这样的一个人，埃斯基涅斯啊，他才是你们这种卖国贼、这种卖身求荣的家伙能够有东西拿来出卖的保障；正是靠着这里诸位大众，〔和〕靠着这些与你们的图

---

① 该名在牛津本 2002 年版拼写为 Πέριλας，与诸抄本及牛津本 2005 年版的德谟斯提尼《为奉使无状事》第 295 节里之拼法 Περιλάος 不同，统一起见，此人译名皆作"珀里拉俄斯"。
② ἀνθίστημι 本义"发言反对"，为与下文"针锋相对"稍作区分，化译如此。

谋针锋相对的人，你们才能够安然无恙，领取着卖身的报酬；要是靠着你们自己，那你们早就灭亡了。

[50] 关于当时发生的种种，我还有很多很多可以说的，不过我想，我说过的已经太多了。这都要怪这个家伙，是他把他自己那些卑劣行为、那些罪行①的余沥②泼到了我的头上，所以我才有必要向在那些事件发生时还太年轻的人③作一下说明。至于在我开口之前就已经了解了当时他的卖身行为的人，也许会觉得不耐烦。[51] 而他居然把这些叫做什么朋友之谊、宾主之谊，就在刚才还说什么"那个拿亚历山大的宾友之情来指责我的人"④。我拿亚历山大的宾友之情来指责你？哪来的这份情谊？怎配的这份情谊？我才不会把你叫做腓力的宾友⑤、亚历山大的朋友，我才没有疯掉，难道我们应该把短工⑥或者其他什么拿钱干活的人叫做雇主的朋友、雇主的宾友不成？[52] 〔不，不可能是这样的，怎么可能是这样的？远远不是这样的！〕我从前就把你叫做腓力的雇工，我现在把你叫做亚历山大的雇工，这里所有人也都

---

① 古德温本认为"那些罪行"赘文。
② ἑωλοκρασία 本义"昨夜残酒"，指长夜会饮结束时仍清醒的人泼到已醉的人头上的满是渣滓的剩酒。
③ 木曾注云，担任陪审员必须年满三十，以此中最年轻者的年龄推算，当时十四岁而已。
④ 参见埃斯基涅斯《控诉克忒西丰》第 66 节及注释。
⑤ 其实比如德谟斯提尼《为奉使无状事》第 314 节就这么称呼过，当然是带着一种严重讽刺的口气。
⑥ θεριστής 本义"收割工人"，化译如此。

这么叫。要是你不相信的话，那你就问问他们吧，要不，我来帮你问一下吧。你们觉得，雅典人啊，埃斯基涅斯是亚历山大的雇工[①]，还是宾友？你听一听他们怎么说吧。

[53] 接下来，我现在想要就起诉内容本身作一下辩解，回顾一下我的所作所为，虽说埃斯基涅斯其实清楚得很，不过也让他一起听一下吧。我要说的是，我为什么不仅配得上议案稿里面授予的奖励，还配得上比这大得多的奖励。请为我取来起诉状并宣读。

[54] 起诉状：

〔于开戎达斯担任执政官之年[②]，九月初六日，科托喀代村人阿特洛墨托斯之子埃斯基涅斯在执政官面前就阿纳佛吕斯托斯村人勒俄斯忒涅斯之子克忒西丰提起违宪诉讼，因为他提出了违宪的议案，其中要求向派阿尼亚村人德谟斯提尼之子德谟斯提尼授予金冠，并在剧场之内、在酒神庆典之中、在新悲剧上演之时，公开发布宣告，称派阿尼亚村人德谟斯提尼之子德谟斯提尼被授

---

① 古德温注云，很多抄本里，"雇工"（μισθωτός）一词最后一个音节上的音调符号故意脱落，重音会落到倒数第二个音节上。据《集注》里乌尔皮安努斯（Ulpian）的说法，德谟斯提尼发言时故意把重音读错，以促使听众说出"μισθωτός"这个答案来"纠正"他。这个说法一般不为现代学者所接受。按，音调符号的发明通常认为是在希腊化时期，比德谟斯提尼的时代要晚一百多年。当然不排除之前这故事已广为流传，因此在有了音调符号之后就这样用来记录的可能。
② 前338—前337年。

予金冠，以表彰其杰出贡献，表彰其长期以来对所有希腊人及对雅典人民所表现出的忠诚，及表彰其英勇气质，其人一向为人民发表最佳言论、采取最佳行动，且时刻准备着倾力奉献。[55] 其议案中以上种种内容均为谎言，实属违宪：首先，法律禁止将内容虚假的议案列入公共记录之中；其次，也禁止向尚未通过审查的官员授予冠冕①（德谟斯提尼当时负责监督修缮城墙的工程②，且被任命为公共娱乐资金③管理委员会成员）；再次，还禁止为授予冠冕一事在剧场之内、酒神庆典之中、新悲剧上演之时公开发布宣告，按法律规定，如若由五百人议事会授予冠冕，则应在五百人议事会会场内发布宣告，若由国家授予，则应在普倪克斯山头的公民大会会场内宣告。起诉方要求罚金数额为五十塔兰同。传唤状执达证人：剌谟努斯村人刻菲索丰之子刻菲索丰、科托喀

---

① 古德温本此处多一语气词。
② 按照埃斯基涅斯《控诉克忒西丰》第27节的描述，德谟斯提尼担任修缮城墙的工程的监督负责人应该是在该年十二月或之后，而这里所谓九月的诉状里就列上了。
③ θεωρικά，雅典用于举行公众庆典和娱乐的政府资金。雅典每年有很多庆典，大都与祭神有关，其花费一部分出自富人自愿捐献（λειτουργία），一部分出自政府资金。政府出资的源起是许多庆典有免费的戏剧表演，这使致人群过于拥挤，常损坏剧场设施，因此在公元前500年左右开始征收每人每日两个角币的入场费用于维修。但既然戏剧表演是祭神庆典的一部分，若使贫民因交不起入场费而不能参加，显得是城邦对神有失恭敬，故政府向所有人提供入场费。后来，这项资金发展得越来越庞大，也从最初的戏剧表演入场费扩大到各种公众娱乐项目，直至所有财政盈余都被分配进去，反而军费要靠特别税来维持。

代村人克勒翁之子克勒翁。〕

[56] 议案中他起诉的内容，雅典人啊，就是这些了。就从这些条款出发，我觉得可以向你们清楚展示，我将要作出的辩护是完全合理的。我将会采取与起诉内容相同的顺序来依次讨论每一条，中间不刻意跳过任何一点。[①][57] 说到议案里面写了我"一向为人民发表最佳言论、采取最佳行动，且时刻准备着倾力奉献"，并且为此表彰我，我想，在这些问题上的判决结果，需要基于我的政治生涯来作出，需要对其仔细审查，然后才能弄清楚，克忒西丰关于我所写下的这些，是真实恰当的，还是虚假的。[58] 至于说他没有在议案的开头写上"仅当其人已接受审查之后"再授予冠冕，[②] 还有要求在剧场里公开宣布授予冠冕，我想，这些其实也和我的政治生涯有关，牵涉到我是否配得到冠冕，是否配在人民面前得到公开宣示表彰。还有，我觉得我也应该展示法律条文，那些准许提出这样的议案的法律。就是以这种方式，雅典人啊，我决定作出一份正当而简明的答辩；我下来将进入对我所作所为

---

① 古德温指出，第54—55节的起诉书虽然大约不是真实材料，但应反映了原来起诉书里三项指控的顺序：首先是议案内容虚假，其次是有法律禁止向尚未通过审查的官员授予冠冕，最后是发布宣告的地点不合法律规定。可注意埃斯基涅斯并未按照这顺序发言，而是把议案内容虚假放到了最后。接着埃斯基涅斯就要求德谟斯提尼按他发言的同样顺序进行答辩（参见埃斯基涅斯《控诉克忒西丰》第202—205节）。此处德谟斯提尼指出他所实际采取的顺序与起诉书完全相符，言下之意，埃斯基涅斯的要求是荒谬的。
② 参见埃斯基涅斯《控诉克忒西丰》第11—12节。

的回顾之中。[59] 如果我把话头讲到希腊事务[①]上，请各位不要认为我是偏离了指控内容。那个指控说议案里我"一向为人民发表最佳言论、采取最佳行动"的说法属于虚假内容的人，就是他把关于我的整个政治生涯的讨论弄进了这一指控之中，弄成了必须触及的内容。既然在多项政务之中我选择的是希腊事务，那么，我由此出发开展讨论也是完全正当的。

[60] 那些在我参政之前、在我公开发言之前腓力已经抢占了、已经抓牢了的东西，我就不提了，在我想来，这些都与我无关。至于从我走入政坛的日子以来，我阻止了什么事情的发生，这些我将回顾一下，陈述一下。不过，我要先提这么一句：[61] 从一开始，雅典人啊，腓力所拥有的优势就是巨大的。在全希腊各国，不只是某几个国家，而是所有国家一起，当时都产生了一茬卖国贼、受贿犯、神憎鬼厌之人，是以前人们的记忆之中从来都没有产生过的那样一茬。他把他们收作同伙，收作帮凶，让希腊人中本来已经存在的彼此不和、派别林立的情况变得更糟；他欺骗了一些人，贿赂了一些人，对还有一些人则采用各种方式加以腐化，使大家四分五裂，而其实所有人的利益本来是一致的，就是要阻止他变得更强。[62] 在这种形势之下，在这种全希腊都无人察觉到正在成形、正在生长的邪恶的情况之下，什么才是适合国家的政策、适合国家的行动呢？雅典人啊，这才是你们应该仔细思考

---

① 指外交事务。

的内容，这才是我应该为之作出陈述的内容，因为当时将自己置身于这一政务岗位上的人正是我。①

[63] 是应该，埃斯基涅斯啊，抛下志气，抛下荣誉，加入帖撒利人和多罗庇亚②人的行列之中，帮着腓力取得全希腊的霸权，毁掉列祖列宗相传的伟大光荣的一切呢，还是应该，虽然不做这种实在是太糟糕的事，却明明看出了（应该是很久以来就已经察觉到了）这种如果没有人加以阻止就一定会发生的事情，而袖手旁观任其成为现实呢？[64] 我如今倒很愿意问一下那位对实际采取的行动大加批评的先生③，他是希望国家加入哪一派？是该对降临到希腊头上的可耻的灾难分担责任的那一派，可以叫做是帖撒利人及其同伙的那一派呢，还是为了一己私欲而坐视一切发生的那一派，就是我们可以把阿耳卡狄亚人、美塞尼人和阿尔戈斯人列在其中的那一派呢？[65] 然而，其中很多国家，该说是所有国家吧，都落到了比我们更糟的境地。如果说在腓力得胜之后，他立刻就动身离开了，在此之后也静伏不动了，也不给他的同盟、不给其余希腊各国添麻烦了，那么，大概还可以有人来指责、来

---

① 此段译文调整了原文句子顺序以适合中文语气。
② 在帖撒利与埃托利亚之间的一个地区，其居民际地位很低。参见埃斯基涅斯《为奉使无状事》第116节。
③ τὸν μάλιστ᾽ ἐπιτιμῶντα τοῖς πεπραγμένοις 这个词组，皮卡德和尤尼斯都处理成虚指（"随便哪一个对过去的行动最为严厉地加以指责的人"），文斯兄弟的处理比较模糊，而像斯蒂埃夫纳那样偏实指处理（"这位对过去的行动最为严厉地加以指责的人"）也未尝不可。

控诉一下那些与他的所作所为针锋相对的人。可是,他现在是一视同仁地把所有国家的尊严、地位^①、自由,甚至还有政制,都如其所能地摧毁了,那么,难道还能说,你们在听从了我的意见的时候,不是采取了所有行动之中最为光荣的一种吗?

[66] 不过还是回到刚才的问题上来吧。当时,埃斯基涅斯啊,国家应该采取什么样的行动,既然它已经看明白了,腓力的一切准备都是为了将全希腊置于他的霸权与暴政之下?我,一名提建议的人,一名在雅典——这个才是最大的关键——提建议的人,又应该说些什么,拟些什么呢?我,明明知道,从最初的时刻,^②直到我走上讲坛的那一天,祖国从来都是在为了领先、为了荣誉、为了声望而奋斗不息,它为了这种上进之心,为了全人类的共同福祉,付出的金钱和生命甚至超过了其他任何一个希腊国家为自己所付出的数量; [67] 我还看见,腓力,我们的敌人,他为了霸业,为了雄图,^③已经掉落了一只眼睛,折断了锁骨,残毁了手和腿,无论命运需要取走他身体上的哪一部分,他都会交出,只要他能以剩下的部分生活在荣誉与声望之中。

---

① ἡγεμονία 本义"领导地位"、"霸权",译为"地位"语气似较通顺。
② ἐκ παντὸς τοῦ χρόνου 这个词组,斯蒂埃夫纳、文斯兄弟、皮卡德、木曾及古德温注都处理成"有史以来"、"自古以来"的意思,尤尼斯处理成"从我有生之日以来(我就明明知道)"的意思,前一种处理似更贴切。
③ ἀρχή 本义"至高无上的地位",δυναστεία 本义"控制权",或可分别翻译成"帝业"、"皇权",但用"皇"、"帝"字不很协调,化译如此。

[68] 没有人会无耻到认为，一个在佩拉①那么一处当时默默无闻的小地方长大的人，倒应该生来就有着宏伟志向，要追求对全希腊的统治，将此铭入心灵，而你们，身为雅典人，身为每日都在耳濡目染之中②重温着列祖列宗的伟大事迹③的人，却会如此卑劣，竟要心甘情愿地将自由拱手献给腓力。没有人会这么说的。[69] 那么，还剩下的一条道路，必须去走的一条道路，就是针对某人的一切邪恶行径，以正义奋勇抗争。你们从一开始就是这么做的，这是正确的，这是恰当的；在我的政治生涯中，我也是这样提案的，这样建议的。我承认。

我还应该怎么做呢？我现在来问你。我已经把安菲波利、皮德那、波忒代亚和哈隆涅索斯④都略过不提了，我不去回顾这些了。[70] 还有塞里翁、多里斯科斯、⑤珀帕瑞托斯所遭受的劫掠，其他诸如此类我邦蒙受的伤害，这些也当我不知道发生过好了。⑥虽说照你的说法，倒是我在言语中提起了这些，才煽起了大众的仇恨，事实上，这些方面的议案是由欧部罗斯、阿里斯托丰和狄

---

① 参见埃斯基涅斯《控诉克忒西丰》第 160 节及注释。
② 原文 καὶ λόγοις καὶ θεωρήμασι，直译"在 [听到的] 言语之中以及在观看的场景之中"，化译如此。
③ 原文 τῆς τῶν προγόνων ἀρετῆς ὑπομνήμαθ᾽ ὁρῶσι 直译"看着列祖列宗伟大事迹的纪念物"，化译如此。
④ 以上四处都是在雅典与腓力议和之前被腓力占领的地点。德谟斯提尼的意思是这些都发生在他参政之前，因此与这里的讨论无关。
⑤ 参见埃斯基涅斯《控诉克忒西丰》第 82 节及注释。
⑥ 这些事均发生于雅典与腓力议和期间，和约正式生效之前。

俄珀忒斯提出的，不是我。啊，你想说什么就说什么真是毫无顾忌啊！这些我如今也不提了。[71] 可是，当某人窃据了优卑亚，起建军事基地威胁阿提卡，将手伸向麦加拉，占领俄瑞俄斯，夷平波耳特摩斯，在俄瑞俄斯安置了僭主菲利斯提得斯，在厄瑞特里亚安置了克勒塔耳科斯，将赫勒斯滂收为己有，围攻拜占庭，摧毁某些希腊城镇，将流人①带回另一些城镇中的时候，②他做下的这一切，是不是在犯下罪行，破坏协议，毁灭和平呢？是不是应该有哪个希腊人挺身而出，阻止他的这种行径呢？[72] 如果说答案是"不应该"，如果说，在雅典人一息尚存的时候，希腊人就应该在世人眼中成为所谓的密西亚战利品③，那么，我说这些就是自寻烦恼了，国家听取了我的意见，也是自寻烦恼了，那么，就把它做出的那一切"罪行"和"错误"都归到我头上吧。而如果说，答案是"应该有人挺身而出加以阻止"，那么，不是雅典人民，还应该是谁呢？这就是我当时的政策，是我看到了某人奴役全人类的行为而出手抗击，是我一直以来在提醒你们，教育你们，不要在任何事情上向他让步。

[73] 而且，是某人劫走了船队，撕毁了和约，不是我邦，埃斯基涅斯！请取来诸条议案及腓力的来信，依次宣读，从中便可

---

① 即"持不同政见者"，在德谟斯提尼的语境中是"反对民主制度者"。
② 这些都是在和约已经生效之后发生的事。
③ 古德温注云，密西亚人以怯懦闻名，"密西亚战利品"就是可以被任何人随意掠夺的东西。木曾注云，参见亚里士多德《修辞学》第1卷第12章1372b，柏拉图《高尔吉亚篇》521b。

清楚展示,每件事究竟应该由谁来负责。

议案①:

〔于涅俄克勒斯②担任执政官之年的三月,由众将军召集公民大会,科普洛斯村人谟涅西忒俄斯之子欧部罗斯③提议:众将军既已在公民大会中报告称,舰队统帅勒俄达马斯及其所率二十艘前往赫勒斯滂担负运粮护送任务的舰只,被腓力属下将领阿明塔斯劫往马其顿监守,五百人议事会主席团及众将军当着意召集五百人议事会会议,选派使节前往腓力处。[74]其人④抵达后,即当向彼陈辞,要求释放舰队统帅及舟舰士兵。若系阿明塔斯无心为此,则当表示人民不责之;若系我方越权行事而被执,则当表示雅典人必将严加审查,依其玩忽职守之情况惩处;若非以上二款,而系彼方负责人或其上位者恶意所为,则当如实陈述,俾人民得知实情,议论对策。〕

[75]这条议案是欧部罗斯提的,不是我,下一个是阿里斯托丰提的,再下来是赫革西波斯⑤,然后又是阿里斯托丰,然后是

---

① 木曾指出,此议案为伪作,内容多误。
② 此人不见于现存之名年执政官名单。
③ 和前面的欧部罗斯出身村社不同,或是另一个人,或是这条引文伪造得不够周密。
④ 古德温本用词略不同,意义相同。
⑤ 埃斯基涅斯《控诉克忒西丰》第118节里的"圆髻先生"。

菲罗克拉忒斯，然后是刻菲索丰，如此等等①。我在这方面一条都没有提。请宣读。

议案：

〔于涅俄克勒斯担任执政官之年，三月晦日，经五百人议事会批准，众将军及五百人议事会主席团报告了公民大会进展情况，并就此讨论总结如下：公民大会已决议选派使节前往腓力处，商讨交还舰只事宜，具体指示悉依公民大会决议内容。以下为当选使团成员：阿纳佛吕斯托斯村人克勒翁之子刻菲索丰、阿纳古儒斯村人得摩丰之子得摩克里托斯、科托喀代村人阿珀曼托斯之子波吕克里托斯。②时由希波同提斯部落担任五百人议事会主席团，科吕托斯村人阿里斯托丰担任首席主持人。③〕

[76] 就像我如今展示这些议案一样，埃斯基涅斯啊，也请你同样展示一下，我是提了一个什么样的议案，所以该为战争负责。可是，你手里是没有这么一个东西的。如果你真有这么一个东西的话，刚才你肯定第一个就拿出来了。就连腓力都没有把战争的责任放到我头上，而是怪罪到其他人身上。请宣读腓力的来信。

---

① 此从文斯兄弟和斯蒂埃夫纳的理解。皮卡德、尤尼斯和木曾的理解是"然后是他们大家一起提的"。
② 此议案里的人名有一些与此前出现的人名雷同但所属的村社不同。
③ 参见埃斯基涅斯《控诉克忒西丰》第2节及注释。

[77] 书信①：

〔马其顿王腓力致意雅典五百人议事会及人民。汝等所遣使刻菲索丰、得摩克里托斯、波吕克里托斯已面见孤②，商议释放勒俄达马斯所率之舰。依孤总观，汝等心术之疏，一至于此乎？乃意孤不知汝等借遣此舟舰往护粮船为名，出赫勒斯滂而往勒姆诺斯，实欲救塞林布里亚人于孤之攻围也。况斯人固不在我二国和协之盟中焉。[78] 此等指令，盖非雅典人民所授诸舟舰统帅，乃出于众执政官及白身数人之手也。推其人之心，意在不择手段破毁人民当下与孤之雍睦，而转以为战端。凶图如许，远甚于援助塞林布里亚人之心矣。其人处心积虑于此，悉为财故。孤之见，此等既无益于汝曹，亦无益于孤。职此之由，兹所拘系之舟舰，孤已尽释。唯望尔等，今后万勿听任居官之人妄行国事，宜加严惩；倘能如是，则孤自当谨遵和约。专祝安康。〕

[79] 在这里面，他没有一处提到德谟斯提尼这个名字，也没有把任何责任放到我头上。③ 可是，为什么呢？为什么他指责了别人，却一点都不提我做了些什么呢？因为，〔如果他写到我的话，〕那样他就无法避免回顾他自己的罪行了，我就是紧紧追踪

---

① 木曾指出，此书信为伪作。
② 原文 παραγενόμενοι πρὸς ἐμὲ 直译"到了我这里"，此从文斯兄弟和尤尼斯的处理，即"与我进行了会谈"。
③ 此与上面引的所谓书信原文显然不太一致，除非"指称"必须理解为明指。

着那些，与之针锋相对。我一上来就提案派出使团前往伯罗奔尼撒，那是当某人刚开始偷偷渗入伯罗奔尼撒的时候；然后是前往优卑亚，那是当他对优卑亚下手的时候；然后是派兵出征俄瑞俄斯，不是遣使了，以及出征厄瑞特里亚，那是当他在那些城邦里安置了僭主的时候。[80] 在此之后我又派出了一支支舰队，由之而解救了半岛地区①、拜占庭以及我们的所有盟邦。由于这些，你们就从蒙受了恩惠的各国得到了最为美好的回报——赞颂、美名、荣耀、冠冕、感激。遭受了不公对待的各国之中，听从了你们的那些得到了安全，忽视了你们的那些则反复回忆起了你们的事先警告，认识到了你们不仅仅对他们怀有善意，而且还是明智的人，是有着先见之明的人，因为一切都如你们预言的那样实现了。

[81] 再有，菲利斯提得斯是愿意付一大笔钱来保住俄瑞俄斯的，克勒塔耳科斯也愿意付一大笔钱来保住厄瑞特里亚，腓力自己，也是愿意付一大笔钱来保住这些地方用来对付你们，来防止他的罪行被坐实，被多方审视的；没有人不清楚这些，而最不可能不清楚这些的就是你。[82] 从菲利斯提得斯和克勒塔耳科斯那儿来的使节到了这儿就在你那里落脚，埃斯基涅斯啊，你做了他们的代理人。②这些人，我邦将他们视为敌人，视为发言内容不直不利之人，驱逐了他们，而你却把他们当朋友。总之，他们

---

① 加里波利半岛，当时是雅典属地。木曾注云，该地既是黑海输送小麦路线上的据点，也是赫勒斯滂海域上的军事要冲，更是拥有丰沃农地的半岛。原为色雷斯领土，但因雅典长期殖民而主张对其的占有权。
② 参见埃斯基涅斯《控诉克忒西丰》第42节。

最后是一事无成。啊，你这个对我无耻中伤的家伙，说什么我拿到钱就会沉默，花光了就会叫嚷，①嗯，你不是这样的，你拿了钱还是一样叫嚷，永远不停，除非这些先生今天能给你个剥夺公民权的惩罚，让你闭嘴。②

[83] 那个时候，你们就为此向我授予了冠冕，阿里斯托尼科斯草拟了跟这位克忒西丰用的一模一样的字句③，授予冠冕一事也是在剧场之中被宣布的，〔这已经是第二次这样宣布向我授予冠冕了，〕④ 而埃斯基涅斯当时在场，却没有发言反对，也没有起诉提案人。请为我取来该议案并宣读。

[84] 议案⑤：

〔于赫革蒙之子开戎达斯担任执政官之年，七月的倒数第六天，勒翁提斯部落正担任五百人议事会主席团，弗瑞阿里俄伊村人阿里斯托尼科斯提议：鉴于派阿尼亚村人德谟斯提尼之子德谟斯提尼为雅典人民作出了大量杰出贡献，且在此前及当前时期均以其提案对诸多盟国提供帮助，且解放了优卑亚数城邦，且对雅

---

① 参见埃斯基涅斯《控诉克忒西丰》第218节。
② 古德温注云，起诉方拿不到五分之一的票数，则在被罚款之外还从此丧失提起违宪诉讼的权利。按，这正是本案的实际结果。参见埃斯基涅斯《为奉使无状事》第14节注释。
③ συλλαβή 本义"音节"，化译如此。
④ 古德温注云，这里有歧义，也许是指当时已经是第二次这样宣布了，也许是指现在克忒西丰这次是第二次这样宣布。
⑤ 木曾指出，此议案为伪作。

典人民一向表现忠诚，且尽其所能为雅典人及其余希腊人发表最佳言论、采取最佳行动，五百人议事会与雅典人民当决议表彰派阿尼亚村人德谟斯提尼之子德谟斯提尼，向其授予金冠，且在[①]剧场之内、新悲剧上演之时，公开就此授予冠冕一事发布宣告，此关于授予冠冕之宣告当由担任五百人议事会主席团的部落及庆典主席团负责。此议。弗瑞阿里俄伊村人阿里斯托尼科斯。]

[85] 你们中间，有谁知道，由于这条议案，国家遭受了什么耻辱吗，遭受了什么嘲毁、什么耻笑吗？就是如今这位先生说的，如果我被授予冠冕，就一定会降临到国家头上的那种？[②] 当行为还是新近的事，还广为人知的时候，要是做得好，就会得到感激，要是反过来，就会遭到惩罚。现在看来，我那时候得到的是感激，而不是指责，不是惩罚。

[86] 所以说，直到那个时候，直到那些事发生的时候，我是被一致认可为在所有事情上都为国家采取了最佳行动的，这种认可表现为：在你们商议国是之时，我的发言和提议占了上风；我提出的议案得到了贯彻执行；由此国家、我与大众都得到了冠冕；还有，你们为这一切的成功向神明举行了献祭和游行。

[87] 接着说，就是这样，腓力在军事层面上，已经从优卑亚被你们赶出去了，[③] 至于在政策层面上、提议层面上，那么——

---

① 古德温本有"酒神"一词。
② 参见埃斯基涅斯《控诉克忒西丰》第231节。
③ 古德温本此处词序略不同。

就算某些人气炸了也没有用——是被我赶出去的，然后，他就想着再建一个基地来对付我国。他看到了我国进口粮食的数量超过其他任何一个国家，就盘算着要控制粮食输送，去往了色雷斯，首先就要求他的盟国拜占庭一同对我国作战，而后者并不同意，并如实指出其结盟并非以此为目标，他便在城边树立栅栏，安置机械，开始围攻。①[88] 在这种情况下，你们应该做什么？我不再问了，所有人都看得出来。那么，是谁援助了拜占庭人，解救了他们呢？是谁阻止了赫勒斯滂在那个时候落入他人之手呢？是你们，雅典人。我说"你们"的时候，我说的是国家。是谁向国家进言、提议、执行，将自己彻彻底底、全无保留地投入了那项事业中呢？是我。

[89] 这些到底为所有人带来了多大帮助，已经不需要通过言语了解，事实本身就向你们提供了证据。当时发生的这场战争，除美名之外，为你们带来的，还有一切生活必需品都变得丰富廉价，比起在如今的这种和平状况下更为丰富廉价——是这些优秀人士心怀对未来的憧憬、不惜危害祖国而守卫着的这种和平。但愿这些憧憬通通落空！但愿他们一并分享心怀高尚思想的你们向诸神祈求的福报，②而不是能将他们的选择分派到你们头上！请

---

① 时在前 340 年。
② 古德温注云，有的抄本作"但愿他们不能一并分享……"。按上面的读法，意思是要打掉这些人的妄想，将他们降到与普通公民一样的程度，而按那些抄本的读法，意思是要将这些人摈斥于公民之外，连其余人祈求得到的福报都没有份。尤尼斯、斯蒂埃夫纳和木曾在此处采取了否定的读法。

为我宣读拜占庭人与珀任托斯①人为此向我国授予冠冕的决议。

[90] 拜占庭人的决议②:

〔于玻斯波里科斯担任神职③之年,达马革托斯在公民大会中经常务委员会④许可而发言如下:鉴于雅典人民在此前各时期一向对拜占庭人及其盟友兼亲族珀任托斯人表现善意,经常向其给以重大帮助,且在当前马其顿人肆力侵入我国国土,攻击我国都城,谋欲尽除拜占庭人及珀任托斯人,焚烧国土,砍伐树木之时,以一百二十艘船舰、粮食、箭矢及兵力提供了援助,将我国从重大危险中解救了出来,重建了我国的政制、法制与奠礼⑤,[91] 拜占庭与珀任托斯人民当决议向雅典人授予通婚权、公民权、购置土地及房屋之权、赛会贵宾席位、于祭祀仪式后首先进入常务委员会及公民大会会场之权、及凡愿定居于本城者免于提供公共服务之豁免权;另当于博斯普鲁斯神殿处竖立三尊高度为十六倍

---

① 拜占庭附近的一个城邦。
② 译文对所引文献中来自雅典的各条决议文本的标题一般译为"议案",而来自其余各国的一般译为"决议"。木曾指出,此决议为伪作。
③ 文献中拜占庭以此纪年。
④ 古希腊人在召开各种重要会议的时候,一般由一个叫做 βουλή 的人数较少的常设会议机构先审核议案,再提交全员大会。在牵涉到雅典公民大会时,译文将 βουλή 翻译为"五百人议事会",但对拜占庭公民大会的 βουλή 人数不确定,故译如此。
⑤ τάφος 本义"葬礼"、"坟茔",当然也可以理解为雅典人帮助他们修复了被破坏的坟墓,但与前面两个词并列不甚适合,故且译如此。

前臂长①的塑像，以描绘拜占庭与珀任托斯人民向雅典人民授予冠冕，及向全希腊共同参与的赛会，即地峡赛会、涅美亚赛会、奥林匹亚赛会及普提亚赛会派遣使节，宣告吾等向雅典人民授予冠冕，俾希腊人得共知雅典人之杰出事迹及拜占庭人与珀任托斯人之感激。〕

[92] 下来请宣读半岛地区人民授予冠冕的决议。

半岛地区人民的决议：

〔居住于塞斯托斯、厄莱乌斯、马底托斯、阿罗珀孔涅索斯诸地的半岛地区人民向雅典五百人议事会及人民授予金冠，价值六十塔兰同，②并为其感激之心及为雅典人民建立神坛，后者乃半岛地区人民所蒙种种重大福祉③的源头之一，将我等从腓力手中解救出来，为我等再造祖国、法律、自由与神殿。自此以至永远，我等决不忘感激在心，必当尽我等所能为其效劳。此决议于共同大会中通过。〕

[93] 所以，我的选择、我的政策所达成了的，不单单是拯救了半岛地区与拜占庭，不单单是阻止了赫勒斯滂落入腓力手中，

---

① 约合七点三六米。
② 古德温注云，此价值高得绝无可能属实。
③ 古德温本词形略不同。牛津本此处补入一个冠词。

也不单单是让国家得到了尊重，而且还是向世人展现了国家的伟大光荣与腓力的丑恶。所有人都看见了，他身为拜占庭人的盟友，却围攻了他们，还有什么比这更可耻更污浊的呢？[94] 而你们，虽然你们完全有理由为他们在此前的时期对你们的无礼行为①而正当地指责他们，当时的表现却是：不但没有记恨，不但没有在他们遭遇侵凌时抛弃他们，倒还拯救了他们，由此，你们就获得了名望，获得了全体世人的好感。说实在的，所有人都知道，你们曾向很多活动于政坛之人②授予冠冕，但说起提建议的人和演说人，国家曾经凭着其中这个人或那个人而得到过冠冕吗？除了我？没有人能说得出来吧。

[95] 下面要说到他那些辱骂优卑亚人③和拜占庭人的话，只要那些人以前对你们做过什么不友好的事情，他都翻出来了。我会向你们展示出这些通通都是诬蔑之词，不仅因为这些都是谎言（我想，你们都应该清楚这一点的），而且还因为，就算这些都是千真万确的，我所采取的仍旧是当时形势之下有利的政策。我要回顾一下一两件在你们这个时代里国家的高尚行为，只是简短地回顾一下；无论是个人私事上，还是国家公事上，永远都应该在未来的事务中效法此前最为高尚的事例。

[96] 就说你们，雅典人啊，在拉栖代梦人控制着陆地与海洋，

---

① 古德温注云，前357年，拜占庭民主政府被推翻，新政府退出第二次海上同盟，与雅典为敌。
② 古德温认为"活动于政坛之人"也包括军事将领。
③ 参见埃斯基涅斯《控诉克忒西丰》第85—93节。

以总督①与驻军牢牢把握了阿提卡的一整个周边——优卑亚、塔那格拉、整个彼奥提亚地区、麦加拉、埃癸那、刻俄斯以及其他岛屿②——在我邦既没有船舰也没有城墙③的情况下，依然出兵哈利阿耳托斯，④没过几天又进军科林斯；⑤当时，雅典人完全可以由于科林斯人与忒拜人⑥在得刻勒亚战争⑦中的所作所为而对他们大大怀恨在心，然而他们没有这样做，远远没有。[97] 真的，那时候，他们做这两件事，埃斯基涅斯啊，不是为了回报恩惠，也不是觉得毫无风险。而他们并没有因此便抛弃前来投奔他们的人，却是为了声望，为了荣耀，心甘情愿地献身于危难，立心正直，立心高尚。人生终归一死，纵然自闭密室又岂能逃脱，勇士自当志存高远，前举希望之盾，⑧高贵地承受诸神所降下的一切。[98] 你们的祖先就是这么做的，你们的老一辈也是这么做的。拉栖代梦人，他们不是我们的朋友，也不是我们的恩人，而是多次对我

---

① 参见埃斯基涅斯《为奉使无状事》第 77 节及注释。
② 此从皮卡德、尤尼斯和木曾的处理方法，明确标为同位语。
③ 雅典在伯罗奔尼撒战争中失败之后，斯巴达拆毁了雅典的长墙，并限定雅典不得拥有超过十二艘战舰。
④ 古德温注云，前 395 年。
⑤ 古德温注云，前 394 年。
⑥ 两者都是雅典在上面提到的两次战役中的同盟。
⑦ 前 413 年，斯巴达进占阿提卡地区的得刻勒亚，建立堡垒，雅典人通常将此后（至前 404 年战争结束为止）的伯罗奔尼撒战争阶段称为得刻勒亚战争。
⑧ 原文 ἐγχειρεῖν...ἄπασιν ἀεὶ τοῖς καλοῖς, τὴν ἀγαθὴν προβαλλομένους ἐλπίδα 直译"追求一切高尚事物，将美好期望[如同盾牌一样]举在前方"，化译如此。

们的国家造成了重大伤害的人，但是，当忒拜人在留克特拉得胜之后，着手消灭他们的时候，你们出手阻止了，[①] 你们没有畏惧当时忒拜人的势力与威名，也没有对那些人当初做过的一切斤斤计较，而是走入了危难之中。[99] 通过这些，你们就向全希腊展示了，不管别人对你们有过怎样的伤害，你们会把义愤保留在别的场合，但如果他们的安全、他们的自由落入了险境，你们是不会记仇，不会翻老账的。你们不单单对那些人这样做，当忒拜人窃据优卑亚的时候，[②] 你们也没有袖手旁观，你们没有怀恨于忒弥宋与忒俄多洛斯在俄洛波斯一事上的罪行，[③] 而是援助了他们。那还是在我国刚开始有自愿承担三层桨战舰装备维修工作的人的时候，[④] 我就是其中之一。不过现在还不是说这些的时候。[100] 你们解放了这个岛屿本已是光荣事迹，而你们在掌控了他们的人身、他们的城镇之后所做的却还要光荣得多，你们将这一切都正直地交还给了他们，交还给了曾伤害过你们的人，没有怀恨于那些现在将自己交托给你们的人以前犯下的罪行。我还可以举出一万件这类事迹，我现在都略过不提了，有海战，有〔步兵〕出征，

---

① 古德温注云，前369年，雅典当时与斯巴达结盟共同对抗忒拜，参见本篇第18节及注释。
② 前357年，参见埃斯基涅斯《控诉克忒西丰》第85节。
③ 参见埃斯基涅斯《为奉使无状事》第164节及注释。
④ 当年雅典应担任三层桨战舰舰长（即承担战舰装备维修工作）的人已完成任务，而事起突然，需要很快新装备一些战舰投入战斗，因此有很多人为此自愿捐献。

有古老的也有我们当代发生的〔战〕事，这一切的一切，都是国家为了其他希腊人的自由与安全而做下的。

[101] 既然我已经在这么多的重大例证中看到国家甘愿为了其他人的利益而投入斗争，那么，当讨论事项在某种意义上是牵涉到它自身的时候，我应该号召它、建议它怎样去做呢？去对那些希望得到救助的人怀恨在心，宙斯啊，是吧，去找借口出卖掉一切，是吧。要是我着手来这样发言抹黑国家的光荣传统的话，① 谁会没有理由来杀掉我呢？而且，你们实际上当然是不会那么做的，我再清楚不过了。要是你们真有此意的话，有什么障碍呢？做不到吗？不是有这些人在如此发言吗？[102] 我现在要回头说一下我接下来的政治作为，也请你们重新从这个角度来审视一下这些——最为有利于国家的，到底是什么？我看到了，雅典人啊，你们的船舰废毁了，富人付了一点点小钱就可以逃税，中下之家却失去一切，国家也由此丧失了机遇，② 因此，我立下法案，让前者——就是说富人③——承担公平费用，终止了对穷人的不

---

① 古德温本此处多一个语气词。
② 古德温注云，当时，全雅典的二十个税务团（συμμορία，每团额定编制为六十人）内部各分成若干个可达十六人的承包小组（συντέλεια），每个小组负责一艘三层桨战舰的装备和维修，常常发生的是小组中的富人提出估值，由小组成员平均分摊缴纳，然后富人再把实际工程转包出去，从中偷工减料并收受回扣，就算完成任务了，结果导致富人逃税，其余人出了与家财不相称的费用，而战舰装备维修情况很差。德谟斯提尼于前340年对此进行了改革，要求按实际财产情况分摊费用。参见埃斯基涅斯《控诉克忒西丰》第222节及注释。
③ 古德温本认为"就是说富人"赘文。

公待遇,这对国家也是最为有益的,我使得军械装备维修工作都如时完成了。[103] 我便因此而遭到了控告,^① 走到你们面前接受了审判,获得了开释,提起诉讼的人甚至都没有能拿到所需的票数^②。税务团里的那些团长们^③、二级团员们、三级团员们,^④ 你们知道他们给我开了多高的价,首先是要我不提出这条法案,其次是要我听任它留在禁制令^⑤之下吗?高得,雅典人啊,我都不敢当着你们说出来。[104] 那些人要这么做是很自然的。在从前的法律之下,他们是作为十六人小组的一员^⑥承担公共工程,自己只要花费很少的钱,甚至完全不用花费,却能压榨贫苦公民,而在我的法律之下,每个人都必须按照各自的家财状况来交付费用,以前只要交一艘战舰的十六分之一的费用的人——他们都已经不管自己叫三层桨战舰舰长,改叫承包小组成员了——现在却要付两整艘战舰的钱。为了废除这些规定,为了不承担正当义务,

---

① 有人指控德谟斯提尼提出的新法案违宪。
② 指五分之一的票数,参见本篇第 82 节注释。
③ 每个税务团由家财最多的成员担任团长。
④ 此处的"级"显然是在团中按家财排的,但具体细节已无从查考。一般认为这两个级别加上各个团长都属于雅典的财富榜前三百名成员(οἱ τριακόσιοι)。此处译法和注释是按照古德温、文斯兄弟和尤尼斯的理解,皮卡德认为后面两个词组应该是"团二把手"和"团三把手",即每个团里家财排在第二和第三名的人。
⑤ 古德温注云,提起违宪诉讼的控告人要立下一个叫做 ὑπωμοσία 的誓言,其效力是使涉案法律停止生效(如尚未正式投票通过,则停止投票程序)至诉讼审结为止(如起诉方胜利,则永久停止),类似于现代的禁制令,故译如此。
⑥ 古德温本将此词作为复合词拼写,牛津本分开拼写。

他们没有什么价码是开不出来的。[105] 请为我宣读我据之接受审判的议案①，然后是在以前的法律之下和在我的法律之下的税费花名册。请宣读。

议案：

〔于波吕克勒斯②担任执政官之年，三月十六日，希波同提斯部落正担任五百人议事会主席团，派阿尼亚村人德谟斯提尼之子德谟斯提尼提出了一条与三层桨战舰装备维修事宜相关的法案，以取代此前为三层桨战舰装备维修设立承包小组的条例，并经五百人议事会与公民大会通过。佛吕亚村人帕特洛克勒斯控诉德谟斯提尼所提法案违宪，但并未获得所需票数，因而付出五百银币罚金。③〕

[106] 下面请取出那份漂亮的花名册。

花名册：

〔应为每艘三层桨战舰分派十六名舰长，由现有团队中的承包小组担任，成员年龄以二十五岁为下限，四十岁为上限，平均

---

① 古德温认为，这不是指实际的三层桨战舰费用改革议案，而是另一条与诉讼直接相关的程序性议案，但钱普林似乎不这么认为。
② 此人同样不见于现存之名年执政官名单。
③ 古德温指出，这条所谓"议案"显然文不对题。木曾指出，此议案为伪作，执政官名字有误，不合体裁，且似是记忆文字。

分摊此公共工程费用。①〕

作为对比,再请取出依据我的法律而制定的花名册。
花名册:

〔应为每艘三层桨战舰依据财产估值选出舰长,以每艘十塔兰同为基价;若有人拥有的财产估值超过此数,则按比例承担直至三艘战舰外加一艘小艇的费用为止;若有人财产估值不及十塔兰同,则结成总财产估值达到十塔兰同的承包小组,同样按比例承担。〕

[107] 你们觉得这里面对穷人的帮助很小吗,还是觉得富人为了不承担正当义务而② 花费的钱数会很小呢?所以,我引以为荣的,不单单是没有出卖掉这些,不单单是在审判中得到了开释,更是我立下了一条有益的法律,并以事实证明了这一点。在整个战争过程中,舰队都是按照我的法律而组建装备的,并没有一名三层桨战舰舰长向你们提出请愿③,声称遭受了不公待遇,也没

---

① 古德温指出,这份和下面一份所谓"花名册"显然同样文不对题。
② 古德温本有"愿意"一词。
③ 原文直译"在你们面前放置 ἱκετήριος",古德温注云,ἱκετήριος 是提出请愿的人手持的橄榄枝,所以这个词组意即"向你们提出请愿"。

有一名在穆尼喀亚山头静坐[①],也没有一名被海军督察员们[②]加以桎梏,也没有一艘三层桨战舰在海上被抛弃而使国家遭受损失,也没有一艘不能出海而被留置在港口。[108] 而在以前的法律之下,这一切全都发生过。其中原因,便是公共工程的负担落到了穷人身上,于是经常有无法完成任务的情况发生。而我将三层桨战舰装备维修的任务从穷人身上转到了富人身上,然后所有任务就都如式完成了。总之,我完全应该为此得到表彰,因为我所选择的一切政策,都为国家带来了声望,带来了尊重,带来了力量,我的一切政策之中,毫无邪念,毫无恨意,毫无下作,没有一项是卑劣的,没有一项是配不上国家的。[109] 所以,可以看到,我在国内事务和国际事务[③]之中,一向秉承着同一条原则:在国内,我从来不曾选择将富人的感激置于大众的权益之上;在国际上,我也不曾追求腓力的赠礼和友情[④]而不顾全希腊的共同利益。

[110] 在我想来,我剩下应该要做的就是讨论一下宣告场合和述职审查那两条了。至于说我采取了最佳行动,我一直以来都忠于你们,时刻准备着为你们效劳,这些我想,从我说过的话里面,已经清楚展示过了。不过呢,我现在要跳过一下我的所作所为、我的政治生涯中最为重要的部分,这是因为:首先,我觉得我应

---

① 古德温注云,穆尼喀亚是庇里尤斯港的一个山头,上有供奉阿尔忒弥斯的祭坛,《集注》说受到不公待遇的三层桨战舰舰长会在此静坐请愿。
② 参见埃斯基涅斯《为奉使无状事》第 177 节及注释。
③ 原文 τοῖς Ἑλληνικοῖς 直译"希腊事务",化译如此。参见本篇第 59 节及注释。
④ ξενία 本义"宾友之情",此处不再特意译出。

该按次序回应一下违宪指控本身为好；其次，就算我对我余下的政治作为一言不发，单凭你们各自已有的了解，应该我也不缺什么了。

[111] 说到那些话，这位先生讨论抄在边上的法律①时上下乱抛混在一起说出来的那些话，众神啊，我想，其中大部分根本就是你们明白不了，我自己也理解不了的。我还是来简单地、直截了当地回应一下其中的是非曲直吧。我一点都不会像这位先生诬蔑我、指称我的那样否认我是正待接受审查的人员，正相反，我承认，我这一生从来都是在等待着接受审查，为了我在你们面前的经手事项和政治行为而接受审查。[112] 然而，在我自愿从个人财产中对人民作出的奉献这一方面，那我要说，我一天也不应该为此接受审查（你听见了吗，埃斯基涅斯？），也没有别的任何人应该为此接受审查，哪怕他正好是九名执政官之一。② 哪有这么一条法律，里面满满地都是这么多的不公、这么多的恨世，竟要从热爱世人、慷慨大度、奉献出个人财产来完成公共事业的人手中夺走他应得的感激，将他领到一群讼棍面前，把后者放到审查他的自愿奉献的位置上来呢？一条也没有。要是这位先生说有

---

① 参见埃斯基涅斯《控诉克忒西丰》第200—201节及注释。
② 现代学者大多认为从此句开始的大段辩护属于诡辩。埃斯基涅斯的演说辞虽然可能在庭辩之后修改过，但其中引述的法律，即禁止向尚未接受述职审查的官员授予冠冕，显然不可能有德谟斯提尼提出的"如果官员自费提供服务就可以不受此法律管辖"之例外。如果本案真的只牵涉到这一个严格的法律问题，那么德谟斯提尼的辩护是不可能成立的，但双方以及审判团显然都把本案当做对德谟斯提尼政治生涯的总体审查来看待了。

的话,就请他拿出来吧,我也就会满意了,就会闭嘴了。

[113] 然而并没有这样一条,雅典人啊,只有这么一个讼棍本色的家伙,因为我在担任公共娱乐资金管理委员会成员的时候还另外加捐了些钱,就说起来了①。"表彰了他,②"他说,"表彰了这个尚待接受审查的人。"不是为了我需要为之接受审查的任何一点,而是为了我加捐的钱!你个讼棍!"可你当时还担任着修缮城墙工程的监督负责人。"③ 没错,就是为此我才正当地得到表彰的!因为我花的都是自己捐出来的钱,没有报过账!账目是需要有人审计的,需要有人核查的,而赠礼应该得到的,是感激,是表彰。正是因为这些,这位先生④才提出了关于我的议案。

[114] 这种区别不仅存在于你们的法律之中,也存在于你们的道德观念之中,我可以轻易地用多个例证来展示。首先,当瑙西克勒斯⑤担任将军的时候,他多次由于动用了个人财产被你们授予冠冕;其次,狄俄提摩斯曾捐献了盾牌,还有卡里得摩斯⑥也捐献过,他们都被授予了冠冕;再有,这位涅俄普托勒摩斯,他在担任很多公共事务的负责人的时候,也由于捐献财物而得到了

---

① 参见埃斯基涅斯《控诉克忒西丰》第24—26节及注释。
② 大部分抄本在此句都有"五百人议事会"一词作为主语,但古德温认为赘文,主语应是克忒西丰,牛津本直接略去。
③ 参见埃斯基涅斯《控诉克忒西丰》第14、27节。
④ 指克忒西丰。
⑤ 参见埃斯基涅斯《控诉克忒西丰》第159节注释。
⑥ 参见埃斯基涅斯《控诉克忒西丰》第77节注释。

奖励。[1]要是说，任何一个人在担任公职期间，仅仅因为他的职位，就不可以向国家捐献自己的财产，或者说，捐献了之后，不应该为此得到感激奖励，却应该为此受到审查，那可就太糟糕了。[115]为证明我刚才说的都是事实，请取出这些事例中的议案并为我宣读。请宣读。

议案[2]：

〔于佛吕亚村人得摩尼科斯[3]担任执政官之年，三月二十六日[4]，经五百人议事会与公民大会批准，弗瑞阿里俄伊村人卡利阿斯提议：五百人议事会与公民大会当向重装步兵将领瑙西克勒斯授予冠冕，理由如下：当两千名雅典重装步兵在因布洛斯岛救援该岛雅典居民时，当选为财务官的菲隆由于风暴不能出海前来支付重装步兵的薪饷，他便从个人财产中捐献支付了这笔款项，且未向人民提出报销；该授予冠冕一事当在酒神庆典之中、新悲剧上演之时公开宣告。〕

---

[1] 此节中的例子似皆含混其词，没有一个明确说及是在通过述职审查之前就被授予了冠冕的。里面的现在分词用法可以予人一种瑙西克勒斯和涅俄普托勒摩斯在任职期间就得到表彰的感觉，但也可以解释为他们在任职期间捐献了财产然后得到表彰。
[2] 木曾指出，此议案为伪作，执政官名字有误。
[3] 此人同样不见于现存之名年执政官名单。
[4] 尤尼斯本不知为何改为"二十五日"。

[116] 另一条议案①:

〔以下为弗瑞阿里俄伊村人卡利阿斯的提议,由五百人议事会主席团经五百人议事会批准而提交:鉴于出征萨拉米斯岛的重装步兵将领卡里得摩斯与骑兵将领狄俄提摩斯,在一些士兵于河边交战中被敌人夺走了武器的情况下,动用个人财产为年轻士兵配备了八百副盾牌,五百人议事会与公民大会当向卡里得摩斯与狄俄提摩斯授予金冠,并于大泛雅典娜庆典②的体育竞赛之上,及于酒神庆典之中、新悲剧上演之时公开发布宣告;立法执政官、五百人议事会主席团及庆典主席团当负责发布宣告事宜。"〕

[117] 这里面的每一个人,埃斯基涅斯啊,都需要为他担任的公职接受审查,却不需要为他被授予冠冕的行为而接受审查。我也一样不需要。在同一件事上,我应该与其他人拥有同样的权利。我捐献了财产,我为此受到了表彰,这不是我需要为之接受审查的行为;我担任了公职,我为此接受了审查,而不是因为我的捐献行为。宙斯啊,我担任公职的时候行为不端,是吧。后来你在场啊,当审计员把我领进来的时候③你在场啊,你那时候怎么不

---

① 木曾指出,此议案为伪作。
② τὰ Παναθήναια τὰ μεγάλα(Great Panathenaea),每四年一次于雅典历正月举行的大庆典,有体育比赛。参见德谟斯提尼《为奉使无状事》第168节及注释。
③ 古德温注云,述职审查程序中,审计员将接受审查的官员带到法庭面前,公开询问是否有人要前来控诉该官员在任职期间行为不端,同时官员也需提供财务账目以接受审查。木曾注云,参见亚里士多德《雅典政制》第40章第3—4节,第54章第2节。

提出控诉呢?

[118] 我为之而被授予冠冕的那些事,我是不需要为它们接受审查的,这个,这位先生本人就可以作证,为了让你们看清楚这一点,请取出那整份为我而提的议案①并宣读。从这份议案稿中他没有加以起诉的那些部分,就可以看出,他选择了起诉其余部分,实在是地地道道的讼棍手段。请宣读。

议案②:

〔于欧堤克勒斯担任执政官之年,③四月的倒数第九天,俄涅伊斯部落正担任五百人议事会主席团,阿纳佛吕斯托斯村人勒俄斯忒涅斯之子克忒西丰提议:鉴于派阿尼亚村人德谟斯提尼之子德谟斯提尼在担任城墙修缮工程负责人时为工程由个人财产中慷慨出资三塔兰同,将其捐赠予人民,并在担任公共娱乐资金管理委员会成员时向所有部落的代表④捐献一百米那⑤用于祭祀,

---

① 这一节里来回使用 προβούλευμα 和 ψήφισμα 两个词。参见本篇第9节注释。
② 木曾指出,此议案为伪作,执政官名字有误。
③ 现存名单中由此名之人担任名年执政官的年份是前398—前397年,显然不确。
④ 抄本一般作"所有部落的公共娱乐资金",斯蒂埃夫纳即如此直译。此处译法按照多数学者的观点修改,指所有部落派出共同举行某种祭祀仪式的代表。
⑤ 埃斯基涅斯《控诉克忒西丰》第17节只提到了一百米那,而且是放在城墙修缮工程的语境中提及的,本段前面城墙修缮工程中的"三塔兰同"的捐款数额有点偏高。

五百人议事会与公民大会当决议表彰派阿尼亚村人德谟斯提尼之子德谟斯提尼,表彰其杰出贡献及其一向以来持之以恒为雅典人民所作出的高尚行为,向其授予金冠,并为该授予冠冕一事在剧场之内、酒神庆典之中、新悲剧上演之时公开发布宣告。庆典主席团当负责发布宣告事宜。〕

[119] 总之,我捐赠的那些,在你的起诉里一点都没有提,而五百人议事会认为我应该为此而得到的回报,却是你控诉的内容。所以说,连你都承认了,收下捐赠的东西是合法的,可你却控诉说对此回报以感激是违宪的。① 众神啊,一个道德败坏至极的人,一个神憎鬼厌之人,一个彻头彻尾的血口喷人的巫师,会是怎样的一个家伙呢?不就是这样的一个家伙吗?

[120] 下面来说在剧场中发布宣告的事,以前有一万个人一万次地这样被宣告,② 我都跳过不说了,我自己以前也曾有过多次〔被授予冠冕〕,都不去说了。众神啊!你笨到这个地步,蠢到这个地步了吗,埃斯基涅斯?你居然弄不明白,对于被授予冠冕的人来说,无论在哪里发布宣告,冠冕带来的荣耀都是一样的,在剧场之中发布宣告,其实是为了那些颁发冠冕的人着想?这样做,就是为了让所有听见的人都被激励去为国造福,都赞赏那些

---

① 古德温指出这句话是本段中典型的诡辩。
② 可见金冠之不值钱。"一万"云者都未必是太大的夸张,每年五百顶,二十年便是一万顶。参见埃斯基涅斯《控诉克忒西丰》第178节及注释。

对捐赠行为回报以感激的人，而不是赞赏被授予冠冕的人。正因如此，国家才立下了这么一条法律。请为我取来法律并宣读。

法律：

〔若有某村社向某人授予冠冕，则应在本村社之内为授予冠冕一事发布宣告，除若雅典公民大会或五百人议事会向某人授予冠冕，则可在酒神大剧场之内发布宣告……〕

[121] 你听见了吗，埃斯基涅斯？法律写得清清楚楚："公民大会或五百人议事会决议所涵盖之人除外，为此等之人当发布宣告。"可怜虫啊，你干吗来玩弄讼棍手段呢？你干吗来说话呢？你干吗不去喝点白藜芦水①试试呢？你不觉得羞耻吗？你提起诉讼是出于私愤，根本就不是因为有什么违法行为，而且，你还改动了法律，舍掉了一些部分，本该要把整条都读给那些宣了誓要依法投票的人们②听。③

[122] 然后，你一边这么做，一边又说起一位民主人士应该具

---

① 古德温注云，ἑλλέβορος 即铁筷子属（Helleborus）植物，尤指白藜芦（Veratrum album，虽然现代植物分类学上此植物不属于铁筷子属）或东方圣诞玫瑰（Helleborus orientalis），古希腊人认为用其干燥的根茎可以治疗疯狂。
② 指审判团。
③ 本篇第 120 节的引文与其余引文一样不可靠，所以无从得知德谟斯提尼引述的到底是一条什么样的法律，但现代学者大多认为，在这个问题上，改动法律、挑选有利部分来读的很有可能是德谟斯提尼自己，而不是埃斯基涅斯。

有什么样的品质来了,[1] 说的那副模样,就好像你签了个合同来雇人做一尊塑像,结果拿到手的时候跟合同里面的描述不一样似的,或者说,就好像民主人士是应该用言语来衡量,而不是用事迹和政策来衡量似的。你就这么叫嚷着,列举着好名头和坏名头,就跟从大车上喊话一样,[2] 其实那些名头跟你还有你那一家子倒正般配,跟我就没什么关系了。

[123] 再提下面这一点,雅典人啊,在我想来,恶言中伤与提起控诉之间的区别就是,起诉是基于法律定下了惩罚的罪行,而中伤则是基于仇人彼此随着性子乱甩的谩骂。我以为,我们的祖先建造了法庭,不是为了让我们把你们叫到里面,然后互相以〔丑恶〕下流的语言[3]描述私生活,而是为了查明是否有人对国家犯下了罪行。

[124] 在这个上面,埃斯基涅斯其实也清楚,一点都不比我差,可是呢,他还是更喜欢骂脏话,而不是提控诉。不过呢,就算在这一件上,他走的时候也不应该回报少于付出不是。[4] 下面我就要进这里来喽,不过我先问他这么一个问题吧。到底该说你,埃斯基涅斯啊,是跟国家有仇呢,还是跟我有仇?显然是跟我有仇。可是,要是我做过什么不法的事情,那么本来你是有机会可以代

---

[1] 参见埃斯基涅斯《控诉克忒西丰》第 168—170 节。
[2] 古德温注云,在一些庆典之中,有大车游行的节目,大车上的人会喊粗话来侮辱听众。
[3] 古德温注云,ἀπόρρητα 是不得用以描述公民的侮辱性称呼。
[4] 意即准备同样骂回去。

表大家向我施以应得的法律惩罚的啊，通过述职审查，通过提起公共诉讼，通过其他各种法律程序，都可以的啊，可是你却通通放过去了。[125] 而现在，我已经全然无懈可击，在法律上无懈可击，由于时间的流逝、由于追诉时效①的终止而无懈可击，由于我此前多次经历的涵盖了方方面面的审判而无懈可击，②由于从来没有被判定过对你们犯下任何罪行而无懈可击，国家或多或少地也不得不分担经人民批准而做下的种种带来的名声，到了这个时候，③你却来跟我在法庭照面了？当心，你别装作是跟我有仇，却真成了跟大家有仇了！

[126] 总之，如今，合乎誓言的④、公正的投票选择已经向所有人展现了，不过，我以为，我还是应该——不是因为我喜欢骂人，而是因为这个家伙的恶意中伤——针对他的诸多谎言说一下他这个人的情况，只说最少最少必须说的那些，应该要展示一下，他是一个什么样的人，又是一个什么样的家庭出身，才会这么随随便便地开口说脏话，居然还来嘲毁我的某些词句，⑤而他自己

---

① 古德温注云，προθεσμία 是对提起诉讼的时间限制，相当于现代的追诉时效。
② 古德温注引德谟斯提尼《控诉提摩克剌忒斯》第 55 节："禁止在法庭一旦作出裁决之后重新就其进行讨论。"相当于现代的"一事不再理"（res judicata）和"双重追诉"（double jeopardy）原则。
③ 皮卡德的理解是"在这种问题上"。
④ εὐσεβής 如果翻译成"敬畏神意的"似乎过分了一些，翻译成"不亵渎神明的"又绕口了，其本义就是不要违反立下的誓言（因而亵渎神明），故译如此。
⑤ 参见埃斯基涅斯《控诉克忒西丰》第 166—167 节。

说过的那些话，有哪个正派的人不会闭口不言呢？

[127] 要是说，来控诉我的人是埃阿科斯、拉达曼提斯或者弥诺斯①，而不是这么一个捡破烂的②、市井无赖、瘟神书吏③，那么，我想，他是不会这么说话的，不会带着这套装腔作势的调调的。他就像在演一出悲剧似的，喊着"啊，大地啊，天日啊，荣耀啊"，如此等等，然后又来了，"良知啊，教育啊"，他呼叫着，"我们用以分辨善恶的教育啊"。④你们大概都听见他说这些了。

[128] 你沾到过什么荣耀，你个垃圾？你那一家子沾到过什么荣耀？你会分辨什么善恶？你哪配的怎配的这个调调？你有什么资格来谈教育？那些真真切切地有教养的人们，他们才不会这么来描述自己，反过来听到别人说还会脸红，而那些并没有教养，却出于愚蠢而非要硬装的家伙，就比如说你，只会一说话就让听的人浑身难受，而不会真给人留下想要的印象。

[129] 要来说几句你和你那一家子，我是一点麻烦都没有，我的麻烦是不知该从何处说起：是你那个在厄尔庇阿斯家里，就是在忒修斯神庙边上开了个学校的厄尔庇阿斯的家里，做奴隶、脚

---

① 冥府三判官，代指"明智的人"。木曾注云，参见柏拉图《高尔吉亚篇》523e-524a。
② σπερμολόγος，也有"拣垃圾言论到处传播"的意思，文斯兄弟、皮卡德和斯蒂埃夫纳都是按引申义翻译的，尤尼斯译作"寄生虫"。
③ 木曾注云，这里的谴称指埃斯基涅斯在政界活跃以前，不过是一个低等书记官。
④ 参见埃斯基涅斯《控诉克忒西丰》第260节。

上脖子上都带了枷的爹特洛墨斯①呢,还是你那个靠着每个大白天在英雄卡拉米忒斯的塑像旁边②的小破棚子里办婚事③才养大了你这个漂亮小娃娃人、你这个成就卓越的剧团杂脚④的娘呢?其

---

① 古德温指出,德谟斯提尼《为奉使无状事》第281节(当时埃斯基涅斯的父亲还在世)称埃斯基涅斯的父亲是教师阿特洛墨托斯("无畏者"),现在变成教师的奴隶特洛墨斯("颤抖者")了。

② πρὸς τῷ καλαμίτῃ ἥρῳ 这个词组向来众说纷纭,文斯兄弟将 ἥρῳ 认为是人名,因而译为"正骨师赫罗斯隔壁",其他译本多认为 καλαμίτη 是人名,因而理解为"英雄卡拉米忒斯的塑像旁边"。德谟斯提尼《为奉使无状事》第249节提到埃斯基涅斯父亲工作的学校位置是 πρὸς τῷ τοῦ ἥρω τοῦ ἰατροῦ,文斯兄弟同样认为 ἥρω 是人名,因而是"在医生赫罗斯隔壁",而其他译本多认为 ἥρω 和 ἰατροῦ 都是普通名词,因而理解为"在医疗者英雄的塑像旁边",常有认为两者是同一地点的,但例如古德温就认为证据不足,不宜轻易将两者等同。古德温并认为,这里 καλαμίτης(καλαμίτη 的原型)未必是"正骨师"之意,也可理解为"弓手"。他并引赖斯克(J. J. Reiske)的意见而指出,琉善《西徐亚人》第2章中提到在雅典大疫时,葬于雅典的西徐亚人托克萨里斯(琉善另有一作品《托克萨里斯,或友谊》也提及西徐亚人托克萨里斯)托梦显灵,指点雅典人在街道上洒酒,瘟疫因而平息,且其墓有雕像,左手持弓,右手似持一书(古德温并提供了一幅出土文物图片,认为很可能就是此雕像,其右手所持实为箭袋,但从前方看很像书写用的小平板),这里提到的很可能就是此人。按,琉善并于《西徐亚人》第1章称托克萨里斯死后"被视为英雄,雅典人向此位'外国医师'献祭"(καὶ ἥρως ἔδοξε καὶ ἐντέμνουσιν αὐτῷ Ξένῳ Ἰατρῷ οἱ Ἀθηναῖοι),第2章也称"英雄托克萨里斯,正乃医技娴熟"(ὁ ἥρως ὁ Τόξαρις, ἅτε ἰατρικὸς ὤν)。此从大多数译本的处理方式。

③ 皮卡德认为这是指埃斯基涅斯的母亲主持的宗教仪式,不过按比较"恶毒"的理解认为是说她卖淫似更通顺,尤尼斯注和木曾注就是这样理解的,斯蒂埃夫纳也是比较明确地这样翻译的。

④ 参见本篇第209节注释。

实大家都知道这些了,就算我不说也一样。① 那么,还是那个在战舰上吹笛子②的福耳弥翁,弗瑞阿里俄伊村人狄翁的奴隶,把她从这份高尚的职业中拉了出来的人呢?③ 不过,宙斯啊,众神啊,我真担心,虽说我说的内容跟你绝对相称,可是在大家看来可能我选择的言辞会跟我不相称呢。[130] 我就不说这些了吧,还是从他本人的生活说起吧,那可不是随随便便的一种什么生活啊,而是人民所诅咒的那种呢。④ 最近的时候——我说的是最近吗?只不过是昨天,是前天呢,他一下子就变成了一个雅典公民、一个职业演说人,他就给他爹的名字特洛墨斯里面加了两个字⑤,变成阿特洛墨托斯⑥,把他娘也弄成了个好生庄严的"格劳科忒娅",从前大家都知道她叫"恩浦萨"⑦,这名号再清楚不过,

---

① 古德温本无此句。
② 用来控制划桨节奏。
③ 本段的三个问句原文都是"是讲[某人]如何[所作所为]呢?",译文处理成"是[所作所为]的[某人]呢?",这样的语气更有趣一些。
④ 古德温的理解是"他的父母可不是随随便便的什么人啊,而是人民所诅咒的人呢"。参见德谟斯提尼《为奉使无状事》第 70 节及注释。
⑤ 原文 δύο συλλαβὰς 直译"两个音节",化译如此。
⑥ 参见本篇 129 节注释。
⑦ Ἔμπουσα,神话中勾引男子,趁其熟睡时先吸血后吃肉的女妖魔,有随意变化的能力。木曾注云,"恩浦萨"常引申称呼娼妓,参见阿里斯托芬《蛙》第 293 行。又指出,"格劳科忒娅"意为"灰色女神",当时的雅典并不会随意在公众场合直呼女性的名字,这里直犯埃斯基涅斯母亲的名讳其实已是对他本人的侮辱。

就是因为她什么都能干、什么都能受①而得来的,还能是从哪里来的呢?

[131] 这个本质上毫无品位、毫无品行的家伙全靠着诸位的帮忙才从奴隶变成了自由人,从叫花子变成了有钱人,可他不仅不因此对诸位心存感激,反而还出卖了自己,在政治生涯中处处跟诸位作对。他说过的那些话里,哪怕有那么一点点可以争辩说是为国家的利益而发的,我都跳过去好了;至于那些清清楚楚被揭露出来是为敌人代言的,那些,我现在就来回顾一下。

[132] 你们没有人不知道吧,那个被从公民名册上除了名的安提丰,②他跑去向腓力打包票说他能把船坞烧了,就回城里来了。他躲在庇里尤斯的时候被我抓住了,我把他带进了公民大会会场,③那时候,这个血口喷人的巫师就喊了起来、吼了起来,说什么在民主制度之下,我这么干实在是太可怕了,竟然如此粗暴对待不幸的公民,在没有授权决议的情况下就冲进了别人的家里,④他就这样让他被开释了。⑤

---

① 古德温本多"什么都能当"一词。
② 古德温注云,前346—前345年间,雅典对公民名册审核过一次,凡被怀疑身份有问题者均由各自村社全员大会投票决定是否剥夺公民权。参见埃斯基涅斯《控诉提马耳科斯》第77节。
③ 意即向公民大会提出告发,公民大会可以决定是否将被告交法庭。
④ 参见吕西亚斯《控诉厄剌托斯忒涅斯》第8节对三十僭主行为的描述:"他们就分配了[十名被决定处死之人的]住宅,各自冲了进去,我还正在招待客人,他们就抓住了我。"
⑤ 意即公民大会决定不将安提丰送交法庭。

[133] 要不是战神山议事会察觉了此事,看到了你们这种完全不合时宜的无知行为,重启了对此人的调查,①逮捕了他,将他领回你们面前的话,这样的一个人就会被这个装腔作势的家伙救走了,就会逃脱法网,②被送走了。当时,你们对他上了刑,③然后处死了他,这也正是你们应该对这个家伙做的。

[134] 战神山议事会早已明白这个家伙当时在这件事上的所作所为,所以,到了后来,你们先是选出他担任关于提洛岛神殿一事④的发言代表——那都是因为你们的无知,导致了你们白白抛弃掉诸多公共利益的那同一份无知——然后你们又与该议事会合作,让他们在这件事上作主,他们便立刻将他定性为卖国贼,把他从位子上撵了出去,而任命了许佩里得斯担任发言人。他们这么做,是在祭坛边投了票的,⑤而没有一票投给了这个双手沾满鲜血的家伙。

[135] 为证明我说的都是事实,请传唤关于此事的证人。

---

① 其实安提丰并未在法庭被审判过,因此本篇 125 节注释中的原则对他不适用。此从文斯兄弟、尤尼斯和木曾的理解。皮卡德和斯蒂埃夫纳的理解是"重启了对此人的搜捕"。

② 古德温指出,原文 τὸ δίκην δοῦναι διαδὺς(逃过了应受的法律惩罚)有特殊的音韵效果。

③ 既然安提丰被剥夺了公民权,就可以被刑讯了。

④ 古德温注云,前 343 年,提洛岛人向德尔斐周边城邦议事会提出应由他们而不是雅典人管理提洛岛上的阿波罗神殿。按,德尔斐周边城邦议事会(Ἀμφικτύονες),一个由多城邦组成的管理德尔斐神殿事宜的机构。

⑤ 以示郑重。

证人①：

〔以下为代表全员②出席的德谟斯提尼一方的证人：苏尼翁村人卡利阿斯、佛吕亚村人仄农、法勒戎村人克勒翁、马拉松村人得摩尼科斯。该证人等作证称：埃斯基涅斯当选为就提洛岛神殿一事前往德尔斐周边城邦议事会的发言代表后，我等与会成员认定许佩里得斯更适合代表国家发言，因而派遣了许佩里得斯。〕

就是这样，议事会把他从发言的位子上撵了出去③，任命了另一个人，由此就宣布了，他是一个卖国贼，一个对你们心怀不轨的人。

[136] 这就是这个小子从政行为之一例，很像他控告我做的那些吧，是不是啊？再帮你们回顾另外一件吧。当腓力派了拜占庭人皮同④，还一并派了代表他的同盟国的使团过来，指望着让我邦蒙受耻辱，展示我邦为行事不公的时候，⑤那个时候，皮同信心满满，嘴里涌出一大通针对你们的话，可是我没有在他面前退缩，而是站了起来，针锋相对地发言，没有放弃国家的正当权益，反过来清清楚楚地坐实了腓力行事不公，连某人的同盟国代表们

---

① 木曾指出，此为伪作。
② 指战神山议事会的全体会员。
③ 古德温本作"撵走了这个要去发言的人"。
④ 参见埃斯基涅斯《为奉使无状事》第 125 节及注释。
⑤ 古德温注云，前 343 年。

都起立赞同了。而这个人呢，他一直都在为那一边出力，跑来针对祖国作证，作的还都是伪证。

[137] 而他竟还不满足于此，在此之后又被发现跟那个奸细阿那克西诺斯①在特刺宋家里会面。要是有人跟一个敌人派来的人单独碰头商议，那么这个人自然也就是一个天生的奸细，一个祖国的敌人了。为证明我说的是事实，请为我传唤关于此事的证人。

证人②：

〔克勒翁之子忒勒得摩斯、卡莱斯克洛斯之子许珀瑞得斯、狄俄丰托斯之子尼科马科斯为德谟斯提尼作证，以上诸人曾当着将军们的面宣誓声称，据他们所知，科托喀代村人阿特洛墨托斯之子埃斯基涅斯曾在夜间前往特刺宋家与阿那克西诺斯会面商议，后者已经由审判定为腓力所派之奸细。以上证词于正月初三交于尼喀阿斯。〕

[138] 关于他，我还有一万件事可以讲，现在都不提了。事实就是，我可以展示很多这类的事例，揭示出他是如何在那段时间里③为敌人效劳，辱骂威胁我的。然而，你们是不会仔细回顾这些而义愤填膺的。你们的一个坏习惯，就是极度纵容有心人对提

---

① 参见埃斯基涅斯《控诉克忒西丰》第 223—224 节。
② 木曾指出，此为伪作。
③ 雅典与马其顿之间的和平最终破裂之前的时期。

出有利于你们的建议的人搞讼棍手段、下绊子，扔掉国家的利益而只换回一点听了骂人话之后的开心和快活。正是因为这样，卖身去为敌人效劳，比起选择为了你们的利益而操劳国事，永远都要容易得多，安全得多。

[139] 在战争〔明明白白地〕开始之前，就站在腓力一边，① 就够糟糕的了，大地啊，众神啊，怎么不是呢？与祖国为敌，怎么不是呢？不过，就饶了他吧，如果你们愿意的话，在这事情上面就饶了他吧。然而，随后，有人已经明明白白地劫走了船队，② 攻掠了半岛地区，向着阿提卡进军了，事实情况已经无可辩驳，战争已经降临，这个时候，这个吃惯了诗句的家伙③、这个血口喷人的巫师，他还是没为你们的利益做过一件事情，一件都拿不出来展示。事实就是，埃斯基涅斯在牵涉到国家利益的事情上④，不管是大是小，什么议案都没有提过。要是他说有，那么现在就让他用我的水量⑤来展示一下好了。可是，一件都没有。

---

① 此从斯蒂埃夫纳、古德温和皮卡德的理解。文斯兄弟和木曾译为"在战争开始之前，就明明白白地站在腓力一边"。古德温进一步解释说德谟斯提尼一向认为当时的所谓和平不过是未公开宣战的战争而已。此处副词"明明白白地"（φανερῶς）介于两个动词之间，归给哪一个都可以，也许德谟斯提尼当时就有双关的意思。尤尼斯应是按牛津本认为该副词赘文的意见而略去不译。
② 参见本篇第73—78节。
③ 嘲笑埃斯基涅斯当演员时忘台词或吐字不清（悲剧都是诗歌体），一作"写惯了歪诗的家伙"。
④ 古德温本作"为了国家利益"。
⑤ 意即"我的发言时间"，参见埃斯基涅斯《控诉克忒西丰》第197节及注释。

所以说，二者必居其一，要么就是他实在对我的所作所为挑不出刺来，所以没有多余的议案可提，要么就是他一心为敌人的利益着想，所以藏着更好的东西不拿出来给大家看了。

[140] 议案他是不提了，那有坏事要干的时候，他是不是也不说话了呢？才不呢，别人根本就没一个能插得上嘴的！而且，先说，国家对别的一切的承受能力显然实在不错，而他骗过大家干别的一切的本事显然也实在不错，再说剩下那一件他的成就，雅典人啊，那才真是为他以前的种种行为画上了一个圆满的句号呢。这个事情上面，他费了好多好多的言辞，[1] 从头讲述了关于阿姆菲萨〔的罗克里斯〕人的决议，就想要颠倒黑白。可这根本就是不可能的。怎么可能呢？你永远都别想洗刷干净你那时候的所作所为，你说得再长都没用的。

[141] 当着你们，雅典人啊，我呼唤所有保佑着阿提卡地方的男女神明，呼唤国家的宗神普提亚的阿波罗[2]，向所有这些神明祈祷，如果我现在当着你们的面说的是实情，如果我当时刚一看见这个双手沾满鲜血的家伙触碰到这件事情[3]的时候（我当时就知道了，立即就知道了）对着人民说的是实情，那么，请赐予我幸运，赐予我平安！而如果我是出于敌意，出于私怨争胜，而以

---

① 参见埃斯基涅斯《控诉克忒西丰》第107—129节。
② 古德温注云，传说中阿波罗是伊奥尼亚人共祖伊昂之父。
③ 木曾指出，即第四次神圣战争。

谎言加于此人，那么，请让我丧失一切美好事物！

[142] 我为何要如此赌咒发誓？我为何要用力如此之猛？我是怕，虽说在档案记录里有着关于此事的文件，从中我可以清楚展示此事的本末，虽说我也知道你们都记得整件事情的经过，但他还是能骗过你们，让你们以为，他这么一个微不足道的家伙，怎么能干成这么一件巨大的罪行。这以前已经发生过一次了，就是他跑回来向你们作了充满谎言的报告，毁掉了可怜的福基斯人的那一次。①[143] 阿姆菲萨的战争——就是凭着这场战争，腓力才来到了厄拉忒亚，②他才被选作了德尔斐周边城邦议事会的统帅，将全希腊的一切搅得天翻地覆——这个人正是挑起这场战争的帮凶，他，只有他，才是所有这些重大无比的灾难的罪魁。当时，我立刻就在公民大会会场中抗议呼吁，说："你是在将战争引入阿提卡，埃斯基涅斯！一场来自德尔斐周边城邦议事会的战争！"可是，他叫来坐在边上的那些人根本不让我发言，而其余的人则都觉得奇怪，以为我是出于私怨才将一个空头指控加在他的身上。

---

① 参见本篇第33—38节。古德温指出，这段话里隐含了"上次他就是这样逃脱了法律制裁的"的意思，因此是德谟斯提尼与埃斯基涅斯的两篇《为奉使无状事》确曾在法庭公开宣读，埃斯基涅斯也确曾在那次审判中得胜（参见普鲁塔克《德谟斯提尼传》第15章第3节）的旁证。另参见德谟斯提尼《为奉使无状事》第29节。
② 参见埃斯基涅斯《控诉克忒西丰》第140节及注释。

[144] 这些行为的本质是怎样的，雅典人啊，为什么要谋划这些，又是怎么做成了的，你们现在就听一听吧，那个时候，你们没能听成。你们会看到他们精心策划了一切，你们会大大增进对公共事务的理解，你们会看清腓力的狡诈到底到了什么地步。

[145] 话说腓力没有办法在与你们的战争中得到一个收场，没有办法脱身，除非是他能够让忒拜人和帖撒利人与我国为敌。尽管你们的将军们对他作战的时候表现糟糕透顶，毫无成果，但他也由于战争本身、由于私掠队①而陷于极度困境，他既不能将本土所产运出，也不能运入所需物资。[146] 当时他在海上对你们并不占优，而如果帖撒利人不追随他，忒拜人也不允许他过境的话，他也无法进军阿提卡。②虽说他在战争中对你们派出的那种将军们（我就不说这些了）取得了胜利，但由于地形的限制，也由于双方的资源对比，他还是陷入了困境。

[147] 他想，要是他来游说帖撒利人和忒拜人为了他的私怨而出兵攻打你们的话，没人会搭理他的，而要是为他们找一个共同的诉求，被选作他们的统帅的话，那么他就有希望可以轻易地通过欺骗达成一些结果，通过说服达成另一些了。然后呢？他就动手了——看看吧，他干得多棒——动手为德尔斐周边城邦议事会

---

① ληστής 本义"强盗"、"海盗"。钱普林注云，雅典当时军费不足，因而鼓励私人劫掠敌国，实际上这些人毫无顾忌地劫掠所有国家，与海盗无异。古德温注云，这是指战争带来的盗匪行为。本书均译为"私掠队"。参见德谟斯提尼《为奉使无状事》第315节。
② 意即从陆上进军。

制造一场战争，为关口大会①制造不和了。他觉得，到了这种境地之后，他们马上就会求着他出手了。[148] 他又想，要是由他派的大使②或是他的同盟派的那些来提这个事情，忒拜人和帖撒利人就会起疑心，大家也就都会提高警惕，而要是由一个雅典人，一个正与他为敌的你们派出的人来提的话，就可以轻易骗过去了。实际情况正是这样的。

[149] 他是怎么做到的呢？就是靠收买这个家伙。我就知道，没有人事先看了出来，没有人对此有所警惕，正与你们行事的一贯风格相符。这个家伙就被提名做了常务代表，③有么三四个人举手表决，他就当选了。他带着国家的尊严进入了德尔斐周边城邦议事会，然后就抛下其他的一切都不管不顾，而是达成了他卖身来做的那桩事。他搭了一套很漂亮的话，一套故事，从基拉的原野被奉献给神明讲起，④详细过了一遍，结果就是，那些与会代表，他们都是不善言辞的人，⑤也看不出后果，[150] 就被

---

① 参见埃斯基涅斯《控诉克忒西丰》第 124 节及注释。
② 参见埃斯基涅斯《控诉克忒西丰》第 113 节及注释。
③ 同上。
④ 参见埃斯基涅斯《控诉克忒西丰》第 107—112 节。
⑤ 古德温注："对于在德尔斐的那些比较没有文化的人而言，一位雅典一流演说家的演讲是个稀罕东西（格罗特语）。德尔斐周边城邦议事会主要是由无名而文化不发达的国家派出的代表组成。实际上，它只不过是古代流传下来的一件文物而已，它赖以存在的意义早已消亡了，在腓力时代，它可以说是被激发进入了一种不自然的活力状态之中，其结果对希腊是致命的，而仅仅有利于侵略者。"

说服了，作出了决议，要巡视那块土地，阿姆菲萨人说那是属于他们的，在上面耕作了，而这个家伙声称那是奉献给了神明的土地的一部分。当时罗克里斯人并没有发起针对我们的诉讼，这个家伙现在拿来作借口说的那些都不是真的。① 你们从下面这些就可以看出来。罗克里斯人要是不先发出传唤状的话，是不可能对我邦提起诉讼的。谁来传唤过我们呢？执达给了哪个机构呢？② 你说说有谁知道，你把他指出来吧。可是，你是做不到的，你不过是给了个借口，虚假的借口罢了。

[151] 德尔斐周边城邦议事会的与会代表们便在他的指引之下出发巡视那块土地，罗克里斯人则攻打他们，差一点就把他们全射死了，还抓走了几名大使。由此立刻就发起了针对阿姆菲萨人的控诉与战争，首先是由科特堤福斯③率领一支议事会成员国联军，但有些国家没有出兵，出兵的那些也是什么都不做，于是在下一次关口会议中，那些早被安插好的人，就是从帖撒利和其他一些国家来的做恶棍做了很久的人，就把领导权交到腓力手里

---

① 古德温指出，埃斯基涅斯《控诉克忒西丰》第116—118节是说阿姆菲萨人向德尔斐周边城邦议事会提议对雅典施以罚款，这个和德谟斯提尼在这里描述的司法程序其实并不是一回事。
② 此从皮卡德的理解。古德温译作"是从哪个机构发来的呢？"，文斯兄弟、木曾亦如此理解，尤尼斯认为是"传唤到哪个机构去"，斯蒂埃夫纳作"在哪个执政官任期里"。
③ 参见埃斯基涅斯《控诉克忒西丰》第124节。

了。①[152] 他们还找了一个听起来很有道理的借口，他们说，要么大家就得自己出钱招募维持雇佣兵，并向那些不这样出力的成员处以罚款，要么就得选某人做领导。还需要多说什么吗？他就靠这些被选作了统帅。在此之后，他立刻集结兵力，开进关来，好像是要去往基拉的样子，然后呢，向基拉人和罗克里斯人连道了几声"珍重"，就占领了厄拉忒亚。[153] 要不是忒拜人看到这些之后立刻改变了想法，②站到了我们一边，那么，这一切就会像冬天的山洪一样落到国家头上。而事实上，他们当时是将他遏制住了。这首先要归功于，雅典人啊，众神对你们的护佑，其次呢，要是说能归功于某个人的话，那就是我了。请递给我那两份决议③，以及记录了各件事情发生日期的日历，你们就可以明

---

① 古德温注："德谟斯提尼清楚地暗示科特堤福斯是在春季会议上被任命为将军的，而后，在仅仅是装样打了一仗之后，立刻就起动了在秋季会议上以腓力取代他的阴谋。埃斯基涅斯，反过来，他的整个目的就是要展示当时的计划是要进行一场真正的由德尔斐周边城邦议事会发起的战争，根本就没有得到也没有想过要得到腓力的帮助，并且要把最终将腓力任命为将军一事描述为很久以后才出现的事后想法，因此他说在春季没对阿姆菲萨人采取任何行动，而是在常规秋季关口会议之前召集了一次特别会议，以发起这类行动（埃斯基涅斯《控诉克忒西丰》第 124 节）。在这次雅典与忒拜拒绝出席的特别会议上（埃斯基涅斯《控诉克忒西丰》第 126—128 节），科特堤福斯被任命为将军（按埃斯基涅斯的说法），当时腓力'远远地去了西徐亚'，然后，在一次成功的军事行动之后，阿姆菲萨人被处以罚款，其有过错公民被放逐。但是他们拒绝屈服，所以，最后，'很久以后'，就有必要'在腓力从远征西徐亚返回之后'发动第二次征讨——他甚至到那个时候都没有实说腓力被任命为将军了！"
② 忒拜原先是与腓力接近而反对雅典的。
③ 指德尔斐周边城邦议事会的决议。

白，这个头上沾满了鲜血的家伙挑起了多大的灾难，却没有遭到法律的惩罚。[154] 请为我宣读该决议。

决议①：

〔于克勒那戈洛斯担任祭司之年，春季关口会议之上，德尔斐周边城邦议事会各常务代表与列席代表②及德尔斐周边城邦议事会全员③决议，鉴于阿姆菲萨人进入属神之土地，占据其地用于耕作及放牧，常务代表与列席代表当前往该处，在边界上按一定间距竖立石柱，并勒令阿姆菲萨人此后不得进入。〕④

[155] 另一份决议⑤：

〔于克勒那戈洛斯担任祭司之年，春季关口会议之上，德尔斐周边城邦议事会各常务代表与列席代表及德尔斐周边城邦议事会全员决议，鉴于阿姆菲萨人先已占据属神之土地用于耕作及放牧，并在被禁止如此作为后全副武装前来，暴力抗拒全希腊共派之代表，且伤及其中数人，则德尔斐周边城邦议事会选出之将军

---

① 木曾指出，此决议为伪作。
② 钱普林引赫尔曼（J. G. J. Hermann）的意见，认为应该就是"大使"，但原文用词不同。当然，考虑到这些"文献"之篡改，此词完全可能是伪造者乱用。
③ 参见埃斯基涅斯《控诉克忒西丰》第124节。
④ 埃斯基涅斯《控诉克忒西丰》第124节里提到的全员大会是在与阿姆菲萨人发生了武装冲突后才召开的，而这里的决议提到了全员，内容却明显是在武装冲突之前。当然此处"全员"云云也可能只是公文例行格式。
⑤ 木曾指出，此决议为伪作。

阿耳卡狄亚人科特堤福斯当前往马其顿人腓力处出使，请求他向阿波罗及向德尔斐周边城邦议事会提供帮助，而勿听任亵渎神明之阿姆菲萨人对神明作恶，并通知他，列席德尔斐周边城邦议事会的希腊各与会国已选出他担任全权将领。〕①

再请为我宣读记录了这些事情发生日期的日历，这些日期都是他担任常务代表的日期。请宣读。

日历：

〔于谟涅西忒得斯②担任执政官之年，八月十六日。〕

[156] 请递给我那封信，就是在忒拜人不肯听从他的情况之下，腓力写给他在伯罗奔尼撒各同盟国的那封信，从中你们就可以清楚知道，他所做的一切的真实目的，就是说他是在针对全希腊、针对忒拜人、针对你们行事，他都掩藏起来了，而他伪装出来的样子，则是在进行公益事业，按照德尔斐周边城邦议事会的指示而行事。向他提供了这个切入点、这个借口的，就是这个家伙了。请宣读。

[157] 书信③：

---

① 埃斯基涅斯提及科特堤福斯是法萨里亚（属帖撒利）人，参见埃斯基涅斯《控诉克忒西丰》第128节。
② 现存名单中由此名之人担任名年执政官的年份是前457—前456年，显然此处不确。
③ 木曾指出，此书信从其格式推测，当为后世伪作。

〔马其顿王腓力致意伯罗奔尼撒诸盟国之行政官员及议会成员，并致意其余各盟国：今有名为俄左莱人①之罗克里斯人，居于阿姆菲萨之地，亵渎德尔斐之阿波罗神殿，武装侵入属神之地，大加劫掠。孤意与汝共往援助神明，膺惩亵渎世人圣典之辈。以此之故，汝等当具甲兵而会于福基斯之地，携四十日粮，期于本月，即吾等之谓"洛伊奥斯月"、雅典人之谓"三月"、科林斯人之谓"帕内谟斯月"。凡未以全军来会者，吾等必依公议而加以惩处②。顺祝安康。〕

[158] 看看吧，他逃避了不提个人的目的，而是躲到了德尔斐周边城邦议事会的种种的下面。是谁帮他准备好了这些呢？是谁给了他这些借口呢？是谁要为发生的灾难负最大的责任呢？不正是这个家伙吗？所以，别再说什么，雅典人啊，别再走来走去说什么是单单的一个人让希腊遭受了这一切。不是单单的一个人，而是很多人！各个国家里的很多恶棍！啊！大地啊！众神啊！

[159] 而其中这一个人，他——既然我要毫无掩饰地说出真相，那我就不会退缩了——我要说，他正是所有此后遭到了毁灭

---

① 罗克里斯人中居住于靠西地方的部落。
② 此处文字舛误甚多，不易修正，但牛津本认为不必改，斯蒂埃夫纳译作"吾等必加以罚款"。此从尤尼斯的译法。

的人民、地区、城镇的共同灾星[①]。他播下[②]了种子,就要为恶果负责。为什么你们看见这个家伙的时候,没有立刻掉过头去?我一直都不明白。看起来只能是,有一片巨大的黑暗存在于你们与真相之间。

[160] 既然提到了这个家伙危害祖国的所作所为,我也就该进到我与之针锋相对的政治作为上面来了。你们有很多理由应该听一听我对此的叙述,特别是因为,雅典人啊,我连这些为你们而做的工作本身都承受下来了,要是说你们连听一下对这些工作的描述都承受不了,那也太糟糕了。[161] 当时我看到了,忒拜人,还有你们也差不多,在各自国家里面那些一心只为腓力的利益着想、彻头彻尾地被腐化了的家伙们的推动之下,明摆着听任腓力的实力进一步加强乃两国共同的危险、需要大大警惕的危险,却完全视而不见,完全不加防范,而是迫不及待地要彼此为敌、彼此争锋。我一直都在紧密关注,防止这种情况发生,我以为这是有益的做法,这不单单是我一人之见,[162] 而且以我所知,阿里斯托丰[③],还有后来的欧部罗斯,他们一直以来都是希望建立这样一种友好关系的,尽管他们在其他问题上经常有对立意见,在这一点上却一直都是彼此一致。你个狐狸啊,他们活着的时候你追着他们讨好,他们去世了你倒自己都没感觉地指控起他们

---

① 木曾注云,埃斯基涅斯在《控诉克忒西丰》第 131、157 节也使用了"灾星"(ἀλιτήριος) 这个词来攻击德谟斯提尼,此处予以同样回击。
② παρέχω 本义"提供",化译如此。
③ 参见埃斯基涅斯《控诉克忒西丰》第 139 节。

来了呢！你在忒拜问题上对我的那些评判，其实更多的是在指控他们而不是指控我啊，他们在我之前就赞同了这种同盟关系啊。[163] 还是把话说回来吧。等到这个家伙制造了阿姆菲萨的战争，他的其余那些同伙也帮着他挑起了对忒拜人的敌意，腓力就向着我们进军了，这帮家伙将两国①推入争斗为着的正是这个目标呢。要不是我们总算觉醒得提前了那么一点点，那么形势就会无法挽回了，事情就是已经被他们带到了这样的地步。当时两国之间是一种什么样的关系呢，请听一下这些议案和相应的答复吧，你们就会知道了。请为我取来这些并宣读。

[164] 议案②：

〔于赫洛皮托斯③担任执政官之年，九月的倒数第六天，厄瑞克忒伊斯部落正担任五百人议事会主席团，经五百人议事会与众将军建议，鉴于腓力已占据邻邦数城镇，围攻邻邦另外一些城镇，且已准备就绪向阿提卡进军，全然不顾我二国之协议，意欲撕毁誓言、撕毁和约、践踏公信，五百人议事会与公民大会当决议向其派遣使团，与之对话，尤需吁其保守与我邦之友善及协议，若不能如愿，则吁其给予我邦时间用以商议，停战直至十一月。

---

① 指雅典与忒拜。
② 古德温指出，这份和接下来的三份文件与上下文语境显然完全不符，上节中的"议案和相应的答复"应指雅典与忒拜之间互相攻击的议案和答复。木曾指出，此议案为伪作，执政官名字有误。
③ 此人同样不见于现存之名年执政官名单。

以下为选出担任使节之五百人议事会成员：阿纳古儒斯村人西摩斯、费莱村人欧堤得摩斯、阿罗珀刻村人部拉戈刺斯。〕

[165] 议案①：

〔于赫洛皮托斯担任执政官之年，十月晦日，经军事执政官②建议，鉴于腓力有心促使忒拜人与我邦为敌，并已准备就绪以全军开往邻接阿提卡边境之地区，践踏我二国现有之协议，五百人议事会与公民大会当决议向其派遣传令官与使团，请求呼吁其停战以俾人民得在现有状况下尽心商议，目前为止，人民尚未定发兵前往，盖仍望有合理条款也。以下为选出担任使节之五百人议事会成员：索西诺摩斯之子涅阿耳科斯、厄庀佛戎之子波吕克剌忒斯，另由公民大会选出阿纳佛吕斯托斯村人欧诺摩斯担任传令官。〕

[166] 再请宣读各篇答复。
致雅典人的答复：

〔马其顿王腓力致意雅典五百人议事会及人民。汝等自始多

---

① 古德温本"议案"前有"另一份"字样。木曾指出，此议案为伪作。
② πολέμαρχος，每年十名执政官中排名第三者，其头衔为历史遗留，实际职责与军事无关。

方谋不利于我邦，孤岂不察？更知汝等力图召诸帖撒利人及忒拜人乃至彼奥提亚人，然彼等思维缜密，不听汝等计策，各求福祉，故汝等改遣使节与传令官来兹，复申前约，吁求停战。我邦实未尝加不公于汝等也。孤已悉聆使团之言，允其所请，有心停战，唯望汝等尽逐进言非直之辈，并处以应得之罪。善自珍重。〕

[167] 致忒拜人的答复：

〔马其顿王腓力致意忒拜常务委员会①及人民。汝等致函重申雍睦和平②意已悉。昔闻雅典人极力示好于汝等，欲令汝等听其唆使。孤初有责于汝等之信其所望、从其所计。今乃知汝等与我邦和睦之心，盖倍切于盲从他人之想，孤甚喜焉。孤意大善汝等种种所为，而尤以择正于心、亲遇我邦为最。若汝等持以此念，孤以为必有大利于汝等。善自珍重。〕

[168] 腓力就是这样靠着这些人操纵着各个国家，他看到这些议案和这些回复后便兴奋了，带兵过来占领了厄拉忒亚，心想你们和忒拜人无论如何都是不会走到一起去的。当时，我邦内部陷入了怎样的混乱状况，你们全都是知道的，不过还是请简短听一

---

① 参见本篇第90节注释。
② 古德温本作"重申雍睦、一心谋和"。

听以下①扼要陈述吧。

[169] 那是一个傍晚,一名信使来到五百人议事会主席团面前,报告说厄拉忒亚被占领了。他们本来还在进餐,便当即起身,一些去赶走了市场上各个摊位里的人,点燃了枝条,②另一些则去召集了众将军,传唤了号手。全城之中一片混乱。次日,天刚亮,主席团便将五百人议事会成员召集到会场,你也走入了公民大会会场。五百人议事会还没有开始讨论,还没有达成议案稿的时候,③全部的人民就已经都坐在上头④了。[170] 然后,五百人议事会成员到场了,主席团向他们通报了接到的消息,将信使领了进来,他作了陈述。传令官⑤呼喊道:"有谁想要发言?"没有一个人走上前来。传令官呼喊了很多次,还是没有一个人站起身来。当时,所有的将军都在场,还有所有的职业演说人,祖国〔以共同的声音〕发出了召唤,召唤那个发言来拯救它的人——当传令官依法喊话的时候,可以说,这就是祖国共同的声音了。

---

① 古德温本认为"以下"赘文。
② 这句话有多种理解。古德温和舍费尔(A. D. Schaefer)认为这是点起烽火通知四方的意思,由于手边没有合适燃料,因而要拆毁摊位以取得"枝条",皮卡德、尤尼斯和木曾亦如此理解,斯蒂埃夫纳的理解也大体相当。钱普林也认为是点火发信号,但认为"枝条"是本来就准备好的材料,赶走摊位里的人只是为了清场。文斯兄弟根据阿里斯托芬剧作所附《集注》认为这句话应修正为"拉开了隔墙",是为第二天的会议作准备工作(布置会场通道)。
③ 按常规应由五百人议事会先讨论达成议案稿,再交给公民大会讨论表决。
④ 公民大会会场地势比五百人议事会会场高。
⑤ 古德温本多一语气词。

[171] 如果说，当时需要的，是那些希望国家得到拯救的人走上前来，那么，你们所有人，所有一切的雅典人，一定都会站起身来走上讲坛的，因为我知道，所有人都是希望国家得到拯救的。如果说，当时需要的，是那些最富裕的人走上前来，那么，最富有的三百人①一定会来的。如果说，当时需要的，是那些既忠诚于国家又有着充裕家产的人走上前来，那么，那些后来作出了重大捐献，凭着他们的忠诚和家产作出了重大捐献的人一定会来的。[172] 然而，可以这么说吧，那个关头，那个日子，呼唤的不仅仅是一个忠诚的人，不仅仅是一个富裕的人，而是一个从一开始就紧密关注了事态发展的人，一个准确地分析出了腓力所作所为意向何在、目标何在的人。一个没有看到这些、没有长期以来仔细审视过这些的人，尽管他有着忠诚，尽管他有着家产，也绝不可能知道应该采取何种行动，绝不可能向你们提出正确建议。

[173] 在那一天，那样的一个人出现了，那就是我。我走上前来，对你们发了言。请你们现在用心听一下我当时所说的话，这里有两个理由：首先，这样你们就可以知道，在所有发言人之中，在所有参与政治活动的人之中，只有我，在危难关头没有离开忠诚所赋予的岗位，而是由事实验明了，在那种恐慌形势之下，为你们的利益着想，说出了应说的话，提出了应提的案；其次，则是因为，你们只需要花费一点点时间，就可以大大增进你们的经验，能够用于日后的一切政策考量之中。

---

① 参见本篇第 103 节注释。

[174] 我当时是这么说的。"有些人以为忒拜人已经死心塌地地追随腓力了,心里便整个乱掉了,在我看来,他们对当前情况的认识是错误的。因为我很清楚,如果说情况真的是这样的话,那么我们听到的消息就不会是他在厄拉忒亚,而会是他已经在我国的边境上了。他过来的目的,就是要在忒拜城里把一切都布置妥当,我完全明白这一点。他①到底是个什么情况呢,"我说,"请听我说一下。[175] 忒拜人之中,但凡他可以收买、可以欺骗的,他已经都争取到他那一边去了,而那些从一开始就反对他、现在也还跟他作对的人,他是无法收服的。他占据了厄拉忒亚,到底是想要做什么,到底是为了什么呢?为的就是,要在他们边上展示一下实力,陈设一下武装,来鼓励他的那些朋友们,壮壮他们的胆,同时打击一下跟他作对的那些人,好让他们被吓住,或是被逼着,同意去干他们不情愿干的事。"

[176] "如果,我们在目前状况下的选择是,"我说,"回想起忒拜人对我们做过的不愉快的事,不信任他们,将他们当做敌人的一分子看待,那么,首先,这正是②腓力一心祈祷要我们去做的,其次,我也担心,那些现在还反对着他的人也会接纳他,所有人都会团结一致去投靠腓力,会跟他携手开进阿提卡。而如果,你们听从我的建议,用心审视我说的话,而不是用心在里面挑刺,那么,我相信,你们就会看到,我所说的都是合理的,我

---

① 文斯兄弟将主语处理为"他"似比尤尼斯处理为"那边"要贴切一些。皮卡德和斯蒂埃夫纳翻译时都隐去主语。
② 古德温本少一指代词,意义基本相同。

将会驱散正压到国家头上来的危难。

[177]"照我说,应该怎么做呢?首先,应该抛开现在的这种恐惧心理,然后,把它转个向,完全站在忒拜人的立场上体会一下恐惧。① 他们比你们更接近危险,灾难第一个就会降临到他们头上。接下来,让所有的适龄男子②和骑士③开往厄琉息斯,向所有人展示你们已武装齐全,这样,忒拜人中那些为你们着想的人就可以同样④畅所欲言地为正义发声了,因为他们会看到,正如那些想把祖国出卖给腓力的人可以指望在厄拉忒亚的兵力过来帮忙一样,那些想为自由而奋斗的人也有着你们这个随时可得的后盾,一旦有人向他们进发你们就会出手相助。[178]下一步,我建议,再选出十名使节,授予他们与将军们共同决策何时向那里⑤进军以及具体进军行动的全权。等使节进入忒拜之后,应该如何行事,我又有什么建议呢?请专心致志地听我说。不要去向忒拜提任何要求(在这个关头上,这么做太可耻了),而是告诉他们,我们随时会支援他们,只等着他们提要求,因为他们才是处于极度险境之中,我们的预见能力比他们要强。这样的话,如

---

① 译文与木曾的理解相似,三种英译都作"为忒拜人而尽情担忧",斯蒂埃夫纳作"把恐惧都转用到忒拜人头上"。
② 钱普林说是十九岁以上男子,古德温解释得详细一些,说是十八到六十岁之间的男子,但不满二十的通常留守,已满五十的也通常不征召。
③ 由比较富裕的、养马的公民担任骑兵。
④ 意指在当前情况下忒拜的反马其顿派相对于亲马其顿派处于劣势,不敢出声。
⑤ 指忒拜。

果说，他们接受了这些，听从了我们，那么，我们就实现了我们的愿望，在行为中表现出了与国家相称的尊严；而如果说，我们不能成功，那么，他们的失误只能怪到他们自己头上，我们并没有做出任何可耻卑劣的事情。"

[179] 我说了这些，还有类似的一些，① 然后就下台去了。所有人都一致赞同，没有一个人发言反对。我并没有发了言却不提案，我并没有提了案却不出使，我也没有出了使却说服不了忒拜人，② 我从头到尾彻彻底底地③ 参与了整个过程，我毫无保留地在国家被危难包围的时候将自己奉献给了你们。请为我取来当时所通过的议案。

[180] 说真的，埃斯基涅斯啊，你想要我给那一天的你和我各安排一个什么样的角色呢？你是不是想让我做——就是你辱骂我、嘲毁我时管我叫的那个名字——"巴塔罗斯"④ 呢？而你自己，来做一个英雄，还不是随随便便哪个英雄，而是戏台上的那种？⑤

---

① 古德温注云，此演说今已不存。
② 古德温注云，这三个逐步上升、各自内嵌小否定的否定句在古代即被视为修辞经典范例，在此实难译出其中的全部效果。
③ 古德温本无"彻彻底底地"。
④ 据埃斯基涅斯说，这是德谟斯提尼的保姆给他取的小名。一般认为是"口吃者"的意思，但埃斯基涅斯也暗示过这个名字可以有某种下流的解释（具体是什么已经不清楚了）。参见埃斯基涅斯《控诉提马尔科斯》第126、131、164节，埃斯基涅斯《为奉使无状事》第99节。
⑤ 一般来说，能写进戏剧的英雄都是非常有名的，结果下面德谟斯提尼举了一堆小角色来嘲笑埃斯基涅斯（也包含了嘲笑他在剧团里扮演小角色的意思）。

就比如说，克瑞斯丰忒斯[①]，或者说，克瑞翁[②]？还是你在科吕托斯村里弄得死得那么难看的俄诺马俄斯[③]呢？说起来，那个时候，在那个关头，派阿尼亚村人巴塔罗斯的表现，比起你这个科托喀代村人俄诺马俄斯来，才更与祖国相称啊。你一件有用的事都没有做，而我却做出了一个优秀公民所应该做的一切。请为我宣读议案。

[181] 德谟斯提尼所提的议案[④]：

〔于瑞西克勒斯[⑤]担任执政官之年，埃安提斯部落正担任五百人议事会主席团，十二月十六日，派阿尼亚村人德谟斯提尼之子德谟斯提尼提议：近者马其顿人腓力公然践踏其与雅典人民所达成之和平协议，无视誓言，无视全希腊所共识之正义，窃据

---

① 古德温注云，今佚欧里庇得斯同名悲剧中的角色，其中墨洛珀（克瑞斯丰忒斯之母）为最重要角色。
② 索福克勒斯《安提戈涅》中的次要角色，德谟斯提尼说埃斯基涅斯以"第三号演员"的身份扮演过这个角色，参见德谟斯提尼《为奉使无状事》第246—247节。
③ 古德温注云，今佚索福克勒斯同名悲剧中的角色，但不是主角，该剧中此角色最后被杀死，据说埃斯基涅斯在一次扮演此角色时曾摔倒在地。科吕托斯村是乡村酒神庆典（比上演最新一线剧作的城中酒神庆典至少低了一个档次）之中上演戏剧的地方（参见埃斯基涅斯《控诉提马耳科斯》第157节），因此这是嘲笑埃斯基涅斯只能到小地方去表演。
④ 古德温注云，此篇系伪作，其行文乃"对德谟斯提尼风格可笑拙劣的模仿"。
⑤ 此人同样不见于现存之名年执政官名单，而且和上面第164—165节的那两份议案里的名字也不一样。

本不属己之城镇，甚乃侵占雅典属下城镇，而雅典人民全无起衅之事，且其如今暴力与残害益剧，[182] 在某些希腊城镇中驻军，摧毁其政制，将某些铲平，彻底奴役其人民，又在某些之中安置蛮夷以取代希腊人，将其引入神殿与墓园，以上种种皆非有悖于其本土、其本性。且其人放纵于当前的幸运中，全然遗忘其本起自弱小平常，如今之①情状实属非望。

[183] 先时见其窃据各蛮夷城镇，虽该城镇皆我属地②，雅典人民尚以为此等自身所受之不公并非要事；而如今，及见其欺凌摧毁希腊城镇后，乃以为若坐视希腊人陷于奴役，实为大耻，不称于列祖列宗之名。

[184] 故此，五百人议事会与雅典公民大会当决议，祈祷献祭于护佑雅典城市及乡村之众神与众英雄，不忘列祖列宗之荣耀，不忘视维护希腊之自由重于本国之心，派遣二百艘战舰出海，由海军将领率领驶往关口，令将军与骑兵将领率步兵及骑兵前往厄琉息斯，并遣使前往其余希腊各国，其中首往忒拜，盖腓力距其国领土最近之故，[185] 且吁其勿怖于腓力，而坚守自身及其余希腊人之自由，并谓之以雅典人民不记恨于两国之间此前之彼此所为，而将以人力物力、兵器战甲相援助，盖我等悉知，为希腊之领导地位而彼此争锋乃高尚行为，而屈从于异种民族，任其

---

① 古德温本有"强大"一词。
② 原文 καὶ ἰδίας 这个词组尤尼斯译作"他自己的"，似与下一句有脱节之感；文斯兄弟的译法也可理解为"[蛮人]自治的"。此从文斯兄弟和斯蒂埃夫纳的译法。

劫夺领导地位，实乃不称于希腊人之名，不称于列祖列宗之荣耀。[186] 雅典人民从未以忒拜人民为异族异种，且牢记其先祖善待忒拜人先祖之事。方赫拉克勒斯众子为伯罗奔尼撒人窃夺其父王位之时，雅典人民之先祖率其返回，武力战胜试图抗拒赫拉克勒斯苗裔之辈。① 方俄狄浦斯及其家人被逐之时，我等亦尝收留。② 其余我等施于忒拜人之闻名仁爱事尚多。[187] 故此，雅典人民今亦决不抛弃忒拜人与其余希腊人于危难，而将与其订立盟约、互通婚姻、③ 交换誓言。以下为使节名单：派阿尼亚村人德谟斯提尼之子德谟斯提尼、斯斐特托斯村人克勒安德洛斯之子许珀瑞得斯、弗瑞阿里俄伊村人安提法涅斯之子谟涅西忒斯、佛吕亚村人索菲罗斯之子得摩克剌忒斯、科托喀代村人狄俄提摩斯之子卡莱斯克洛斯。]

[188] 这便是忒拜事务的开端，这件事的最初成果的来历。在此之前，两国在这些人的引导之下，一步步地走向敌对、走向仇恨、

---

① 赫拉克勒斯本应成为迈锡尼之王，但由于天后赫拉的阻挠，王位归于欧律斯透斯。赫拉克勒斯死后，其子孙流离在外，雅典人收留了他们，并于欧律斯透斯前来索取他们时将其击败杀死。后来赫拉克勒斯的玄孙辈入侵并占领伯罗奔尼撒诸地区，夺回应属之王位，古典时期的斯巴达国王即自认为赫拉克勒斯后裔。赫拉克勒斯曾被忒拜人收留，因此忒拜人将其视为本土英雄。
② 俄狄浦斯自残双目后离开忒拜而流亡，最终抵达阿提卡境内的科洛诺斯村，忒修斯同情并接纳了他。
③ 直译"建立彼此互通婚姻之权利"，化译如此。

走向猜疑。此议一出，围绕着国家的危险便消散如浮云。[1] 一位正直的公民，如果当时有更好的意见的话，应该在那个时候向大家展示出来，而不是现在来评头品足。

[189] 为国献忱之人与谗佞奸邪之人[2] 彼此之间是完全不相似的，而在下面这一点上尤其不同：前者在事前就会敞露心扉，甘愿接受听从了他的人的评判、命运的评判、时势的评判，以及任何有心于此的人的评判，而后者则在应该出声的时候缄默不言，等不愉快的事情发生了之后再跳出来血口喷人。[190] 那个时候，就像我上面说的，才是关心国家的人说出正当言论的时机。我再进一步好了，要是说有谁现在能给出一份更好的方案，或者索性说，要是除了我所给出的那份之外，还有哪一份方案是可行的，那么我就承认我有罪好了。只要有人现在发现了当时有什么做法是可以带来好处的，那么，我就会说，当时我没有想到这样做，是不应该的。然而，并没有这样的方案，从来没过这样的方案，目前为止没有一个人能够说出一个这样的方案，那么，一名为国献忱之人当时应该怎样做呢？难道不是在当时可见的、当时可行的方案中选择最优的一种吗？[191] 我当时就是这么做的，当时传令官正在喊话，他喊的，埃斯基涅斯啊，是"有谁想要发言？"，而不是"有谁想要来抨击一下发生过的事？"，也不是"有谁想

---

[1] 古德温注云，公元 1 世纪的《论崇高》（Περὶ ὑψοῦς）中对这句话倍加赞美。按，该篇指出这句话完全符合史诗体格律，在此译不出全部效果。
[2] 原文是 σύμβουλος（顾问）和 συκοφάντης（讼棍），但 συκοφάντης 也可指在公共事务之中为卑劣目的而发言肆意攻击他人的人。

要来为将来的事负责?"。在那个时候,你一言不发地坐在每一次的公民大会会场里,而我则是走上前来发言。那时候你没有说话,那么现在你来给我们看看吧。请说一说,有哪一句话是我那时候应该提出来的,有哪一个有利机遇是国家由于我而错过了的,有哪一个盟约、哪一套布置,是我当时更应该拿到大家面前来的?

[192] 过去的事情所有人都不会去考虑,哪里都没有人会提议讨论那些;未来的事情、当下的事情,才是召唤着为国献忱之人走上岗位的缘由。那个时候,看起来将会发生什么样的危险,当下又有着什么样的危险——请在这样的背景之下审视我的政策选择,而不是像谗佞奸邪之人一样来对后来发生的事挑刺。最终的结果取决于众神的意愿,而选择本身则彰示了为国献忱之人的思辨。[193] 所以,请不要因为腓力最终在战场上取得了胜利,就把这算成是我犯下的罪行。事情有着这样的结果,是神明造成的,不是我。而要是说,我没有作出人类思想所能达到的所有可行的选择,没有端正地、用心地去实现,没有以一种超过自身能力的勤勉去实现,我所发起的种种并不是优秀的,并不是配得上国家的,并不是必要的,那么,请向我指出吧,请到了那个时候再为此而谴责我吧。

[194] 那场飓风,〔那场风暴,〕不仅降临到了我们头上,也降临到了所有其他希腊人的头上,不仅是我们所无法抗拒的,也是所有其他希腊人所无法抗拒的,那么,我们当时应该做的,究竟是什么呢?就好比一位船主,他为了船只的安全已经做到了一切,已经尽其所能想到地为保护船只配备了所有用具,而后,风暴来

了，装备受力变形了，甚至于整个地崩碎了，他就应该为船难负责了是吧。"可是，我并没有在船上掌舵啊，"他可以这么说（就像我也没有领兵出征一样），"我也无法掌控命运，那才是掌控了一切的呢。"

[195] 再想想下面这一点，看看下面这一点。要是说，在忒拜人与我们并肩战斗的情况下，我们还是命中注定要落到如此境地，那么如果说，他们不是我们的盟友，而是投入了腓力那边——某人可是扯破了嗓子要促成这个情形——我们还能期待什么样的结果呢？要是说，事实上的情况是，战斗在离阿提卡三天路程的地方①发生，而后如此之危险、如此之恐慌环绕整个国家，那么如果说，同样的灾难降临在我国领土之内的某处，我们又将能期待什么样的结果呢？看看吧，事实上，站定脚跟，收聚力量，获得喘息，这些都是一天、两天、三天的时间为国家的安全所争取到的，而如果说……不能说下去了，我们总算没有要在那种情况下试试，这都要感谢某位神明的护佑，以及感谢国家前面有着这个盟约挡着，就是你跑来谴责的这个盟约。

[196] 上面这么多我是对着你们才说的，审判团的先生们，还有诸位围在外面的听众朋友，至于对着这个令人唾弃的家伙，那么简洁明了的几句话就足够了。要是说，未来将会发生些什么，你，所有人之中只有你，事前就一清二楚，那么，在国家就此进行商讨的时候，你那时候就应该把话说在前头啊，而如果你

---

① 指喀罗尼亚。参见本篇第230节。

其实并没有什么预见,那么你也就跟别人一样可以安上一个"无知"的名头了,这样的话,凭什么是你来为此控诉我,而不是我来控诉呢?

[197] 在我说的这些事情中——我还没有提到其他的事——我的政治表现实在是远强于你,[①] 就冲着我将自己投入了所有人都一致认可为有益的工作之中,丝毫不避让、丝毫不考虑我个人可能遭受的危险,而你呢,并没有发表出更好的意见(不然的话他们是不会采取我这些的),也一点没有为我这些出力。等灾难发生了之后,你的所作所为就活脱脱地跟一个最最下贱的最最仇恨祖国的人一模一样了。正当阿里斯特剌托斯在纳克索斯、阿里斯托勒俄斯在塔索斯——这两个我国的死敌——各自审判着雅典人的友人的时候,埃斯基涅斯就在雅典控诉起德谟斯提尼来了!

[198] 如果,有哪个人把全希腊的不幸密藏起来只为可以从中扬名,[②] 那么,这人应该去死,而不是来控诉别人。如果,有哪个人从种种机遇中与国家的敌人一同获利,那么,这人的心中是不会有着对祖国的忠诚的。而且,你已经向我们展示了,用你的生活,用你的行为,用你所采取的政治行动,用你所没有采取的政治行动,展示了你是一个什么样的人了。似乎对你们有好处的

---

① 直译"我的状况实在是一个比你强得多的公民",化译如此。
② 皮卡德注云,这里的意思是埃斯基涅斯如果确实预见到德谟斯提尼政策的不幸结果,那他并没有事先提出来,而是藏着掖着,等到事后再来吹嘘自己的先见之明。

事①开展起来了——埃斯基涅斯一言不发。什么事情遭到挫败了，不应该发生的事情发生了——埃斯基涅斯就出现了。就像那些小伤小痛，只要身体有一点病，马上就发动起来了。

[199] 不过呢，既然他如此着重于最后的不幸结局，那我就要说几句初听起来难以置信的话②了。当着宙斯，当着众神，请不要有人惊讶于我话里的分量，而是请带着善意来聆听我说的一切。就算将要发生的一切都在事前便清楚地揭晓在所有人面前，就算所有人都已经事先知道，就算你已经预言过，埃斯基涅斯啊，就算你已经发出庄重的呐喊，大声疾呼了——其实你当时什么声音都没有——就算如此，国家仍旧不可能选择偏离那种政策，如果说它还要把名声、把祖先、把后世当做一回事的话。[200] 如今，没错，国家好像是在事业中失败了，这种事情所有人都是免不了的，全凭神意；而如果说，国家自命是旁人的领袖，然后随手将此扔给了腓力，那么，它就要负上出卖了所有人的骂名。③如果说，它真的一点努力都不作就把列祖列宗甘冒任何危险而为之奋斗的那些全都抛弃掉，那么，还有谁不会对你唾面呢？不要说对国家，不要说对我了！④[201] 是要用什么样的眼光，宙斯啊，我们才能

---

① 此从斯蒂埃夫纳、皮卡德、尤尼斯和木曾的处理方式。文斯兄弟处理为"你们认可了的事"，亦通。
② παράδοξος 此处按本义翻译，不译成"悖论"。
③ 文斯兄弟和斯蒂埃夫纳的断句不同，将 Φιλίππῳ 一词划归下一句，即成"……然后掉头跑开，那么，它就要负上把全部的人都出卖给了腓力的骂名了"。
④ 此处各译本一般都译成"不是对国家，不是对我！"，古德温认为是"别说什么是对国家，别说什么是对我！"的意思，译文即以此为基础翻译。

面对那些前来我国的人？要是说，结果还是正如事实那样地发生了，腓力被选为所有人的领袖、所有人的主人，而对此作了抵抗努力的人却是别人，没有我们的份？还有，以前所有的时间，我国在屈辱的平安与为光荣而冒的危险之间，选择的从来都不是前者。

[202] 有哪一个希腊人不知道，有哪一个蛮族人不知道，忒拜人、在他们之前称雄的拉栖代梦人，还有波斯国王，他们当初都会连声道谢、非常乐意地向我国赠与任何所欲，任凭我国保留全部所有，只要我国听从他们的指令，允许旁人成为希腊之尊？[203] 然而，在我想来，这对于雅典人来说，是不容于传统的，是不可以忍受的，是不符合本性的。有史以来，从未有人能使我国屈从于倚仗强大而多行不义之辈，苟安于奴役之中。我国代代相传之所为，就是为了领先、为了荣誉、为了声望，甘冒艰险，奋斗不息。

[204] 你们一直以来都认为，这一切都是值得尊重的，都是符合你们的理念的，因此，你们才称扬你们祖先中这类行为最为昭著之人。应该的。有谁不会赞叹那些人的光辉事迹呢？那些敢于抛下乡土、抛下城市，走入战舰，只为了不听从他人的指令，并选择了建议他们这么做的地米斯托克利担任将领，而将提议听从对方要求的库耳西罗斯[①]以石刑处死的人。还不仅仅是他，你们的妇女也同样处置了他的女人。

---

① 古德温注云，希罗多德《历史》第9卷第5章中提到连同家人一起被石刑处死之人名为吕喀得斯，且时间是放在波斯军队第二次占领雅典之时（不是萨拉米斯海战之前），西塞罗《论责任》第3卷第11章48节中也说被石刑处死之人名为库耳西罗斯。

[205] 当时的雅典人，他们并没有选择一个职业演说人、一个将领来帮着他们苟全于奴役之中，在他们看来，如果没有了自由，生存也就没有了价值。他们中的每一个人都以为，自己不单单是为父母而生[1]，也是为祖国而生。有什么区别呢？一个自认为仅仅是为父母而生的人，他会静待天年令终[2]的来临；而一个自认为也是为祖国而生的人，他会宁可选择牺牲也不愿看到祖国陷于奴役，他会觉得在一个被奴役的国家中不得不忍受的种种欺凌与屈辱比死亡更为可怕。

[206] 要是我打算说，是我激发起了你们与列祖列宗相称的精神，那么，没有人不能来正当地责骂我了。事实上，我宣称的是，这种精神，正是你们的精神，我展示的是，国家在我之前，早就具备了这种精神，我只想说，我也为各项具体工作提供了我的一份服务。[207] 而这个家伙却来控诉所有这一切，呼吁你们憎恨我，把我当做国家的恐慌与危难的根源。他竭尽全力要来剥夺我当下的荣誉[3]，同时也就是要夺走万世之下[4]对你们的称颂。因为，如果说，你们真的以我并未在政治生涯中采取最佳行动为由而将此人[5]定罪，那么，你们在世人眼里，就是犯下了错误才落到这般

---

[1] 此从皮卡德和斯蒂埃夫纳的处理方法。文斯兄弟和尤尼斯的处理方法是"自父母而生"，下同。
[2] 原文 τὸν τῆς εἱμαρμένης καὶ τὸν αὐτόματον θάνατον 直译"命中注定的自然死亡"，化译如此。
[3] 即金冠。
[4] 原文 εἰς ἅπαντα τὸν λοιπὸν χρόνον 直译"在今后所有的时间里"，化译如此。
[5] 指克忒西丰。

田地，而不是由于残酷的命运了。

[208] 不，不可能的，你们是不可能犯下了错误的，雅典人啊，为了全人类的自由、为了全人类的平安而担起危难，不可能是一个错误！我以我们在马拉松首当凶险之冲的祖先起誓，我以我们在普拉泰亚排开了战阵的祖先起誓，我以我们在萨拉米斯、在阿耳忒弥西翁边外奋战于海上的祖先起誓，我以其余众多长眠于公墓①中的英烈起誓！在国家的心目中，所有的烈士都配得上同样的荣誉，国家将他们全部都同样安葬了，埃斯基涅斯啊，不仅仅是那些取得了成功的人，不仅仅是那些取得了胜利的人！正应该如此！凡是一位勇士所应做的一切，他们全都做到了，神明向他们各自分配的命运，则是他们的所得。

[209] 现在，你个遭咒的趴桌上写字的文痞，想着要夺走大家对我的尊敬和关怀，倒说起些胜利、说起些战役、说起些古老的事迹来了？② 那些跟现在这场审判有什么关系？你个三号杂脚③，你觉得我应该是带着什么样的一个人的精神走上讲坛，来向国家作出如何保持领先地位的建议？一个说出话来根本配不上他们的人？[210] 那我真该去死了。

你们，雅典人啊，不应该是用着同一种思考方式来审判私事

---

① 阵亡将士由国家公葬于专门的公墓之中。
② 参见埃斯基涅斯《控诉克忒西丰》第 181—188 节。
③ 剧团里一般由两名演员担任主要角色，再配一名"第三号演员"（τριταγωνιστής）来出演各种次要角色。此处借用中国古代戏班中的名目翻译为"杂脚"。

诉讼和公事诉讼，而是应该要依据具体的法规与事实①来审理日常生活事务，依据祖先立下的榜样来审查公共政策的抉择。如果你们想要作出与他们相称的行为的话，那么，当你们走进法庭审判公事诉讼的时候，你们中的每一个人都应该感到，除了司法杖和司法证，②你们一同领取到的还有国家的精神。

[211] 我说起了你们祖先的事迹，就把一些决议和工作给漏过去了，现在我还是回到我把话说开去了的地方吧。

当我们抵达忒拜城的时候，我们就发现腓力、帖撒利人和其余他的盟国的使节也在那儿了，我们的朋友都陷入了恐惧，某人的朋友则趾高气扬。为证明我不是现在觉得这个对我有利才这么说的，请为我宣读当初使团即时发回的报告。

[212] 说起来，这个家伙的讼棍手段实在是太夸张了，要是有什么好事做成了，他就说这是靠着时势，不是靠着我，才成了的，而各种反过来的情况呢，那就是该由我和我的运道来负责了。还有啊，照那样看起来，我，一个做顾问的、做演说人的，好像在那些通过言辞、通过商议而实现的事情里一点忙都没有帮上，倒单单要对军事上、指挥上的失败负全部责任了。哪还能长出来一

---

① 此从古德温、文斯兄弟、斯蒂埃夫纳和木曾的理解。皮卡德和尤尼斯理解为"操作规程"。

② 古德温注云，司法杖（βακτηρία）是发给审判员的手杖，上面标有具体法庭的位置；司法证（σύμβολον）是审判员走入法庭后交出司法杖而换回的一个凭据，在审判结束后凭司法证领取三个角币的报酬。木曾注云，参见亚里士多德《雅典政制》第63—65章。

个更混账更可恶的讼棍呢?请宣读报告。

报告①

[213] 他们②召开了公民大会,当时首先就把那些人③领了进来,因为他们之间有着同盟关系。他们就上来发言,说了很多赞扬腓力的话,也说了很多抨击你们的话,回顾了你们曾经做过的所有与忒拜人为敌的事情。总之,这些人的意见是,应该为腓力所曾带来的好处表示感激,为你们所曾犯下的罪行作出报复,可以在两种方法中任选一种,一是让他们过境攻打你们,二是跟他们一起进军阿提卡。这些人还指出,照他们看来,如果听从了他们,那么牲口、奴隶和其他财物就会从阿提卡流入彼奥提亚,而要是听从了你们所说的,那么彼奥提亚就会毁在战争中了。这些人除此以外还说了很多,最终的结论都是一样的。④ [214] 我们对此的回答,其中每一点的细节,我是甘愿付出一切〔、付出生命〕来陈述的,⑤然而,我担心,如今,世异时移,你们或许会觉得就好像有一场洪水抹去了这一切,或许会以为关于这些的言语无

---

① 从此处开始所引用的文献(除了一篇铭文之外)都没有内容了,也许是伪造者没有精力和兴趣再编下去。本书以楷体标示。

② 指忒拜人。

③ 指腓力一方的使节。

④ 木曾注云,亚里士多德《修辞学》第2卷第23章1398a 提及腓力使节用来劝说忒拜人的逻辑。

⑤ 古德温注云,普鲁塔克《德谟斯提尼传》第18章第3节:"这位演说家的力量,如特奥波姆波斯所述,点燃了他们的心灵,扬起了追求光荣之烈火,遮蔽了其余的一切,他们便抛开恐惧,抛开算计,抛开感恩,被言语激励,向荣耀而去。演说家的成就如此之伟大,如此之光辉,竟致腓力当即遭遣请和,全希腊斗志昂扬,前来共同为未来而战。"此演说今已不存。

非徒增烦恼。至少，我们说服了他们怎么做，而他们又是怎么回复了我们的，至少请听一下这些吧。请取出此文件并宣读。

忒拜人的答复

[215] 此后他们便呼唤你们，召唤你们。你们出发了，你们赴援了。中间的那些我就略过去了，他们如此热情地接纳了你们，他们自己的步兵和骑兵都在外面，却把你们的军队接纳进了家中，进了城中，进到了他们的妻儿中间，进到了他们最为宝贵的一切中间。就是这样，在那一天，忒拜人向世人展示了对你们的三份最美好的赞扬，一是赞扬你们的英勇，二是赞扬你们的正义，三是赞扬你们的节制。他们选择了与你们并肩作战，而不是对你们作战，这就是认定你们比腓力更为英勇，你们追求的目标更为正义。他们将他们自己以及所有世人最为着意保护的一切——他们的妻儿——放到了你们手中，这就是显示出他们对你们的节制充满信任。[216] 在所有这些方面，雅典人啊，他们对你们的想法都被证明是正确的。你们的士兵在城里安营扎寨的时候，没有一个人来控告过你们，连诬告的都没有，你们的行为就是如此之检点。在最初的交锋中，你们两次与他们并肩作战，一次是在河边战斗，另一次是在冬季战斗，① 你们不仅表现得无可挑剔，而且还展现出了令人惊叹的纪律、装备和士气。由此，便有了来自其

---

① 古德温注云，这两场战斗的具体情况已不清楚。后一场战斗的名称也有解释为"风暴中的战斗"的。

余各国的对你们的赞美，便有了来自你们的对众神的感恩祭礼。[217] 我很想问一问埃斯基涅斯：当这一切都在进行的时候，当全城充满了骄傲，充满了欢乐，充满了赞颂的时候，他是跟大家一起来献祭、一起来开怀了呢，还是伤感叹息，恨恨于人民的幸运，独自坐在家中呢？如果他也参与了，有据可查是跟其他的人一起参与了，那么，这不是很可怕吗？不是可以说是渎神吗？他那个时候当着神明作了见证，宣称这些都是最为优秀的，而现在，却跑来要你们投票判定这些不是最为优秀的？你们，这些当着神明立过了誓的人？如果他没有参与，那么，他竟然在看到其余人为之欢欣鼓舞的事情的时候伤心哀痛，是不是不止一次地该死？请为我宣读那些议案。

关于举行献祭的议案

[218] 就这样，我们的心思投入了祭礼中，忒拜人的心思则是认定他们是由于我们才得了救，当时的情况就是，本来由于这些家伙的所作所为而看上去急待救援的人们①，却由于你们听从了我的建议而转过来救援其他人了。那个时候，腓力扯嗓子到什么样的地步，他由此又陷入了什么样的混乱之中，你们从他发到伯罗奔尼撒去的信里就可以知道了。请为我取来这些并宣读，这样你们就可以知道，我的坚持、我的奔波、我的艰辛，还有我提的那么多议案——就是这个家伙现在来嘲毁的那些议案——到底带

---

① 指雅典人。

来了什么样的成效。

[219] 说起来，雅典人啊，在我之前，你们中间也有过很多闻名的伟大的演说家，比如那位卡利斯特剌托斯①，比如阿里斯托丰，比如刻法罗斯②，比如特剌绪部罗斯③，还有很多很多其他人。但是，他们中间没有一个人曾像我这样自始至终地将自己投入一桩国家事务之中，而是提了案的人不出使，出使的人则不提案。他们每一个人都为自己保留了一份闲暇，保留了一条万一有变的时候的退路④。[220]"那又怎样？"有人也许会说，"你比他们厉害，你比他们胆大，你一个人把事情全包了？"我不是这个意思。当时，我心里是这样坚信的：国家面临的危险是重大的，我不应该为自己保留一点自身安全的空间，不应该为自己保留一点自身安全的考虑，而是应该满足于没有遗漏掉任何一件职责所在的事。[221] 对于我自己，我也是这样坚信的，也许很蠢吧，但确实是这样坚信的：没有人提案会比我提得更好⑤，或者能比我实行得更好，或者去出使能比我出使得更投入、更端正。因此，我就把一切的

---

① 参见埃斯基涅斯《为奉使无状事》第 124 节及注释。
② 以上二人参见埃斯基涅斯《控诉克忒西丰》第 194 节。
③ 参见埃斯基涅斯《控诉克忒西丰》第 138 节。
④ 古德温和《希英词典》（*A Greek–English Lexicon*）都以 ἀναφορά 为"退路"意，尤尼斯和木曾亦译如此，皮卡德依据哈尔波克拉提翁（Harpocration）的解释以及本篇第 224 节中 ἀνενεγκεῖν（引述）的用词认为是"可以拿来引述（归罪）的缘由"的意思，文斯兄弟和斯蒂埃夫纳的理解似较接近皮卡德的。
⑤ 牛津本认为"更好"赘文，后一句"更好"原文无。按牛津本读法，所有的比较都是说自己做得"更投入、更端正"，但为行文考虑，且译如此。

任务都指派给我自己了。请宣读腓力的信件。

书信

[222] 我的政策就是把腓力逼到了这种地步,埃斯基涅斯!某人扯嗓子扯出来的只有这种,那以前他可是对我国大嚷了好多狠话的。为此,我就理所应当地被大家授予了冠冕,你当时在场却没有发言反对,狄翁达斯倒是来起诉了①,结果呢,没有能拿到所需的票数②。请为我宣读这些③被判定为并非违宪的议案,这些这个家伙并没有起诉的议案。

议案

[223] 这些议案,雅典人啊,里面用字遣词④都和以前阿里斯托尼科斯、现在克忒西丰用的一模一样。这些,埃斯基涅斯当时自己没有来起诉,也没有出席发言支持起诉人。如果说,他现在控诉我的是实情,那么,比起控诉这位先生⑤来,他大大地更有理由在当时去控诉提了案的得摩墨勒斯,还有许佩里得斯⑥啊。[224] 为什么呢?因为,这位先生现在可以引述他们的情况,可以引述法庭的判例,可以引述说,那几位先生提的议案和这位先

---

① 起诉该议案违宪。
② 五分之一的票数,参见本篇第103节注释。
③ 古德温注云,这里的复数是因为对一条议案的修改也算新的一条。
④ συλλαβή 本义"音节", ῥῆμα 本义"词组",化译如此。
⑤ 指克忒西丰。
⑥ 古德温认为大概得摩墨勒斯是原始提案人,许佩里得斯提了修改后的议案。

生现在提的完全一样,而这个家伙当时却没有起诉他们,还可以引述说,法律不允许就已有定案的问题重提诉讼,①还有很多很多。而当时,可以就事实本身的是非进行审判,没有这些前例可循。②[225] 不过呢,我想,那个时候,他就没有办法照现在这么做了,没有办法去从古老的时期里、从众多的议案里挑出一批没有人能预见到、没有人能料想到会在今天被提起的内容来歪曲批判,去更改日期,给种种事情加上虚假的而不是真实的缘由,这样来装作是在正儿八经地发言的样子了。[226] 那个时候,他是做不到的,而是必须依据事实,必须在事件还刚刚发生不久,在你们心中还记忆犹新,简直就是随手可得的情况之下,展开整套论辩。正因如此,他才在事情的当下避而不作指责,而是现在跑了上来,照我看,他是想着,你们会把这当做一场演说比赛,而不是一场对政治作为的审查,会作出一份对言辞的裁决,而不是一份对国家利益的裁决。

[227] 然后他又摆起了一副聪明得了不得的样子,说什么你们应该扔掉你们从家里过来的时候带着的关于我们的先入之见,就好比要是你们心里本来以为账面上谁是有盈余的,等筹码全清干

---

① 参见本篇第 125 节注释。
② 此从古德温和皮卡德的理解。文斯兄弟、尤尼斯和木曾的理解是"不用先讨论其余这些问题",斯蒂埃夫纳的理解是"不用带上先入之见"。

净了却是一个都不剩,[1] 那你们也就会接受这个事实了,[2] 同样地,你们现在也应该接受从发言中显明了的事实。[3] 请看,所有这类不合道义的东西,其本质是何等空洞[4]。

[228] 这套狡猾的比喻无非等于是他承认了如今我们在大家的思维中已经定型了,我是在为祖国代言,而他是在为腓力代言。要不然的话,他又何必千方百计要让你们改变这种对我们各自的现有想法呢。[5]

[229] 他要求你们改变这种观念的种种说法完全是没有道理的,我很容易地就可以展示这一点,不是靠摆筹码[6]——对过去

---

[1] 这句话有两种解读方法,大同小异(据钱普林的解读,不改变大部分抄本的原始文字,即"等筹码都干净了……";据古德温的解读,对抄本文字进行了小修正,即"等筹码都拿走了……"),都牵涉到当时作计算的工具。这种工具(ἄβαξ,英文 abacus 即来源于此)类似于算盘,但是上面没有固定的算珠,而是把筹码放在上面,摆在两竖线之间,不同的竖线代表不同的数位,按十进制自右向左递增,中间的横线代表五,帮助计数用。清算账目时,把两个 ἄβαξ 摆在一起(或者就是在一个 ἄβαξ 上有两个计数部分),一个代表入账,一个代表出账,各自摆上筹码,然后每平一笔账就从两边各自拿走代表同等数额的筹码,如果最后全清空之后一个都不剩,就是没有盈余的意思了。
[2] 尤尼斯和斯蒂埃夫纳把这句里的比喻翻译成审计公务账目的语境,似不必如此具体。参见埃斯基涅斯《控诉克忒西丰》第 59 节及注释。
[3] 参见埃斯基涅斯《控诉克忒西丰》第 60 节。
[4] σαθρός 在各译本中都处理成"腐朽",斯蒂埃夫纳译作"自行崩塌",按本义"基础不牢"译为"空洞"似更符合汉语语气。
[5] 原文直译"如果你们对我们各自的现有想法不是这个样子的话,他是不会努力来改变你们的这些想法的",化译如此。
[6] 参见本篇第 227 节及注释。

的行为作清算不是这么来的——而是靠简短回顾每一项行为,让你们听了之后来作审计,来作见证。是我的政策,这个家伙控诉了的我的政策,才导致了:忒拜人并不像当时所有人预料的那样与腓力一同入侵我国领土,而是与我国并肩作战,阻止了某人;[230] 战争没有在阿提卡境内发生,而是在离城七百斯塔迪亚①的彼奥提亚边境上发生了;没有海盗从优卑亚出发劫掠我国,而是阿提卡的海疆在整个战争期间都保持了安宁;腓力没有能控制赫勒斯滂,没有能占据拜占庭,而是拜占庭人加入了我国的阵线对某人作战。[231] 这种对历史事件的回顾在你们看来到底像不像摆筹码啊?是不是应该把这些都对销掉,②而不是着意让它们被永久铭记?我就不再添上几句说:每当腓力彻底压服了什么国家的时候就可以看见的那些残酷行为,都由别人不幸承受了,而某人一边去攫取剩下种种一边装出来的那些"宽宏大量",则都由你们蒙神赐福而享受到其果实了。我把这些都跳过去好了。

[232] 不过,我要毫不犹豫地说出下面这一点:如果一个人想要以正当方式审视一个演说人,并非以讼棍手段来诋毁他,那么,他是不会说出你说的那种话,提起你提的那种控诉,打那种比方,作那种对语句姿势的模仿的。③——嗯,一切都取决于此,你看不出来吗?希腊的全部未来啊!就取决于我选用了这个词还是那

---

① 约合一百三十公里。
② 参见本篇第 227 节及注释。这里的隐含意思是他的政策带来的都是好处,而埃斯基涅斯的政策带来的都是坏处,所以"清账"的时候要两边对销。
③ 参见埃斯基涅斯《控诉克忒西丰》第 166、209 节。

个词，把手转到这里还是那里啊！①

[233] 不，他会做的是：实事求是，审视国家在我走入政坛时是站在一个什么样的出发点上，有着什么样的实力，而在我掌控着事务的时候，又为国家积聚了些什么，还有，敌人的情况又是什么样的。如果说，我削弱了国家的实力，那么，他就可以展示出我犯下了罪行了；要是我大大增强了国家的实力，那么，他就不会来以讼棍手段诋毁我了。既然你避而不做这些，那么就由我来做吧。请看我说出的话是否正当。

[234] 那个时候，国家所拥有的实力就是下面这些了：岛民，不是所有海岛的居民，而是最弱的那些，希俄斯岛、罗得岛，还有科库拉岛②都不在我们这一边；财力，每年总共四十五个塔兰同的贡金，③还都预先收过了；④步兵和骑兵，除了本城的那些之外，就一个都没有了。还有，最最可怕的，对敌人最最有利的，就是，靠着这些家伙们的努力，各个邻国——麦加拉、忒拜、优卑亚——都更像是敌人而不是友邦，[235] 我国手头上的就是这些了，没有

---

① 古德温注引西塞罗《演说家（致布鲁图）》第 8 章第 27 节："记下某些燃烧的词句——就这么形容吧——然后在心灵之火已然熄灭后加以嘲笑，其实是很容易的。德谟斯提尼在洗刷自己时就是这样开了个玩笑的，他说：希腊的命运才不是取决于他用了这个还是那个词，把手伸到这里还是那里。"
② 即科孚岛。
③ 古德温注云，雅典极盛时期所得年贡至少六百个塔兰同，甚至一度可能达到九百个塔兰同左右。埃斯基涅斯《为奉使无状事》第 71 节提到的数字是六十个塔兰同，但那是在菲罗克拉忒斯和约之前，而且他说了那是压榨出来的。
④ 意即遇到紧急情况的时候没有更多的钱可以收了。

人除此之外还能再列出点什么来。而我们的敌人腓力是什么情况呢，来看一看吧。首先，他是以专制君主的身份领导着手下的人，这在战争之中是最大的优势。其次，他们一直手中不离武器。[①] 再次，他广有钱财，而且可以随心所欲行事，不用在议案中事先申明，不用公开讨论，不会有讼棍来控诉，不会被指控违宪，不必向任何人述职，而是绝对的主宰和领袖，掌控着一切。[236] 而与他对抗的我呢？应该来仔细看一下，我掌控了什么。什么都没有。先看看向人民发言这个事情吧，我能参与的就只有这个了，你们把这项权利给予了我，也同等地给予了卖身投靠了某人的那些家伙，每次这帮家伙占了我的上风，——这种情况有过好多次了，反正每次都有个什么理由吧——你们就讨论出了有利于敌人的结果然后散会走掉了。[237] 然而，就是从这样的不利状况出发，我把优卑亚人、亚该亚人、科林斯人、忒拜人、麦加拉人、琉卡斯人、科库拉人都转变成了你们的盟友，从他们那里集结了一万五千名雇佣兵和两千名骑兵，[②] 这还没有把公民兵算上；至于钱财，我也尽可能多地组织起了一笔共同资金。

[238] 你又说什么我们跟忒拜人打交道时候的权益啦，[③] 埃斯基涅斯啊，跟拜占庭人打交道时候的权益啦，还有跟优卑亚人打

---

① 尤尼斯注云，指腓力有一支常备军。
② 参见埃斯基涅斯《控诉克忒西丰》第 97 节及注释。
③ 参见埃斯基涅斯《控诉克忒西丰》第 143 节。

交道时候的权益啦,[①] 还有现在来说什么公平份额啦,[②] 可是, 你首先显示出来的就是自己的无知, 居然不知道, 当初, 为希腊而奋战[③] 的三层桨舰队, 总共是三百艘船, 其中我国提供的就有两百艘, 而我国并没有感觉吃了亏, 并没有去审判那些如此提议的人, 也没有表现出对他们[④] 心怀不满 (真这样的话就实在太可耻了), 而是衷心感谢神明, 能让我国在共同的危险降临到全希腊头上之时为了世人的平安而作出了双倍于他人的奉献。[239] 而且, 你现在这样耍讼棍手段诬蔑我, 对大家也没有丝毫的好处。你现在跑来说那时候应该如此这般地做, 你那个时候也在城里, 也在会场里, 怎么不拿出这些议案来呢? 就算, 在当时的危机里, 这类议案真的能拿得出来? 在那种危机里, 我们需要做的, 不是去索取我们所想要的, 而是去接受条件所允许的。某人当时可是在跟我们竞价的, 是作好了准备一旦有人被我们推开就马上欢迎, 马上给钱的。[⑤]

[240] 再说, 既然连我实际上的那种做法都有人来控诉, 那么, 你们以为, 如果那个时候我真的在这些事上斤斤计较, 各国都抛下我们投奔腓力了, 他掌握了优卑亚、忒拜和拜占庭了, 这些丧

---

① 参见埃斯基涅斯《控诉克忒西丰》第94、100、101节。
② 仍指埃斯基涅斯《控诉克忒西丰》第143节中提到的军费分配问题。
③ 指萨拉米斯海战。
④ 皮卡德、尤尼斯和木曾的理解是"对此", 文斯兄弟没有明确译出, 译文同斯蒂埃夫纳的理解为指"提议如此的人"。
⑤ 后面这半节意即当时情势所迫, 不可能跟忒拜谈出更好的条件来了。

尽天良的家伙又会做些什么，说些什么？[241] 不会是说那些国家都被拱手送出去了吗？不会是说它们本来想跟我们站在一起，却被赶开了吗？不会是"他靠着拜占庭人掌握了赫勒斯滂，控制了希腊的粮食运输，一场难以承受的与邻国的战争已经由于忒拜人而降临到了阿提卡，海洋由于从优卑亚出发的海盗的侵扰已无法通航"这些吗？他们不是会说这些，还有很多很多其他内容吗？

[242] 无耻啊，雅典人啊，一个讼棍，一个一刻不停到处血口喷人，一刻不停到处找茬生事的家伙是多么的无耻啊！这个狐狸本性的小人①，他从来没有干过一件好事，没有干过一件配得上"自由人"这个名头的事！这个天生悲剧样的猴子，这个乡下的俄诺马俄斯②，这个赝品演说人！你那套本事对祖国有过一点点帮助没有？现在你倒讲起过去的事来了？[243] 这真像一个什么郎中，走到虚弱的病人家里，什么也不说，不告诉他们怎么才能从病中康复，等其中哪个死了，正在举行祭典的时候，倒跟到坟头前面来说："如果这个人如此这般地做了，他就肯定不会死的。"③天雷打傻了的家伙啊，你现在倒来说了吗？

[244] 就连失败——混蛋！你居然为此得意扬扬？你本该伤心哀叹才对！——你们也将看到，并不是由于我的什么失误才落到国家头上的。请这么合计一下吧。从来没有过，无论我被你们派

---

① ἀνθρώπιον 是"小的人"的意思，原意即指道德欠缺，不配称为"人"。
② 参见本篇第 180 节及注释。
③ 埃斯基涅斯《控诉克忒西丰》第 225 节准确预言了德谟斯提尼的这个比喻，然后在第 226—227 节给出了答复。如此准确的预见性只说明了一点，就是埃斯基涅斯的发言是经过事后修饰才书面发表的，这种做法在古希腊很常见。

遣出使去往何方，我离开那里时从来都没有败在过腓力的使节手下，离开帖撒利的时候，离开安布刺喀亚的时候，离开伊利里亚人的时候，离开色雷斯的国王们的时候，离开拜占庭的时候，离开任何别的地方的时候，还有最后离开忒拜的时候，都没有败过。然而，无论他的使节在哪里在言辞上被折服，他随后就带兵前去，征服了那里。[245] 你现在倒来把这些都扣在我头上？① 你不觉得羞耻吗？你一边嘲笑我懦弱，一边又要求我一个人去战胜腓力的兵马，而且还是用语言？除了这个，还有什么在我的掌握之中呢？反正不是每个人的精神，不是列阵战士的运势，不是军事指挥——嗯，你还说我应该为最后这个承担责任呢。拙劣啊！

[246] 而至于一个职业演说人所应该负责的那些，就请你们作一番彻底的审视吧，我不会求情的。是哪些呢？看出事情的端倪，作出预见，预先警告他人。这些我都做了。把普遍的拖延、犹豫、无知、内斗——这些都是所有城邦里根植于政制的、无法避免的缺陷——尽可能地限制在最小范围，反过来，推进共识、推进和睦、推进完成义务的动力。这些我也都做了，没有人能够找出我的任何欠缺。②

[247] 要是有人随便问个别的什么人，腓力取得的大部分成功，其中因素到底是什么，那么，所有人都会回答说：是靠军队，

---

① 此处皮卡德按 ἀπαιτέω 本义译作"你现在倒来找我讨要这些地方"。
② 原文 οὐδεὶς μήποθ' εὕρῃ κατ' ἐμ' οὐδὲν ἐλλειφθέν 直译"只要是牵涉到我的，没有人能够找出任何事情不够完备"，化译如此。

靠行贿腐化任事之人。说到军队,这个不在我的掌握之中,我也没有指挥权,所以这方面的事情的责任与我无关。而说到有没有被金钱腐化①,那我可是战胜了腓力的。正如在收买成功的情况下是出钱的人战胜了拿钱的人一样,不拿钱〔不受腐化〕的人也战胜了出钱的人。因此,就我而言,国家没有被击败。

[248] 说到这位先生②为我起草的这个议案为什么是正当的,我为此提供了什么样的基础,就是以上这些以及类似的一些,还有其余种种了。至于你们所有人也为此提供了什么样的基础,我现在就来展示一下。在战斗③刚发生了之后,人民当时是知道了是看见了我的一切所作所为的,是陷入了危险与恐慌的,而就在这个时候,在大众如果对我表示不满也不稀奇的时候,人民却首先就投票批准了我与国家安全相关的提议,所有那些与国防相关的事——布置守军、壕沟作业、城墙拨款——都是在我提出的议案之下完成了的,然后,人民又从所有人之中投票选举了我担任粮食委员。[249] 此后,那些以危害我为职业的人就走到了一起,拿控诉、审计、告发等一切的一切来堆到我头上,一开始还不是通过他们自己出面,而是通过一些他们心里觉得最能掩盖他们自己身份的人。你们大概都知道,都记得,在最初的那段时间里,每一天,我都在接受审判,无论是索西克勒斯的全无顾忌、菲罗

---

① 此处冠词变格古德温本 τῷ 似更通顺,牛津本 τὸ 略别扭,不过意义没有什么区别。
② 指克忒西丰。
③ 指喀罗尼亚之战。

克拉忒斯[①]的讼棍手段，还是狄翁达斯[②]和墨兰托斯的丧心病狂，没有一样不曾被这帮家伙试着拿来对付我的。[③] 而在所有这些审判之中，首先是托蒙众神庇佑，其次则是依仗你们和其余雅典人的帮助，我最终都安然脱身了。这是应该的。这是符合事实情况的裁决，这是由立下了誓言、遵守了誓言的[④]审判员们作出的裁决。[250] 就是这样，在我被告发，而你们投票决定不予起诉，[⑤] 甚至都没有让提起告发的人得到所需的票数[⑥]的时候，那时你们就是通过投票宣告了，我所做的一切都是最佳的行为；在我从起诉中被开释了的时候，那时就是展示了我所提的议案、我所发表的言论都是合乎宪法的；在你们用印核准了我的审计账目的时候，那时你们就是承认了，我在一切的工作之中都做到了谨守法度、清正廉洁。既然情况是这样的，那么，克忒西丰，他可以，他应该，为我的所作所为加上一个什么样的总结名目呢？难道不是他看到人民已经给出的那个总结，难道不是他看到立下了誓言的审判员

---

① 不是前面经常出现的那个推动了前346年和约的人，是另一个同名的人。
② 参见本篇第222节。
③ 钱普林和古德温都提到西塞罗《反喀提林丙》第7章第16节有意模仿此句："我心中早就预见到了，罗马人民啊，只要喀提林被赶走了，无论是普布里乌斯·伦图鲁斯的昏睡、卢奇乌斯·卡西乌斯的肥硕，还是盖乌斯·克特古斯的疯狂莽撞，没有一样是我需要畏惧的。"
④ 原文 γνόντων τὰ εὔορκα 直译"按照忠于誓言的方式给出了判决的"，化译如此。
⑤ 古德温注云，在告发的法律程序中，先由公民大会投票决定是否起诉，如果决定起诉再移交法庭。参见本篇第132节及注释。
⑥ 古德温注云，告发人如果得不到公民大会五分之一的票数则会被罚款。

们已经给出的那个名目,难道不是他看到已经由事实为所有人确证了的那个总结名目吗?

[251]"嗯,"他说,"可是,看看刻法罗斯的光荣事迹啊!他从来没有被起诉过啊!"① 是啊,宙斯啊,还该再说一句,他运气真好啊。不过呢,凭什么,要是有一个人经常被起诉,却从来没有被定过罪,就因为这个,他就更应该被人指责呢?如果只考虑这个家伙的话,雅典人啊,我也一样可以引述刻法罗斯的光荣事迹啊。这个家伙以前也从来没有起诉过我,没有在对我的起诉中出过力② 不是?所以啊,其实你也就等于承认了,我的政治生涯比起刻法罗斯来一点都不逊色呢。③

[252]总之,大家都可以看到,这个家伙的粗鲁无礼和血口喷人表现在了方方面面,尤其突出的就是他谈论起运势的时候说的那些。泛泛而言,我觉得吧,要是谁自己也不过是一个凡人,却跑来指责别人的运势,那实在是无知得可以。就连一个自认为万事顺遂、自以为好运无比的人,也无法确知这种运势是否能够持续到黄昏,那么,谈论运势,拿运势来侮辱别人,又怎么能行呢?

---

① 参见埃斯基涅斯《控诉克忒西丰》第194节。
② 原文中前面半句是说没有提交过控诉书,后面半句是说没有上法庭作过控诉方发言,化译如此。
③ 此节后半段有点诡辩,大意是有没有受过起诉并不能展示一名政治家的表现如何,而仅仅展示了提出或不提出起诉的人对这名政治家的印象。既然这是埃斯基涅斯第一次提出起诉,那就表明,此前在埃斯基涅斯心目中,德谟斯提尼和刻法罗斯的表现实际上是一样的,因为埃斯基涅斯并没有起诉过其中任何一个人。

不过呢，既然这个家伙在这件事上也和在其他地方一样，说的话如此猖狂，那么请看，雅典人啊，请仔细观看，我下面讨论运势的时候说的话，比起这个家伙来，可是要真实得多，得体①得多了。

[253] 我以为，我国的运势是吉利的，而且，据我所见，多多纳的宙斯②也在神示中向你们宣布过这一点；至于所有世人当下的运势，那就是非常糟糕、非常可怕的了。有哪一个希腊人，有哪一个蛮族人，如今不是正在经受重重灾难③呢？[254] 所以，我们选择了最为高尚的行为，我们如今的处境好过那些自以为如果出卖了我们就能过上好日子的希腊人，这些我以为都应该归于我国的吉利运势。而至于说，我们跌倒了，未能一切如我们所愿的那样发生，这些在我看来就是我国分担了其余世人的不幸运势之中摊到我们头上的那部分。[255] 至于我个人的运势，还有我们中每一个人的运势，我想，都应该基于各自的境遇而审视。关于运势，我就是这么想的，在我看来，这种想法是端正的，是正当的，我以为在你们看来也是这样的。而这个家伙却说，是我个人的运势压制住了国家共同的运势，我那点微不足道、无足轻重的运势压制住了国家吉利而强大的运势。这怎么可能呢？

[256] 如果说你下了决心一定要来审视我的运道，埃斯基涅斯啊，那你就先拿你自己的运道来比一比看啊，要是你看见我的运

---

① ἀνθρωπινώτερον 本义"更符合一个凡人的身份"，化译如此。
② 多多纳有一座非常古老的、敬拜宙斯的神谕所。
③ 指亚历山大发起的战争。

道比你的好，就停嘴别骂了吧。就请马上从头来看吧。宙斯啊，请不要有人说我没心没肺①。我一直都以为，一个人要是拿贫穷来当做对别人的侮辱，或者因为自己在富贵中长大就得意扬扬，那才是缺了心眼的表现。可是呢，既然这个讨厌的家伙作出了那么些下流的讼棍言论，那我也不得不来说一说这些内容了。我就在案情许可的范围内尽可能不出格地来讨论一下吧。

[257] 我有幸，埃斯基涅斯啊，小时候就进了够档次的学校，②有足够的钱不必由于生计匮乏而去做下贱行当，等长大了之后也继而作出了相称的行为，出资装备歌舞队、出资装备三层桨战舰、③缴纳税款，④于公于私没有放过任何一种追求荣誉的行为，为国家、为亲友都作出了贡献，而当我决定走入政坛之后，我选择的种种政策为我从祖国也从其余希腊人那里多次赢得了多顶冠冕，就连你们这些我的敌人，也从来没有试图宣称过我的选择是不光荣的。[258] 我就是在这种运道里过日子，我关于这个运道还有很多可说的呢，不过我都跳过去了，我不想有人听了我的自夸觉得不爽不是。而你呢，你这位高贵的先生，这位对着别人吐口水的先生，你来看看，跟我的比比看，你的运道又是个什么样子。嗯，凭着

---

① ψυχρότης 本义"冷血"，化译如此。
② 古德温本作"小时候就有够档次的学校"。
③ 装备歌舞队和三层桨战舰都是富人才能为国家提供的服务。
④ εἰσφορά 是在有特殊需要时由公民大会投票决定征收的财产税，公民和永居外国人都必须缴纳，税率按财产值递进，其范围一般估计是自千分之四至百分之一。参见德谟斯提尼《为奉使无状事》第 291 节及注释。

你的那种运道，从小你就在穷得一塌糊涂的环境里长大，跟着你爹一起坐在[1]学校前面伺候着，干些磨墨、擦板凳[2]、打扫教室[3]的事情，反正通通是奴才的活，不是自由人家的孩子做的。

[259] 等你长大了之后，你就帮着你那个给人举办入仪典礼的娘[4]朗读手册，打点一切，在晚上给那些初入仪者披上鹿皮服，泼上酒，洗他们的身子，给他们身上涂泥再擦糠，[5]在被除的手续做完了之后让他们站起来，领着他们吟诵："我已逃离邪恶！我已找到正道[6]！"你忒自豪的就是在这件事上没人能喊得有你那么响。我也相信的，你们想啊，他说话的声音那么大，嚎起来怎能不响亮呢！

[260] 到了白天，你就领着靓丽的狂欢徒众走在街道上，他们的头上装点着茴香和白杨编成的环，你手里挤捏着双颊鼓鼓的

---

① προσεδρεύω 本义"坐在附近"，转义为"提供服务"，这里把两个意思一起译出来似乎更顺畅一些。
② 皮卡德将 βάθρον（底座、踏脚凳）明确译成"长条凳"，译文模糊处理。
③ παιδαγωγεῖον 本义"校舍里安置书童的房间"，后转义为"教室"。皮卡德明确翻译成"伴读间"。像文斯兄弟和斯蒂埃夫纳处理成"教室"，虽然可能有点不符合当时的说话习惯，但在译文中似更通顺。木曾处理为"休息室"、"等候室"，尤尼斯处理为"校舍"。
④ 埃斯基涅斯的母亲在某种秘仪中担任司仪。
⑤ 古德温注云，先涂上泥，再用糠麸擦干净，属于被除仪式的一部分。
⑥ ἀμείνων 本义"更好的东西"，化译如此。

蛇①，还把它们举到头顶上，喊着"欧俄伊——萨玻伊"②，要么就是跟着"许厄斯——阿特忒斯——阿特忒斯——许厄斯"③的节奏跳舞，老女人都对你打招呼，管你叫"领头人"、"指路人"、"戴藤环④者"、"举簸箕⑤者"，如此等等，最后还能拿到报酬呢，有泡了酒的面包，有打了弯的薄饼，还有蜜渍大麦糕。⑥有了这些，谁不会真真切切地说自己有福了，说自己的运道太棒了呢？

[261] 后来，你不知怎么地就列进了本村社花名册，⑦我就不说这个了，反正是列进去了，然后呢，你立刻就选择了最最优秀的一份职业，去抄文件，去给小官打下手。等你干过了所有你自己指控别人干的事之后，你就从这个位子上下来了，不过，宙斯啊，你接下来的生活也并没有替你以前的成就抹黑呢。[262] 你把自己雇给了那两个演戏的，就是那两个〔人称〕"呻吟高手"〔的〕，西穆克卡斯⑧和苏格拉底，做起了三号杂脚，帮着他们收点无花果啦葡萄啦橄榄啦什么的，就跟一个水果贩子从别人的

---

① 古德温注云，或解释为"红褐色的蛇"，是在某种酒神崇拜仪式里使用的无毒蛇。
② 某种酒神崇拜仪式里的神秘歌谣，英文象声词 euhoe 即来源于此。
③ 另一个神秘歌谣。
④ 酒神崇拜仪式里的用具。皮卡德怀疑这个词应该是"抬箱子者"，尤尼斯和木曾即按这一理解翻译。
⑤ 木曾注云，簸箕象征洁净。
⑥ 这几样食物的名字按照古德温注、钱普林注及各英译尽可能译得好懂一些。至于第三样食物为何，众说纷纭，此从古德温的理解。
⑦ 雅典男性公民成年时要先列入本村社公民名单，才可以行使公民权。
⑧ 此人名字在不同版本中有不同写法，此从牛津本。

地头上收一模一样,①你耍这套行当,到手的其实倒是比你摆那套阵势②还多呢,就是你们摆来求生的那套阵势啦。这场你们跟观众之间的战争真称得上是从无休战,从无通使③啊,从中你也受了好多的伤呢,难怪你要把没经历过这种危难的人通通安上一个懦夫的名头啊!

[263] 不过呢,我就跳过这些吧,可以说这些都要怪穷困所迫不是,我还是进入对你的本性的指控吧。你的政治选择是什么样的呢,反正,等搞政治这个念头进了你的脑子之后,只要祖国处在幸运之中,你过的日子就像一只野兔子,一直在害怕,一直在颤抖,④一直在期待着由于你自己清楚的那些罪行而被痛打一顿,而要是别人倒了霉呢,大家就都看见你的胆子肥起来了。[264]想想吧,一千位公民倒下了,⑤有一个人倒得意扬扬⑥了,那么,

---

① 古德温认为是指整个戏班子靠埃斯基涅斯偷水果养活,皮卡德认为是指戏班子演技拙劣,观众向他们投掷水果,埃斯基涅斯全捡了起来。

② 原文双关,既是"表演"又是"战斗"。

③ 参见埃斯基涅斯《为奉使无状事》第 80 节及注释。

④ 木曾指出,野兔常惧为兽所捕、遭人所猎,参见希罗多德《历史》第 3 卷第 108 章第 3 节。后成修辞。

⑤ 指喀罗尼亚之战。古德温注里提到了吕库古指控在此战中担任将领的吕西克勒斯的话:"你担任了将领,吕西克勒斯啊,一千位公民阵亡了,两千位被俘了,一座纪念碑为我国的失败而树立起来了,希腊陷入了奴役了,所有这一切都是在你担任统帅、担任指挥的时候发生的,而你居然还有脸活着,还有脸看着阳光,还有脸走进集市,活脱脱成了祖国的耻辱和羞愤的象征?"参见狄奥多鲁斯《史库》第 16 卷第 88 章第 2 节。

⑥ θαρσέω 本义是"增强信心",化译如此。

他在活着的人手里该受到什么样的惩罚才般配？关于他我还有很多可以说的，我都跳过去好了，我觉得还是不应该毫无顾忌地讲述所有那些我可以展示出来的这个家伙的可耻贱行，我只说那些我说出来自己不会觉得害臊的部分好了。

[265] 就好好看一看吧，把你的和我的生活比一比吧，心平气和地比一比，别仇恨满腔地比，埃斯基涅斯啊，然后再问问大家，他们每一个人到底是宁愿拥有其中哪一种运道。你教人写字，我上学；你引人入仪，我入仪；你抄写文件，我发言^①；你当着杂脚，我看戏；你被哄下台，我起哄^②；你为敌人忙政策，我为祖国。[266] 还有一些我都不说了，就说这一点：今天，我是在为是否应被授予冠冕而接受审查，所有人都一致认可我没有犯下过任何罪行，^③而你呢，一直以来都是以讼棍闻名，现在还面临着能不能干得下去的危险呢，说不准你就拿不到需要的票数，从此歇业了啦。^④好个运道啊，看看，不是吗？你这辈子多好的运道啊，来批判起我的运道了！

[267] 请取来关于我提供的公共服务^⑤的证词，让我来给你们

---

① ἐκκλησιάζω 本义"作为与会成员发言"，为排比效果化译如此。
② 古德温注："很多古代修辞家引用这段著名的对比时都带着赞赏与称道。我们又一次被这种将诚实劳动谋生公开宣布为可耻的说法所震惊了。古人说起这个来显然比我们这一代的许多人要直率一些。"
③ 读者很容易忘记的是，本次审判确实并不是关于德谟斯提尼是否有罪，甚至并不是直接针对他个人的。
④ 参见本篇第82节及注释。
⑤ 即本篇第257节提到的出资装备歌舞队和三层桨战舰。

宣读一下[①]我是怎么提供了公共服务的。作为对比,你也来为我念一下你糟蹋[②]的那些诗句吧:

我来自藏尸之地,黑暗之门。[③]

带来噩耗,请你相信,并非我所愿。[④]

"你个糟糕透顶的家伙啊",但愿众神,但愿这里诸位,给你一个"糟糕透顶的"结局吧![⑤]你这个坏透了的政客杂脚!

请宣读证词。

证词

[268] 我在国家的事上的表现就是这样。至于在私人的事上,要是说你们不是所有人都知道,我一向急公好义、仁而爱人、扶危济困,那么,我也该闭嘴了,不用再说什么了,不用拿出这方面的任何证据了,比如说我以前赎回过一些战俘,帮一些人出过

---

① 只是一种说法而已,实际上还是由书记员宣读。
② ἐλυμαίνου 是未完成时,有"一向在糟蹋"的意思。
③ 欧里庇得斯《赫卡柏》第1行。
④ 出处已不可查考。钱普林指出索福克勒斯《安提戈涅》第276—277行与此类似("我并非自愿,来到了并不希望我来的人面前,这些我都知道,/没有人喜欢带来坏消息的信使。")。
⑤ 皮卡德注说这是公元前4世纪悲剧诗人林叩斯(Λυγκεύς)的残篇。原文直译"对你这个坏家伙,以坏方式",与后面的"但愿……加以了结"配成一句,译文将"以坏方式"后移并一同打上引号,字句上也稍加调整。

嫁妆什么的，还有其他这类的事了。[269] 我的原则是这样的。我以为，受人恩惠之人当永世铭记，而施恩行善之人则当立即忘却，[①] 这样，前者才像是正直优秀之人的行为，后者才像是心胸开阔之人的行为。如果对自己做过的好事念念不忘，不住叙说，那么和责备人也差不了多少了。我是不会这么做的，没有什么能让我这么做，不过这方面不管你们对我是个什么印象，我都是能接受的。

[270] 这些私事就不去说了，我还想稍微说几句公事。要是你能说出来，埃斯基涅斯啊，日头下面还有哪个人，以前在腓力的强权之下毫发无伤，现在在亚历山大的强权之下毫发无伤，不管他是希腊人还是蛮族人，那就这样吧，我就承认是我那套——不管你是想叫它运道呢，还是叫它霉运——该对一切负责好吧。[271] 可是，既然连那么多从没有见过我、从没有听过我声音的人，都遭受了那么多的灾难，还不是一个一个地遭受灾难，而是整个国家整个民族地遭受灾难，那么，更为公正得多、更为真实得多的说法，似乎只能是认为该由全人类共同的运势，以及一茬无法抗拒、本不该发生的异事，来为一切负责了。

[272] 这些你都不管了，就怪罪我这么一个跟大家一起参政的人，其实你很清楚，你这样就算不是把全部，也至少是把一部分的骂人话给堆到大家的头上了，尤其还是你自己的头上。要是说，

---

① 古德温指出，后来西塞罗和塞内加都讲过类似的话。另外，也提到原文是符合格律的，即抑扬格三音步。

我当初提各种意见的时候是一个独裁专制的君主,那么,你们其余这些演说人可以来指责我。[273] 但是,既然你们也出席了每一场公民大会,既然国家给了全民机会来参与政策讨论,既然这些决定在当时被所有人认定了是最佳的,尤其也被你认定了是最佳的(你自然不是因为对我心存善意才把与我当初政策相伴而来的期望、荣誉和尊重都留给了我,而显然只能是因为你无法战胜事实,提不出更好的意见),那么,当初你提不出更好的意见,现在倒来指责这些决定了,不是很不公平吗?不是很糟糕吗?

[274] 根据我对其他人的观察,所有世人心中都有着这样一种区别,都遵守着这样的原则:一个人有意作了恶——憎恨他,惩罚他;一个人无心犯了错——不要惩罚他,而是原谅他;一个人既没有作恶,也没有犯错,而是投入了似乎是有利于所有人的事业①之中,却和大家一起没有能得到成功——不应该责怪他,不应该辱骂他,而应该同情他。[275] 这些原则不仅仅显现于法律条文之中,造化也将它们植入了不成文的规矩,植入了人类的道德观念之中。而埃斯基涅斯,他的混账讼棍腔凌驾于众人之上已经到了这个地步,就连他自己都回顾说属于不幸事件的那些,也拿来控诉我了!

[276] 除了这些之外,他还真把自己当做全套说话都是带着坦诚和忠心了,居然来呼吁你们对我提高警惕,加强防备,免得被

---

① 此从皮卡德的译法。文斯兄弟、尤尼斯和斯蒂埃夫纳的理解是"所有人认可的事业",似与 τὰ πᾶσι δοκοῦντα συμφέρειν 这个组合的习惯用法更贴近。

我引歪了，被我欺骗了，还给我安上了语言能手①、术士、诡辩家这类名头，就好像要是有人抢先把形容他自己的词说出来用到别人头上，这事就真成了那个样子，听众也就不会再去看这个说话的人到底是个什么人了。可是，我知道，你们其实都很了解这个家伙的，都清楚这些名字其实安在他头上比安在我头上要合适得多。[277] 还有，我很清楚，我的语言水平②——就算是这样吧。不过，在我看来，听众才是控制演讲人水平的决定因素，只有你们听从了其中哪一个，对他表示出善意，那个演讲人才会显得有能耐。而且，我要真在这方面有那么点技能的话，你们也都会看见，这些技能全都是展现在公共事务之中，全都是展现在你们的一边，而从来没有用来对付你们，也没有用来对付哪个个人。而这个家伙的技能呢，完全是反过来的，不仅仅用来为敌人〔效劳〕，也用来对付随便哪个惹恼了他、得罪了他的人。他的技能从来没有用在正道上，没有用来为国家谋福利。

[278] 一位正直优秀的公民，是不应该要求为公共事务而走入法庭的审判员们来帮着他发泄他个人的怒气与仇怨的，也不应该为了这些走到你们面前③，而是最好将这些排斥在天性之外，如果做不到的话，也应该将它们导向公允平和。一位参政人士，一位演说人，在什么场合之下才应该狂野直前呢？是当国家的最高

---

① δεινός 本义"非常厉害的人"，化译如此。
② δεινότης 本义"技巧"、"水平"，但考虑到上一节里 δεινός 是专门用来形容语言能力的，故译如此。
③ 指走进法庭。

利益落入了险境的时候，是当人民与敌人相对峙的时候，是在这样的场合之下。这才是一位高贵的优秀的公民的行为标准。[279] 而有人从来没有想过要为哪一件公法罪行——我还可以再加一句，也没有想过要为哪一件私下过犯——让我受到法律惩罚，没有为国家也没有为他自己想过要这么干，却拼装起一份关于冠冕和表彰的控诉，为此花了这么多的口舌，这只能是显示出了他的私怨、他的嫉恨、他的小肚鸡肠，而显示不出任何好东西来。至于说他居然还放过对我的起诉，而现在来转过头冲向这位先生，这个就实在是最最卑劣的行径了。

[280] 由此，在我看来，埃斯基涅斯啊，你是为了展示你的口才和嗓门才提起了这个诉讼，而不是真的为了要让什么罪行受到惩罚。可是，一位演说人真正值得尊敬的，埃斯基涅斯啊，并不是口才，也不是声音的嘹亮程度，而是他能与大众有着同样的追求，能与祖国有着同样的爱憎。[281] 一个有着这样的心念的人，他的一切言论都会是伴着忠诚，而如果一个人效劳的对象早已在国家眼中是危难之源，那么，他是不会与大众系在同一根锚绳之上的，他所期望的安全是不会与大众相同的。然而，你看见了吗？我会的。我的选择全部都是与人民的利益一致的，我的心中从来没有什么特殊考虑，没有什么个人考虑。

[282] 那么，你也是这样的吗？怎么可能呢？战斗刚结束，你就立刻出使到腓力那边去了，[①] 到了那个要为当时落到祖国头上

---

① 参见埃斯基涅斯《控诉克忒西丰》第227节。

的一切灾难负责的人那边去了，而在此之前你却是一直拒绝这项任务的，① 这个大家都是知道的。那么，是谁欺骗了国家呢？不是那个心口不一的人吗？是谁该由传令官公正地诅咒呢？② 不正是这样的人吗？对一个演说人，还有什么比心口不一更严重的指控呢？而你已经被揭露出是这样一个人了。[283] 你还敢出声，还敢看着大家的脸？难道你真以为他们都不知道你是一个什么人？还是你以为，大家都昏睡了，都健忘了，都记不得你在战争期间在公民大会上说的那些话了？你那时候赌咒发誓，说你和腓力之间什么都没有，还说我拿这个来指责你是出于私怨，全都不是真的。[284] 可是，战役③的消息刚一传来，你就一点不管这些了，随即就承认了一切，还自吹自擂说你是他的朋友，是他的宾友——这就是你给"雇工"换的名字了——凭着哪一条拿得出手的、说得过去的缘由④，腓力才会跟敲大鼓⑤的女人格劳科忒娅的儿子埃斯基涅斯成了宾友，成了朋友，有了交情？我是看不出来。你只不过是受雇来破坏人民的利益的罢了。尽管如此，尽管你这个家

---

① 此从文斯兄弟、斯蒂埃夫纳和木曾的理解。古德温、皮卡德和尤尼斯的理解是"而在此之前你却是一直抵赖你跟他的交易的"。
② 每次公民大会与五百人议事会会议开场时由传令官对危害国家的人发布诅咒。参见本篇第130节及德谟斯提尼《为奉使无状事》第70节及注释。
③ 指喀罗尼亚之战。
④ 原文 ἴσης ἢ δικαίας προφάσεως 直译"平等的公正的理由"，木曾即译如此，译文接近尤尼斯的处理方法。文斯兄弟和皮卡德处理成"在什么样的平等公正的基础上"，斯蒂埃夫纳处理得稍模糊。
⑤ 本篇第259—260节中提到的仪式的一部分。

伙已经被清清楚楚地坐实了卖国贼的名头，已经在一切都发生了之后自己揭发自己了，你倒还辱骂起我、指责起我来了，而且你很快就会看见，你拿出来的那点罪名，放到任何一个人头上都比放到我头上更合适。

[285] 有很多很美好很伟大的事业，埃斯基涅斯啊，是国家由我而投入了的，由我而完成了的，这些国家没有忘记。这就是证明：人民在事后不久投票选举为阵亡将士致辞的发言人的时候，你倒是被提名了，但人民没有选择你，尽管你有着一副好嗓子，也没有选择得马得斯①，尽管他刚刚达成了和约，也没有选择赫革蒙②，没有选择你们那些人中的任何一个，而是选择了我。③那个时候，你和皮托克勒斯冲了出来，说话粗俗下流无比，宙斯啊，众神啊，拿你现在这套来指控我，辱骂我，可是呢，他们反而更加积极地选择了我。[286] 这里面的原因其实你也不是不知道，不过呢，我还是来向你指出一下吧。他们很清楚两方面，一方面，是我的忠诚、我勇于任事的积极心，而另一方面，则是你们的罪行。你们在国家事业欣欣向荣的时候赌咒发誓抵赖一切，而等国家栽了跟头的时候却都一口承认了。像这种在国民共同不幸中反而放纵起来对自己的想法直言不讳的人，他们都知道，早就是国家的敌人，而现在只不过是明白表现出来罢了。[287] 他们还知道，

---

① 喀罗尼亚之战后，得马得斯在和约谈判中做了不少工作。
② 参见埃斯基涅斯《控诉克忒西丰》第25节及注释。
③ 现存的德谟斯提尼《葬礼演说》自古代就被认为是伪作，但也有现代学者以为真。

还以为①，一个为阵亡将士致辞、称颂他们的英勇事迹的人，绝不应该是一个曾与面对他们摆开战阵的人覆盖于同一个屋顶下，在同一桌酒席上举杯的人；一个在那边与亲手杀害了他们的人、为希腊人的灾难一同欢庆一同欢唱的人，绝不应该在这边被授予这样的荣誉；需要的不是装腔作势用声音来哀哭他们的遭遇，而是由衷地感受他们的不幸。他们看见，他们自己，还有我，都有着这样的感同身受之心，而你们却没有。由此，他们投票选举了我，而不是你们。[288] 人民是这样想的，而当时人民选出主持葬仪②的那些阵亡将士的父兄的想法也并无不同。按照习俗，他们需要将葬礼宴会设在阵亡将士的最亲近之人的家中，他们便设在了我的家中。正应当如此。他们每一个人在血缘上都有着比我更亲近之人，然而，对于他们总体而言，没有一个人比我更为亲近的了。对他们的安全与成功最为关心的人，自然也就是对他们所有人的遭遇——啊，真希望他们没有遭遇到这一切！——最为悲痛的人了。

[289] 请为这个家伙宣读一下那篇铭文，就是国家决定公费③铭刻在他们的纪念碑上的铭文，这样，埃斯基涅斯啊，你自己也可以从中看出，你是一个鄙夫、一个讼棍、一个凶人。请宣读。

---

① 古德温本认为此词赘文。
② 古德温注云，公葬仪式按例从死者亲属中选出一个委员会主持。
③ 此从皮卡德和尤尼斯的理解。文斯兄弟和木曾的理解是"共同公决"，斯蒂埃夫纳模糊处理。

铭文①：

> 他们为了自己的祖国走入战斗，举起
> 武器，抗击暴虐，将其驱散，
> 一同奋战，不惜
> 生命，以冥王作为勇怯的共同裁判，②
> 为了希腊人，为了他们不必将颈项置于
> 奴役之轭下，不必身处可恨的暴虐之中。
> 祖国的土地以胸怀接纳了这些作出了最大牺牲之人
> 的身躯，这便是来自宙斯对凡人的裁决：
> 从不失误，万事成功，乃是神之特有，
> 人生之中的定分，他③不允许逃离。

[290] 你听见了吗，埃斯基涅斯？〔就在这条铭文里，写着〕"从不失误，万事成功，乃是神之特有"，它没有把在战场上取得胜利的能力归于顾问之人，而是归于众神。那么，混账东西，你凭什么拿这些来辱骂我，凭什么说了那些话？但愿众神把那些话照本应验到你和你那一家子的头上！

---

① 此为牛津本中唯一未标记为赝文的"文献"。古德温注云，这篇铭文（除倒数第二行外）的真伪众说不一，但一致的意见是其水平极差。
② 古德温注云，这句话极其拗口，而且"勇怯的"在原文之中出现在上一行，离"共同裁判"一词的距离就诗歌而言也太远了。
③ 指宙斯。

作品第18号 金冠辞

[291] 这个家伙，雅典人啊，说了好多好多的话来指控我，来诬蔑我，而其中最让我惊讶的就是，当他回顾起落到国家头上的种种灾难时，他完全没有表现出一个忠诚的正直的公民所应该有的态度，没有落泪，心中没有一点点那种感受，而是提高嗓门，欣喜狂呼，显然自以为是在指控我，而其实却是在展示一份不利于他本人的证据，展示出在这一切不幸事件中他与其他人的态度完全不一样。[292] 而且，一个像现在这个家伙这样自称是关心法律、关心政制的人，就算别的什么都不做，至少也应该做到下面这一点，就是与大众同忧同喜，不在牵涉到公共事务的原则立场之上站到敌人的行列里去。而你呢，明明白白地就是那么干了的，还说什么我要为一切负责，说什么全是因为我国家才陷入了困境，但你们最开始援助希腊人的时候，既不是由于我的政策，也不是由于我的选择。[293] 再说，如果你们真的把这个算到我头上，说是由于我你们才起而反抗正在成形的威胁全希腊的暴政，那么，你们就是给了我一份比起你们给过所有别人加起来都大的礼物了。我是不会这么说的，那会对你们非常不公平，我也知道，你们是不会同意这种说法的。这个家伙，如果他真的要规规矩矩地做事的话，他是不会为了对我的仇恨就把你们最伟大的光荣事迹拿来贬低，拿来抹黑的。

[294] 可是我何必来指责这些呢？这个家伙指控我、诬蔑我的不是还有更让人震惊得多得多的吗？要是一个人居然来指控说我投靠了腓力，大地啊，众神啊，那这个人还有什么说不出的呢？赫拉克勒斯啊，所有神明啊，要是抛开毁谤，抛开出于仇怨的言论，

仔细察看事实真相，看看公正合理的做法到底是应该把一切事件的责任扣到哪些人的头上，那么，你们就会发现，是分布在各个城邦里的这个家伙这样的人，而不是我这样的人。[295] 这些人，他们在腓力的势力还很微弱，还实实在在地很渺小的时候，在我们多次作出了警告，作出了呼吁，给出了最好建议的情况下，他们为了个人的卑鄙的考虑而出卖了集体的利益，欺骗了、腐化了各自身边的公民们，直至使他们落入奴役之中。对帖撒利人这样做的是达俄科斯、喀涅阿斯、特刺绪达俄斯；对阿耳卡狄亚人，是刻耳喀达斯、希厄洛倪摩斯①、欧卡谟皮达斯；对阿尔戈斯人，是密耳提斯、忒勒达摩斯、谟那塞阿斯；对埃利斯人，是欧克西忒俄斯、克勒俄提摩斯、阿里斯泰克摩斯；对美塞尼人，是那个神憎鬼厌之人菲利阿得斯的两个儿子涅翁和特刺绪罗科斯；对锡库翁人，是阿里斯特刺托斯、厄庇卡勒斯；对科林斯人，是得那耳科斯、得马瑞托斯；对麦加拉人，是普托伊俄多洛斯、赫利克索斯、珀里拉俄斯；对忒拜人，是提摩劳斯、忒俄革同、阿涅摩伊塔斯；对优卑亚人，是希帕耳科斯、克勒塔耳科斯、索西斯特刺托斯。②[296] 要列完这些卖国贼的名字，一天都不够我用的。

---

① 参见德谟斯提尼《为奉使无状事》第11节。
② 古德温提到，波利比乌斯《历史》第18卷第14章（今通行卷标，古德温所用卷标为第17卷第14章）里对德谟斯提尼的这份黑名单持不同意见，认为德谟斯提尼纯粹是从雅典的立场出发来看事情，而不顾这些人的出发点可能是为了各自城邦的利益，而且与德谟斯提尼的政策给雅典带来的结果相比，其中有些人完全可以说他们的政策才确实是有利于本城邦的。这种说法是否有道理，便见仁见智了。

这些人全都是，雅典人啊，在各自父母之邦里与你们中的这些家伙一样，怀着同样谋划的人、沾满鲜血的人、阿谀奉承的人、活该遭殃的人，他们残毁了各自的祖国，将自由先是举杯献给[1]了腓力，现在举杯献给了亚历山大，他们以口腹卑贱之欲衡量幸福，而对于自由，对于不受暴君的统治，这些以前的希腊人视为一切美好事物的规尺与准绳的内容，他们则全部加以颠覆。

[297] 对于这种如此可耻的、如此闻名的合谋，对于这种邪恶，或者更确切地说，雅典人啊，这种叛卖——我就别说傻话了——这种对全希腊的自由的叛卖，我国，在全部世人的眼中，托了我的政策的福，是一点责任也没有，而我，在你们的眼中，也是一点责任也没有。你倒来问我，为了什么杰出事迹我才自认应该得到表彰？我来告诉你吧：当全希腊所有的政客，从你起头，〔以前〕都被〔腓力〕腐化了〔，现在都被亚历山大腐化了〕的时候，[298] 我，无论是机遇，是美言，是重诺，是希望，是恐惧，还是任何其他东西，都没有能够诱惑，都没有能够引导我出卖任何一件我认定了是公正的、是有利于祖国的事物；当初我向大众进言之时，从来没有跟你们一样，一边像个秤盘似的往着装进来的东西那边沉下去，一边提建议，而是一切都发自正直的公义的不可腐化的心灵；我主持了我这一代人最为伟大的事业，从来都是诚实公正地作出了每一项政治决策。就是为了这些，我自认应该得到表彰。

[299] 至于说那个城墙工程，就是你刚才嘲毁的那个，还有那

---

[1] προπίνω，意思是在酒桌上作为祝酒的礼物轻易送出。

个壕沟工程，我以为，也值得感谢，值得表扬，为什么不呢？但是，在我看来，这些远远比不上我的政治作为。我为国家建起的，不是一道石墙，也不是一道砖墙，不，我尤为自豪的绝对不是这些，如果你用心正经仔细看看我所建起的城墙，那么，你就会看见：军备、盟邦①、要冲、港口、船只、〔大量的〕马匹，还有保卫着这一切的人们。②[300] 这些就是我为保护阿提卡所建设的，在人类思虑所能及的范围内建设的，我为全部的国土建起了这样的城墙，不仅仅是围着庇里尤斯的一圈，不仅仅是围着本城的一圈。我在思虑之中没有败给腓力，远远没有，我在准备工作之中也没有败给他，只不过是盟国的将领、盟国的部队在运势上败给了他。

这一切有什么证据呢？有的，非常具体、非常明显的证据。请看。[301] 一位忠诚的公民应该做到的是什么？他带着一切可能有的先见之明、积极热情和耿耿忠心而为祖国作的政治决策应该是什么？难道不是以优卑亚屏蔽阿提卡免遭来自海上的危险，以彼奥提亚屏蔽它免遭来自内陆的危险，以伯罗奔尼撒一侧的邻国屏蔽它免遭来自那一边的危险？难道不是为了保卫粮食运输，为了让运粮通道一直到庇里尤斯为止经过的都是友好的海岸，预作考虑，预作布置？[302] 还有，难道不是，保卫我国现有属地，向它们派出援军，说出相应意见，提出相应议案，就比如：普洛

---

① 原文是"城邦"复数形式（πόλεις），化译如此。
② 古德温注云，上面这句话也是从古代就被视为修辞典范。此处译不出全部效果。

铿涅索斯①、半岛地区、忒涅多斯；再获得其他国家成为我国的友好盟邦，就比如：拜占庭、阿彼多斯、优卑亚？再有，难道不是，尽可能地剥夺属于敌人的资源，而补足我国所缺乏的一切？所有这些，都通过我提的议案、我作的决策而实现了。[303] 所有这些，雅典人啊，要是不带恶意地来审视的话，就可以看出，都是我规规矩矩地设计了的，都是我诚实端正地实现了的，其中任何一个时机，我都没有疏忽掉，都没有遗漏掉，都没有抛弃掉，凡是一个人的力量、一个人的思虑所能及的，我全部都没有放过。而如果说是某些个鬼神、是强大的命运、是无能的将领、是你们这些卖国贼的邪恶行径，或者说是所有这些组合在一起，摧残了，直至倾覆了整个一切的事业，那么，德谟斯提尼又有什么过错呢？

[304] 要是在每一个希腊城邦之中都出现了一个像我在你们之中所处的位置的人，哪怕只要是在帖撒利出现了这样一个人，再加在阿耳卡狄亚出现了这样一个人，跟我的想法一样，那么，关外关内的希腊人没有一个会遭遇到如今这种不幸，[305] 而是会全都拥有自由与独立，无所畏惧，稳固地、幸福地安居于各自的祖国之中，由于我带来了如此重大、如此众多的美好事物而感谢你们，感谢所有雅典人。为了让你们知道，我用的词远远不及我的实际工作情况，主要是因为我担心有人嫉妒，请为我宣读这些，请取来由我提议而派遣的各次出征的列表。

〔由我提议而派遣的〕出征列表

[306] 这些事，这类事，埃斯基涅斯啊，正是一位正直优秀的

---

① 即今土耳其马尔马拉岛。

公民所应该做的，如果它们成功了，那么，我国就会无可争议地、实至名归地登上巅峰，虽然它们的结局不是这样，至少我们仍旧保有了美好的声誉，至少没有人会指责我国，指责我国的选择，而是只会责怪造成了这种状况的命运。

[307] 不，宙斯啊，这样的一位公民应该做的，绝不是去抛下国家的利益，绝不是去卖身投靠对手，绝不是去苦苦等待① 有利于敌人而不利于祖国的时机，也绝不是在有人立志说出与祖国相称的言语、提出与祖国相称的议案、坚持不放手的时候来对着他血口喷人，受了人私下冒犯就牢记隐藏在心，时时保持着用心恶毒的溃烂于中的沉默，就像你常做的那样。

[308] 有那么一种，是有那么一种用心端正的有利国家的沉默，你们之中大多数的公民们都是简简单单地保持着这种沉默，但这个家伙保持着的不是这种沉默，远远不是，他觉得好的时候就远离政坛（他经常这么觉得的），一直等到你们已经对不停发言的人不耐烦了，要么就是等到有一桩什么失败不幸而发生了，或者是出了什么别的糟糕的事（人生之中常有此类情况），到了这么一个时候，一个职业演说人就突然从沉默之中如同一阵风一样地出现了，用他那练了好久的嗓子，集齐词句，清晰地、不带换气地串起来，带不来一点成果，得不到一点好处，只有这位那

---

① θεραπεύω 本义"等着"、"伺候着"，木曾处理成"准备"，皮卡德处理成"珍视"，尤尼斯处理成"设计"，斯蒂埃夫纳将整句处理为"卖身给敌人等着有机会向他们效劳"，文斯兄弟的用词是"伺候"但能让人联想到"等"。

位公民的灾难,只有共同的耻辱。[309] 而如果这种苦练,这种勤奋,埃斯基涅斯啊,是发自一个正直的、以祖国的利益为选择的心灵,那么,将会结出多么高贵、多么美好、多么有助于世人的果实啊!——友邦加盟,国库开源,商埠起建,良法奠立,抗击敌寇①!

[310] 所有这一切,都曾在从前的日子里得到过检阅②,过去的时间向一位优秀正直的公民提供了大量的展示机会,而在这些场合之中,你从来没有出现过,没有在第一排,没有在第二排,没有在第三排,没有在第四排,没有在第五排,没有在第六排,没有在任何一排,只要是国家有望得以兴盛的场合。[311] 有哪一个盟约是国家由于你的出力而得到的?哪一项援助,哪一项新得的友善、新得的名望?哪一次出使、哪一次服务让国家得到了尊重?在国内事务中,在希腊事务、外国事务③中,哪一款是你主持而得以成功的?哪一艘战舰?哪一支箭矢?哪一些码头设施?哪一次修缮城墙?哪一匹战马?你到底有过什么用?你不管向富人还是向穷人提供过什么样为国为公的财务帮助?什么都没有。

[312] "唉,朋友啊,就算没有这些,也还可以有忠诚,有热忱吧。"哪里?哪天?有个人——你这个最最不安好心的家伙!——在所有其他人,所有一切曾经走上讲坛发出声音的人,

---

① 最后一个短句原文比别的长一些,直译"对我国公开的敌人的反抗",化译如此。
② 此从古德温的理解,把ἐξέτασις解释为"检阅",与下面"第×排"的写法比较配合。
③ 即牵涉到与希腊城邦以外的国家交涉的事务。

都为拯救国家而作出了捐献,就连阿里斯托尼科斯也把他积了来赎买公民权的钱捐了出来①的时候,却没有走上前来,没有作出一点捐献,而且还不是因为缺钱,为什么这么说呢?因为你这个家伙从你的姻亲②菲隆那里继承了不止五个塔兰同的遗产,还拿到了税务团团长们凑的两个塔兰同的份子〔礼〕钱来跟那条三层桨战舰舰长相关法律作对。③[313] 我不想一句又一句地把自己从现在的主题上扯开,我就不说这些了吧。总之,很明显,你不是因为缺钱才没有作捐献,你根本就是在用心提防着,千万别有什么事情是从你出来不利于那些你全心全意为之效劳的家伙们的。你什么地方勇敢过,什么时候闪光过?就是在需要害大家的时候了。到了那种时候,你可真是语音清扬,丝毫不忘,活脱脱一个杰出演员,活脱脱一个悲剧明星忒俄克里涅斯④啊!

[314] 你还回顾了古代的优秀人物。做得好。不过呢,这么做是不公平的,雅典人啊,利用了你们对逝者所怀有的追思,来考量我,来把我这个还活在你们中间的人放在他们边上作比较,是不公平的。[315] 世人之中,有谁不知道,对于生者总免不了会

---

① 古德温注云,这个阿里斯托尼科斯应该是欠了国库的债(罚款或税款之类),因此丧失了公民权,按规矩他把欠款还清就可以恢复公民权,但他自愿把已经为此准备好的钱捐了出来。
② 从埃斯基涅斯《为奉使无状事》第150、151节可知是妻兄弟,文斯兄弟、斯蒂埃夫纳和皮卡德均译为"岳父",似误。
③ 参见本篇第102—108节及注释。
④ 一个时常告发别人、演过悲剧的人,德谟斯提尼名下有一篇演讲《控诉忒俄克里涅斯》即控诉他的。

存在或多或少的嫉妒之心，而对于逝者就连他们的敌人也不会再怀恨。人性既然如此，难道现在要拿前人作为参照来让我接受审判，接受考察吗？绝对不行！这不公平，这不合理，埃斯基涅斯啊，还是拿你来作参照，要么就随你选一个活着的跟你作出了同样选择的人来作参照吧。

[316] 再请考虑一下，哪种做法更光荣、更有利于国家呢？是因为有着前人的光辉事迹，那么艰苦卓绝的光辉事迹，简直就不是人能说得出来的那么伟大的光辉事迹，就对当今时代的一切行为都不怀感激，轻蔑讥诮呢，还是只要有人怀着一颗忠诚之心做了点什么，就让他分享来自①众人的尊重和关怀呢？

[317] 如果我一定要就此说点什么的话，那么，我要说，我的政策，我的选择，不管由谁来看，都会展现出来是与当初那些备受称赞的人怀有相似的目标，而你的那些呢，则是与当初那些拿讼棍手段来攻击他们的人一样。很明显，就算在他们那个年代，也有过那么一些人，嘲毁着当时的人而夸赞着此前的人，做着这种血口喷人的勾当，做着这种跟你一样的勾当。

[318] 你又说，我跟他们一点都不像，你跟他们像吗，埃斯基涅斯？你的兄弟呢？或者说，别的哪一个当今时代的职业演说人呢？照我说，没有一个人像的。所以呢，还是拿活着的人，老兄啊②——我就不用别的称呼了——作为参照来考量活着的人，

---

① 古德温本无"来自"。
② 原文 ὦ χρηστέ，有"好人啊"、"高人啊"、"老实人啊"等多种解释，总之是一种略带轻蔑嘲毁的称呼，化译如此。

拿同一个时代的人作为参照吧，这就跟在所有其他场合里，比如考量诗文作者、舞蹈演员、体育选手等的时候，都一样的。[319] 菲拉谟蒙并未因为实力不如卡律斯托斯人格劳科斯，或者不如另外一些在他之前的运动员，就身无冠冕而离开奥林匹亚，正相反，由于他在搏击之中胜过了那些走入赛场对抗他的人，他就被授予了冠冕，被宣告为胜利者。① 你也拿现在这些职业演说人作参照来审视我吧，拿你自己作参照吧，拿随便你选的哪个人来作参照吧，哪个我都不怕。② [320] 这其中，当国家还能够选择最佳方案的时候，当向祖国表现忠诚的竞赛还对所有人敞开的时候，我明显是说出了最佳言辞的那个人，通过我的提案、我的法律、我的出使，一切都得以开展，而你们之中没有一个人在任何地方出现过，除非是有需要来侮辱我这些的场合；③ 而当不该发生的事发生了之后，当需要接受检阅的不再是为国献忱之人，而是俯首听命之人，是时刻准备着卖身危害祖国之人，是一心一意向他人④献媚之人的时候，到了那个时候，你和这一帮里的每一个人便都

---

① 埃斯基涅斯在《控诉克忒西丰》第189节又一次表现出了"惊人的预见力"，对这一比喻给出了答复，实际上当然都是马后炮。
② 原文 οὐδέν' ἐξίσταμαι 直译"我不会在其中任何一个面前退缩"，化译如此。
③ 此从文斯兄弟、尤尼斯和木曾的理解。皮卡德和斯蒂埃夫纳的理解是"除非是有需要来侮辱诸位的场合"。
④ 古德温注云，德谟斯提尼喜欢用"他人"（ἕτερος）这个词称呼亚历山大。

站好了队,身强气盛,光彩夺目,鲜衣怒马①,我则一点精气神都没有,我承认,但是,我却远远比你们更忠诚于人民。

[321] 有两项,雅典人啊,是一个立场端正本分的公民所应该具备的(我这么描述自己应该不会冒犯什么人吧):在当政时,他应该全心全意确保他的政策都是出于为国争光、为国争先的目标,而在一切的境遇、一切的事件②之中,他都应该保持着对国家的忠诚。这些是立场所能决定的,至于成功,至于胜利,则是由别的来决定的。你们将会看到,这种立场一直都留存在我的心中,纯粹无杂。

[322] 请看。当我被指名索要之时,③我不曾,当他们在德尔斐周边城邦议事会提起控告之时,④我不曾,当他们发出威胁之时,当他们作出许诺之时,当他们以这些恶棍如同野兽一般扑向我之时,我还是不曾放弃对你们的忠诚。我从最初的时候起就选择了一条笔直的正直的政治道路,要守护、要增进、要忠于祖国的尊严、

---

① 古德温注云,原文中前面用的 ἐξέτασις(译文作"检阅")是带有军事背景的比喻,就好像是这些演说人来列队接受检阅一样,在真的检阅部队的场合,ἱπποτρόφος 是带着自己养的马来接受检阅的人(只有很有地位的富人才会这样做)。此处翻译成"鲜衣怒马"来维持上文的比喻,但未能反映出全部原文含义。希波托在德谟斯提尼《为奉使无状事》第 265 节注释中认为这里有暗指埃斯基涅斯从腓力那里收了马作为贿赂的意思,似过于附会。

② 此从古德温、斯蒂埃夫纳、皮卡德和尤尼斯的理解。木曾理解为"状况",文斯兄弟理解为"事业"。

③ 参见埃斯基涅斯《控诉克忒西丰》第 161 节及注释。

④ 同上。

祖国的地位①、祖国的荣誉。

[323] 我不会因他人②的成功而欣欣然有喜色徜徉于街市，伸出右手向人道贺只为我知道他们将去向某处传扬；我不会听闻国家的喜讯便颤抖叹息俯身入地，与这等丧尽天良之徒为伍，日复一日③嘲毁着祖国如同不是在嘲毁自己，一边如此作为一边双眼聚向外方，每当他人④于希腊人的不幸之中取得幸运便不住称颂，还说什么我们应该着意将此保护维持一直到永远。

[324] 不！不要！一众神明啊，绝对不要让他们得逞！哪怕还有一点可能，就向他们注入一份更好的思想，一份更好的心灵吧！但如果他们确实已经无可救药，那么，为他们，只为他们，在大地之上，在海洋之上，准备好一份彻彻底底、提前降临的毁灭吧！向其余我等，从我们面临的危难之中，赐下迅捷的解脱，赐下持久的安宁吧！

---

① 此从古德温的理解，把 δυναστεία 解释为"对附属国进行控制的能力"，故翻译为"地位"而不是"实力"。
② 古德温注云，这里是复数，指马其顿人。
③ 此处增译此词以表达原文一般现在时定语从句的力量。
④ 古德温注云，这里是单数，指亚历山大。

作品第19号

为奉使无状事

[1] 何等的，雅典人啊，激动①，何等的呼告②，已围绕此案展开，在我想来，你们全都清楚了，你们都已经看到了，当你们刚刚被抽签选中③的时候，就有人来骚扰你们，来接近你们了。我要请求你们所有人——其实这就算不请求也是本来所应得的——决不要将什么感激之情，将任何一个什么人，看得比正义更重要，比你们走进来的时候已经立下的誓言更重要，一定要铭记，这些都是为了你们，为了整个国家，而辩护人的请求、他们的激动，都是出于私心的贪欲，法律将你们召唤到一起，是为了让你们给后面这些设置障碍，而不是为了让你们替不义之人将其加以强化。[2] 说起其余的人，那些端正地走入公共生活的人，就算他们已经接受过述职审查，我看见，他们还是时刻准备着为之负责。而我看见这个埃斯基涅斯却是与此完全相反，在他走到你们面前为他的所作所为陈辞之前，他就已经先除掉了一个参与审查的人④，还在走来走去威胁另外的一些，他就是这样将一种最为可怕、最为不利于你们的做法引入了政治事务之中。如果说，一个人干了公务，管了公事，却通过让别人害怕他，而不是通过

---

① 文斯兄弟以 σπουδή 为"党派热情"；尤尼斯的理解是"游说"；斯蒂埃夫纳所译和下一个词合并，作"热切呼吁"。此处仿效皮卡德简单译成"激动"，木曾亦如此处理。
② παραγγελία 本义在案件中呼唤支持者前来提供帮助，尤尼斯处理为"施加影响"。
③ 每个案件的审判团从当日所有候选审判员中抽签选出。
④ 指指马耳科斯。此处"除掉"不是说提马耳科斯被处死的意思，而指丧失公民权（参见下文）。

行为正当,来做到没有人控诉他,那么,你们就会整个地丧失权威。

[3] 这个人会被坐实犯下了大量严重的罪行,应被处以极刑①,对此我非常确定,非常自信。但是,我虽然是这么认定的,我还是担心一件事,我要来对你们展示一下,毫无隐瞒,那就是,在我看来,在你们面前进行的审判,雅典人啊,受时机的影响不下于受事实的影响,我担心,如今在出使之后已经过去了那么久,②你们都已经会遗忘掉、会习惯于那些罪行了。

[4] 在我看来,你们现在怎么才能作出公正的判断,给出正当的裁决呢,我来对你们说一下:只要在你们内部仔细考虑一下,审判团的先生们啊,罗列一下,国家审查奉使事宜应该着重于哪些方面,就可以了。首先,是汇报内容,其次,是所作建议,第三,是所受指示,③ 下来,是种种时机,④ 还有一件比别的一切都重要的,就是,所有这些的过程中,是否受了收买贿赂的影响。[5] 为什么是这些呢?因为,你们是根据汇报内容来讨论事情的,如果这些内容是真实的,那么你们就会作出正确的决策,而如果不是这样的,那么就会是相反的结果。下来,你们都认为,使节的建议是更值得信任的,你们是把他们当做了解任务内容的人来听取的。所以,一位使节要是被认定为向你们给出了没有价值的、

---

① 原文 ἐσχάτη τιμωρία 直译"最为严重的刑罚",可指死刑。木曾亦译如此。
② 此时约为公元前 343 年 8 月,上距第二次出使已三年有余。
③ 原文 ὧν προσετάξατ' αὐτῷ 直译"你们向他给出的指示",意即要审查使节是否遵守了指示。
④ 意即要审查使节是把握住还是浪费掉时机。

没有好处的建议，就实在太不应该了。[6] 再有，既然你们已经指示了他应该怎么说、应该怎么做，还写入了明文决议，那么，他就应该照办。好吧，还有时机，又是为什么呢？因为，很多时候，雅典人啊，做成很多大事的时机只能持续很短的时间，如果有人故意将它放弃给了、出卖给了敌人，那么，不管再怎么做，都不可能挽救了。[7] 还有受贿与否①的问题，如果说，一个人收了礼而使国家受到了伤害，我想，你们都会说，这是恶劣的行为、极其可憎的行为；但立法者并没有作这种细分，而是统一禁止接受任何赠礼，他的想法，在我看来，就是：一个人，一旦收了礼，一旦被钱财腐化了，他就不会再是国家利益的忠实裁判了。[8] 所以，如果我能够坐实，能够展示，这个埃斯基涅斯所作的汇报均非实情，他还阻止了公民大会从我这里听取实情，他作出的所有建议也都与国家利益相背，他在出使过程中也没有遵从你们的指示，他还浪费了时间，做成很多大事的时机都在那段时间里从国家手中流逝了，还有，他为以上种种和菲罗克拉忒斯一起从腓力那里收了礼，收了工钱，那么，就请判定他有罪，请向他施以与罪行相称的惩罚吧；而如果我不能展示这些，哪怕只是不能展

---

① 木曾注云，关于贿赂、受贿的雅典法律，可参见亚里士多德《雅典政制》第54章第2节、德谟斯提尼《控诉墨狄阿斯》第113节所含文献（但这类演说辞中文献的文本真实度存疑）、安多喀德斯《为秘仪事》第74节、埃斯基涅斯《控诉克忒西丰》第232节，但都不曾提及外交使节受贿的问题。在波斯和马其顿自古都有以黄金相赠作为款待的规矩，不赠、不收都是破坏外交的表现（参见本篇第139—141节及色诺芬《希腊史》第7卷第1章第33—38节），因此很难区分是"赠礼"还是"贿赂"，且希腊文 δῶρον 一词兼此二义。

示所有这些,那么,就请把我看作一个浑人,请开释了这个人吧。

[9] 除此之外,我还有很多严重的指控内容,雅典人啊,听了之后,必然没有人不会对他义愤填膺的;不过,在最开始,我想要——虽然我知道,你们之中很多人都记得的——回顾一下,埃斯基涅斯最初在政治生活中是站在哪个队伍里,他又是认为针对腓力的当众发言内容应该是什么样的,这样,你们就会知道,他自己一开始的这些作为、这些当众发言的内容,实在是他收受了贿赂的最好证明。[10] 说起来,他可是——这是他当众发言的时候说的——雅典人中第一个看清楚了腓力在对希腊图谋不轨、在腐化阿耳卡狄亚的一些官员的,他跟涅俄普托勒摩斯①的下手②伊斯坎德洛斯③一起走到了五百人议事会面前,走到了公民大会面前,就此发言,说服了你们向各处派遣使节,以图在这里召集会议讨论针对腓力的军事行动。[11] 在此之后,他从阿耳卡狄亚回来,向你们汇报了他那个漂亮的长篇发言,就是他说他在麦加罗波利斯城里的万人大会④上针对腓力的代言人希厄洛倪摩斯而站在你们的立场上所作的那篇公开发言,他还详细阐述了,那些从腓力手中收取了礼物、收取了钱财的人们,不单单是对本国,而且是

---

① 著名演员,也参与政治活动,参见本篇第12、315节。
② δευτεραγωνιστής 本义是剧团的配角,引申为"助手",考虑到语境,按文斯兄弟译作"替角"似也比较合适,化译如此。
③ 此从尤尼斯、斯蒂埃夫纳和木曾的理解。文斯兄弟和皮卡德的理解都是"他的下手涅俄普托勒摩斯之子伊斯坎德洛斯"。
④ 阿耳卡狄亚地区的一种公民大会。

对全希腊，在犯下多么巨大的罪行。[12] 所以，既然他当时的政治表现是这样的，为他自己展示的例证是这样的，当你们被阿里斯托得摩斯、涅俄普托勒摩斯、克忒西丰①和其他一些从那边②带来了一点都不实在的汇报内容的人说服，为和议而遣使前往腓力处③时，他也成了使团中的一员，不是作为一个会出卖你们的权益的人，不是作为一个投靠了腓力的人，而是作为一个监控其他人的人，出于他前面说过的那些话，还有他那对腓力的敌意，你们很自然地全都对他形成了这样的想法。

[13] 然后他来找我，商量安排我们在出使之中共同行动，特别是呼吁我们两人应监控那个双手沾满鲜血的④无耻之徒菲罗克拉忒斯。直到我们第一次出使结束返回这里的时候⑤，至少我，雅典人啊，还没有认识到他已经被腐化了，已经出卖了自己了。除了我提到的他以前的那些发言之外，他还在你们讨论和平的第一次会议⑥上起身发言，他是这么开头的，我想，我可以凭记忆用他当时说的原样字句来对你们回顾一下。

[14] "就算，"他说，"菲罗克拉忒斯花了很多时间来考虑，

---

① 不是后来因提议向德谟斯提尼授予金冠而被埃斯基涅斯起诉的那个人，只是同名。
② 指马其顿。
③ 前346年2月。
④ μιαρός 本义"由于鲜血而不洁净"（带有一定的宗教意味），引申为"极度肮脏的"、"令人憎厌的"。
⑤ 前346年3月底。
⑥ 前346年4月15日。

雅典人啊,怎样才能最好地破坏和议,我想,他也找不到比这份议案更好的手段了。我,对这份和约,只要还有一个雅典人留存于世,就决不会向国家提议签订。不过呢,我要说,我们还是需要达成和平。"

他说的那些就是这类简短而恰当的话。[15] 这个人在第一次会议上就是这么发言的,你们也全都听见了,在第二次会议①上,就是要批准和约的那一次,我发言支持盟邦公议,②努力促使和约做到合理公正,你们也有此心愿,并且不愿意听取那个令人唾弃的菲罗克拉忒斯的任何发言,这个人就站了起来,当众发言,支持那个家伙,用了一些真配——宙斯啊,众神啊——去死不止一次的话,[16] 说什么你们不应该再回顾你们的祖先了,不应该再忍受那些讲述着胜利纪念碑、讲述着海战的人了,还说什么他要立下、刻下③一条法律,禁止向此前未援助过你们的任何希腊人提供援助。这个厚颜无耻的家伙就这样壮着胆子说了这些话,而当时你们从希腊各地召集来的使者都在场都听着,④还是你们听从了他的建议而去召集来的,当然那是在他出卖了自己之前的

---

① 前346年4月16日。
② 参见埃斯基涅斯《为奉使无状事》第60节与《控诉克忒西丰》第69—70节。到底是谁支持盟邦公议,谁要求尽快签订和约,双方各执一词,现已无法确知。
③ 文斯兄弟、皮卡德和斯蒂埃夫纳的理解都是"他要起草通过",尤尼斯和木曾的理解则是"[你们]应该立下、刻下",译文理解介于二者之间。
④ 希勒托注云,按埃斯基涅斯《为奉使无状事》第59节、《控诉克忒西丰》第71节以及德谟斯提尼《金冠辞》第23节的说法,在第二次会议上似乎并无使者在场,埃斯基涅斯似乎也并未发言。

事了。

[17] 他是以什么方式，雅典人啊，在你们再一次投票选出他为盟誓而出使之后，消磨了时间，残害了国家事务的，一心想要阻止他的我，为此又是与他之间产生了什么样的仇恨，[1] 请马上来听一听。反正，等到我们从这次盟誓事宜的出使中返回——就是现在的审查所牵涉的那次出使，[2] 无论大小，凡是你们订立和约的时候所说过的、所期盼的，一项都没有成功，整个地就是被欺骗了，这帮人整个是又一次地在胡为，出使的表现根本就是跟你们的决议对着干；我们就来到了五百人议事会面前，很多人都见证了我下来要说的事情，当时五百人议事会会场满满的都是普通观众。[18] 我就走上前来，向五百人议事会汇报了全部真相，控诉了这些人，首先从克忒西丰和阿里斯托得摩斯向你们的汇报挑起的最初希望说起，在这之后，再说了你们订立和约的时候这个家伙的当众发言内容，说了他是把国家引到了什么地步，还有，关于剩余事宜（就是福基斯人问题[3] 和关口问题[4]），我建议不要

---

[1] 皮卡德和斯蒂埃夫纳的译法明确认为这里的敌意是相互的。文斯兄弟的译法也有这种意思，但更强调埃斯基涅斯的主动性。尤尼斯的译法则完全认为是来自埃斯基涅斯单方面的敌意。按原文 ἐμοὶ πρὸς τοῦτον ἀπέχθειαι συνέβησαν，真要强调方向性的话，或许来自"我"（德谟斯提尼）那一边的还更强些，所以译文选择了皮卡德和斯蒂埃夫纳的译法。木曾译为"为此与阻止他的我几度发生冲突"，即也认为敌意是来自埃斯基涅斯。
[2] 第一次的出使在此案开庭之前已经审查完毕了。
[3] 这个问题是，是否要继续保护福基斯人。
[4] 这个问题是，是否要占据温泉关以保护福基斯免遭进攻。

抛弃他们，不要重复以前的遭遇，不要紧紧抓着对希望的希望、对许诺的许诺，而听任事态恶化到不可收拾的地步。我就说服了五百人议事会。

[19] 然后公民大会开场了，需要对你们发言了。埃斯基涅斯在我们之中第一个走了上来（当着宙斯，当着众神，请你们试着一起回忆一下我说的是不是事实吧，残害了你们的一切，彻彻底底地毁掉了你们的一切的，就是这些啊），他全然没有汇报出使工作，没有汇报在五百人议事会里的发言内容，甚至都没有争辩一下说他认为我所说的并不属实，而是说了这么一通话，里面有着那么多的那么漂亮的内容，把你们全牵着走了。

[20] 他说，他来的时候，已经说服了腓力接受所有对国家有利的条款，无论是关于德尔斐周边城邦议事会①的事情，还是关于所有其他事情，他还对你们详细回顾了一大段话，照他说是他当着腓力针对忒拜人②而讲过的，他把里面的要点对你们汇报了一下，然后作了估计，说是凭着他的出使，只要再有两三天，你们，只要待在家里，既不用出兵，也不用烦神③，就会听到说，忒拜已经从其余的彼奥提亚地区被隔开了，独自被包围了。[21] 还有

---

① 腓力希望能取得议事会席位。
② 当时的雅典舆情敌视忒拜人，而腓力在第三次神圣战争中，名义上是忒拜人的同盟。
③ 此词本义"遇到麻烦"，化译如此。

忒斯庇埃和普拉泰亚①也要被安置居民了，还有神殿财宝②的赔偿金，不是要由福基斯人来付，而是要由忒拜人来付，因为是他们起意占领神殿③的。他还说，是他本人开导了腓力，让他认识到，起意之人比起下手之人来，渎神的罪孽一点也不轻，还说就因为这个，忒拜人已经在悬赏要他的命了。[22] 他又说，他听说，有些优卑亚人害怕了，不安了，都是因为腓力与我国之间产生的友好关系，他们就说："你们骗不了我们的，你们这些使者啊，你们跟腓力订立的和约到底是些什么条款，我们都是知道的，我们知道，你们把安菲波利④交给了他，腓力就同意把优卑亚交给你们。"还有，他还搞定了一件别的呢，不过他暂时还不想说出来，一同出使的人里已经有人在看他不顺眼了。他这个就是在暗指、在隐示俄洛波斯⑤了。

[23] 说了这些，他自然是满身荣耀，一副伟大演说家、神奇伟人的样子，形相庄严⑥，走了下去。我就站了起来，说我根本

---

① 都是因反对忒拜的统治而被摧毁的彼奥提亚城镇。
② 福基斯人在第三次神圣战争中占据德尔斐神殿，掠夺其财宝以充军用。
③ 希勒托注云，这个几乎可以肯定是编造，但是谁在编造就不好说了。按，埃斯基涅斯《为奉使无状事》第115、117节中专门提到了"同谋"和"起意"，但始终未明称是忒拜人起意占领神殿。
④ 马其顿与色雷斯边界附近的城市，雅典对其一向有领土诉求，前357年被腓力占领。
⑤ 阿提卡与彼奥提亚边界附近的城市，当时被忒拜占领。
⑥ σεμνῶς 像文斯兄弟、皮卡德和斯蒂埃夫纳处理成"庄严"似比较好，尤尼斯处理成"满足"似乎略偏了点。

没有听说过这些，还试着来说一点我在五百人议事会里的汇报内容。然后一个人就站到我这边来了，又一个站到我那边来了，就是这个家伙和菲罗克拉忒斯，叫嚷着，嘘①着我，最后还嘲笑我。你们也笑了，除了这个家伙汇报的那些，你们什么都不愿意听，都不想要相信。[24]众神啊，我觉得吧，你们的想法也是很正常的：有谁还能忍得下去呢？一边是如此之多如此的好事就要来了的希望，一边是有个人在说这些都成不了的，还指控那些在这里面出了力的人。别的一切，我想，在那个时候，都是比不上摆在你们面前的期盼和希望的，出言反对的人在你们看来说的都是些无聊小问题，都是些血口喷人的话，而这些作为才是真真极好的，才是有利于国家的。

[25]为什么我现在首先就来对你们回顾这些,详述这些话呢？第一，雅典人啊，最最靠前的一点，就是为了你们不要有人听到我说起一些什么行为，在他看来真的是很可怕、很过分的时候，就惊讶道②："那么，那个时候你怎么不当场说出来，当场向我们指明呢？"[26]而是反过来，回忆起这帮人的种种承诺，他们在每一个关键时刻都是靠着这些让别人得不到说话的机会，还有这个家伙的那么漂亮的汇报内容，这样，你们就会明白，除了其他那些之外，他还对你们犯下了这件罪行，就是他凭借那些希望、

---

① 此从《希英词典》的解释与尤尼斯的理解翻译。文斯兄弟、皮卡德和斯蒂埃夫纳都作"打断"。

② 此词原来是分在下一节的，在中文里不便按原样断句。

那些谎言、那些承诺，阻止了你们在当时、在需要真相的时刻得知真相。[27] 首先，最重要的，如我所说，这就是为什么我要来详述这些，其次，还有，同样重要的一条，又是什么呢？就是为了，让你们回忆起，这个家伙最初，还没有受贿的时候，作出的政策选择，是对腓力处处防备、全不信任的，然后再看看，在这之后，信任和友谊①就突然出现了。[28] 再者，如果说，事情都如他向你们汇报的那样实现了，结果非常漂亮，那么，你们就可以想着，这些都是出自真诚，出自对国家利益的考虑，而如果说，结果跟他说的全然相反，国家遭受了严重的耻辱、落入了重大的灾难，那么，你们就会知道了，这些都是出自他无耻的贪欲，出自他为了金钱而对真相的叛卖。

[29] 我想，既然我已经被引到这个话题上来了，首先来讲一讲他们是怎么令你们没法插手福基斯人的事情。你们，审判团的先生们啊，不要有人聚精会神于这件事情如此之重大，就觉得凭这个家伙的水平怎么能担得上这么严重的控诉、这么严重的罪行，而是应该这么来看，就是说，如果你们把随便哪个人放到这个位置上，让他掌控每一个出现了的机遇，而这个人，就跟这个家伙一样，出卖了自己，一心来欺骗你们、误导你们，那么，他也就会造成和这个家伙同样严重的恶劣后果。

---

① 译文对 φιλία 和 ξενία 以及它们的同源词一般作出区分，前者作"友谊"等，后者作"宾友之情"等，当译文需要把后者简化为"友情"一类的词时会出注说明。

[30] 不是说，因为你们经常派一些不足道的家伙去担任公务，这些事务，这些别人拿来评判我国的事务，也就同样是不足道的。远远不是这样的。再说，消灭了福基斯人的，我以为，是腓力，但这些家伙是帮凶。你们应该关注的、应该观察的是这一点，就是说，凡是使团能有的拯救福基斯人的机会，是不是都被这帮人主动地破坏掉了，毁掉了，而不是说，这个家伙是不是单枪匹马消灭了福基斯人，那怎么可能呢？

[31] 请为我取来五百人议事会决议案①，就是五百人议事会听取了我的汇报之后所立下的那一份，并取来该决议案当时的主笔人的证词，这样，你们就可以知道，我并不是当时沉默不语，现在想要从这件事上脱身，而是那个时候立刻就提出了指控，预言了未来，可五百人议事会，并没有被阻止从我这里听取真相，因而没有对这帮人作出例行表彰，也没有邀请他们去市政厅进餐②。这种事，自国家建立以来，据说从来没有一位使节遭遇过，就连人民投票判处了死刑的提马戈剌斯③也没有过，而这帮人却遭遇到了。[32] 请首先向大家宣读证词，然后宣读五百人议事会

---

① 五百人议事会作出的决议案本身没有效力，要送到公民大会表决通过才能生效。反过来，公民大会也必须根据五百人议事会决议案进行投票，不能越出其范围。五百人议事会决议案可以是比较宽泛的"公民大会当就某问题进行讨论表决"之类，因此公民大会仍旧有相当的决策灵活性。
② 一种表彰方式。
③ 文斯兄弟注云，前367年，提马戈剌斯与勒翁出使波斯，未能完成使命。返国后，勒翁指控提马戈剌斯不与他一同商议，而追随忒拜使节，听从其指使，提马戈剌斯因而被判处死刑。

决议案。

证词

五百人议事会决议案

在这里面,没有例行表彰,没有来自五百人议事会的要使团成员前往市政厅进餐的邀请。如果这个家伙说有,那么,请他指出来,拿出来,我就下台去好了。可是,不会有的。[①] 如果说,我们出使的表现都是一样的,那么五百人议事会一个都不表彰就对了,因为大家做的事都是一样的糟糕,而如果说,我们之中有些人做了正确的事,另一些人则是相反,那么,就是由于这些混蛋,在我看来,才让那些好人也一起蒙受了这种耻辱。

[33] 你们怎样才能轻易地知道,究竟谁是坏蛋呢?请自行回忆一下,是谁从一开始就指控了这些行为。很明显,一个做了坏事的人,他完全可以闭嘴,躲过这段时间,就再也不用为这些事负上责任了,而一个没有做坏事的人,他知道,由于闭口不言就可能会背上参与了糟糕且无耻之事的名声,这很可怕。那好,我从一开始就在指控这些人,而这些人中没有一个指控了我。

[34] 五百人议事会作出的决议案就是这样的,然后公民大会召开了,[②] 而腓力也已经进到关口了。这就是他们的第一件罪行,他们让腓力掌控了局势,这样,本来,你们应该是先听取情况,然后再进行商议,最后再执行决议的,可是,他们却弄得你们在

---

① 原文兼有"没有的"和"不可能的"的意思,此处折中翻译。
② 前 346 年 7 月 10 日。

某人已经来了的同时才刚刚听到,[①] 再要提议该怎么做也很难了。[35] 除此之外, 也没有人来向人民宣读五百人议事会的决议案了, 人民没能听到它。而这个家伙, 他站了起来, 当众发言, 内容就是我刚才对你们详细讲过一遍的那些, 就是那么些那样漂亮的成果, 还说他是说服了腓力这些之后才回来的, 还有, 说为此忒拜人已经在悬赏要他的命了。弄到最后, 你们, 虽说一开始听到腓力来了都惊呆了, 然后又生气他们为什么不事先通知, 还是变得温顺无比了, 指望着你们的一切希望都能实现, 没有一个人愿意听一听我的声音, 或者随便什么别的人的。[36] 在此之后, 有人向你们宣读了来自腓力的书信, 实际上是这个家伙抛开我们而起草的, 整个写的就是一份直截了当的明确的辩护词, 为这帮人的罪行来辩护的。里面, 他说, 当他们想去各城镇, 想接受盟誓的时候, 是他阻止了他们, 还有, 为了他们可以帮着他调解哈罗斯[②] 人和法萨卢斯[③] 人, 他就留下了他们, 反正是他把这帮人的所有罪行全都担到自己头上去了。[37] 而关于福基斯人呢, 关于忒斯庇埃人呢, 关于这个家伙向你们汇报的那些事呢, 一点点都没有。这个手法可不是随随便便的啊, 凡是你们应该为之惩罚他们的事, 凡是你们在决议中下了的而他们没有执行、没有处理的指令, 某人把责任全都承担过去了,〔说了, 全是他的责任,〕而他呢, 你们, 在我想来, 是根本没有能力去惩罚的。[38] 而他计

---

① 尤尼斯认为是在这个时候才听到了"阴谋", 像文斯兄弟、皮卡德和木曾虚化宾语, 指"情况", 似更贴切。斯蒂埃夫纳译成"听到国王已经来了"。
② 帖撒利地区的城镇。
③ 即后来恺撒与庞培决战的战场, 也在帖撒利地区。

划要来欺骗我国，抢占先机的那些呢，是由这个家伙来汇报的，这就是为了让你们没有可以拿来控诉指责腓力的东西，因为这些并不在信件里，也不在别的任何什么人发来的东西里。请向大家宣读这篇信件，就是这个家伙起草的书信，请好好看看吧，里面正与我刚才描述的一模一样。请宣读。

书信

[39] 你们听到了吧，雅典人啊，这封信儿，多漂亮啊，多有爱啊。关于福基斯人，关于忒拜人，还有其余那些这个家伙汇报了的事情呢，一个字都没有提。里面整个就没有一点点实在的内容。你们立刻就会看明白的。哈罗斯人，就是他说他留下这帮人来帮着调解的，最后拿到了什么调解结果呢？就是被赶出了家园，他们的国家一片残破①。还有，战俘②，这位好生关心怎么讨你们的欢心的人说了，根本就没人考虑过要去帮着赎出他们的事。③ [40] 应该已经有很多次在公民大会面前有过这样的证词了，

---

① ἀνάστατος 是"[人]被逐出家园，[地方]被毁得一片荒凉"的意思。

② 一些雅典侨民在战争中被俘。

③ 文斯兄弟译作"他根本就没有考虑过要让他们得到解救"，尤尼斯和木曾更是处理成"他根本就没有考虑过要释放他们"，但这些都与上下文语气严重不合，而且，从其他地方（比如埃斯基涅斯《为奉使无状事》第100节——在这样容易查证的事上埃斯基涅斯应该不会公然撒谎，还有本篇第168—171节的描述）可以得知，腓力不索赎金便释放了他手里的雅典战俘，并同意出资从他的下属和同盟那里赎出其余的雅典战俘，皮卡德的译法是"没人想到要花钱赎出他们"。从斯蒂埃夫纳的注释参照他的译文看，他的理解应该是"他根本就没想到要花钱来赎出他们"，相当于"他一直都是想着要让战俘的主人免费释放他们的"。此从希勒托注及皮卡德和斯蒂埃夫纳的译法处理，意即否认德谟斯提尼准备在解救战俘一事上出钱，如此似更好地与上下文衔接。

就是说我为了他们带了一个塔兰同的钱①出发了,现在也会再来一遍这样的证词。而这个家伙为了让我得不到你们的称许,就让某人写了这样的内容。还有最最严重的一点。他在此前的一封信里——就是我们带回来的那封——写了"若孤确知盟约可成,孤当书面明述意中将效劳贵邦之种种"。而等盟约真的达成了,他就说了,他不知道该怎么才能讨你们的欢心,连他自己许诺过的事情②都不知道了。他肯定是清楚知道的,除非他一直就是在骗你们。为了证明他当时确实这么写过,请为我取来并宣读这前一封信中的这些内容,从这里开始。请宣读。

书信摘抄

[41] 所以啊,在他拿到和约之前,他承诺了,如果能达成盟约,他就会写下来,他将为我国带来什么样的好处。而等两样他都弄到了,他就说了,他不知道该怎么才能讨你们的欢心,不过呢,只要你们开口,他就会照办的——前提是不会给他带来耻辱或者恶名。他就躲到这种借口后面去了,如果你们真去说什么了,真被引着提什么要求了,他这还给自己留着一条退路呢。[42] 本来,这些内容,还有很多其他内容,都是可以当场立刻被揭露出来的,可以向你们挑明的,你们可以不至于听任利益流失的,要不是什么忒斯庇埃啦,普拉泰亚啦,还有什么忒拜人很快就要接受惩罚

---

① 这钱是德谟斯提尼准备用来赎出雅典战俘的。
② 希勒托注认为就是关于解救战俘的事,但从上下文看似乎也可以理解为腓力本来承诺过心中有数该如何报答雅典的,到了这个时候居然说不知道该怎么做了。

啦，让你们没有能听到真相，本来是可以的。再说了，这些，如果只是要让我国听一听上个当的，那确实应该立刻说出来，而如果是真的要去做并实现的，那么就该对此保持沉默啊。如果说，已经到了这个地步，就算忒拜人察觉到了，也没有更多手段了，那么，为什么最终没有实现呢？而如果说，是因为被发觉了，所以被阻止了，那么，是谁泄露出去的呢？不就是这个家伙吗？

[43] 不是的，这些本来就不是要成的，他也没想要成过，也没指望成过，所以，他就不用担上泄密这个罪名吧。不，他要的，是用这些话来让你们上当，让你们不愿意从我这里听取真相，好好在家里待着，还有，要通过那条毁掉了福基斯人的决议。就是为了这些，他才费了那么多口舌，①就是为了这些，他才当众发了这样的言。

[44] 我听了这个家伙宣讲了如此之多如此的内容，我很清楚，他是在撒谎——是怎么知道的呢，我现在来跟你们说。首先，就是因为，当腓力要为和约宣誓的时候，福基斯人被这帮人公开排除在和约之外了，②本来，应该不讲这一条的，跳过去的，如果说还要让福基斯人得救的话；其次，则是因为，腓力派遣的使节

---

① 此从希勒托注。文斯兄弟译作"他才编造了这些谎言"，木曾译作"他才耍了这个小花招"，皮卡德译作"他才如此大打保票"，尤尼斯和斯蒂埃夫纳译作"他才构造了这个框架计划"。
② 希勒托和文斯兄弟注云，就是说誓言里明确提到了福基斯人不包含在和约范围之内，使节们照着提词，腓力照着宣誓了。本来菲罗克拉忒斯在决议案中是把福基斯人明文排除在和约之外的，但公民大会通过时已将其删除。参见本篇第159节。

从来都没有讲过这些内容，腓力的信里也没有讲过，而只有这个家伙讲过。[45] 我就从这些出发得出了这样的结论，站了起来，走上前来，想要反驳，可是你们不肯听我的，我便保持沉默，唯一做的就是赌咒发誓（当着宙斯，当着众神，请你们回忆一下）说我对这些一无所知，也没有参与其中，又加了一句，说我也不指望这些能成。你们听到我居然不指望，就很生气的样子。"这样，雅典人啊，"我说，"要是这些里面有哪一条真能成了，那就表彰这些人吧，授予他们荣誉吧，授予他们冠冕吧，别有我的份，可是，要是情况正好相反，那就同样地对他们表示愤怒吧，我撇清关系了。"

[46] "别啊，"这个埃斯基涅斯就跳出来了，"现在别撇清关系啊，"他说，"到时候别来算到自己头上就是了。""宙斯啊，当然了，不然，就是我的不对了。"我说。菲罗克拉忒斯也站了起来，摆出一副傲慢样子。"别，"他说，"觉得奇怪，雅典人啊，我和德谟斯提尼看事情会不一样，这个家伙是喝水的，[①] 而我呢，是喝酒的。"你们就笑了。

[47] 请看那篇决议吧，就是菲罗克拉忒斯在此之后起草提交[②]的那篇，里面的东西听起来真漂亮，可是，随便谁只要合计一下写出来的时机，还有这个家伙当时许下的种种承诺，那就只

---

① 雅典人习饮葡萄酒，戒酒的人被大众视为异类。木曾注云，喝水意味着为人狷介，不善圆通，亦有认为含"耿直不阿"之意者。按，此处应非此意。
② 文斯兄弟译本指出是交给书记员。

能显现出一个结论，就是说，他们是把福基斯人交到腓力和忒拜人手里去了，就差反绑起来了。请宣读决议。

决议

[48] 你们都看见了，雅典人啊，这篇决议，里面满满的都是漂亮的恭维话，什么"该与腓力所订立之和约当同样适用于其后代，盟约同上"，还有"当表彰腓力，为其宣布将持正而行"。可是某人并没有这么宣布过，远远没有，反过来，他是说了，他不知道该怎么才能讨你们的欢心。[49] 而这个家伙在代表他发言，在代表他许诺。除此之外，菲罗克拉忒斯知道你们都欢迎这个家伙的话，就又在决议里写上了这么一句："若福基斯人不执行义务，不将神殿交与德尔斐周边城邦议事会，则雅典人民当出兵攻打阻挠此事之人。"

[50] 就这样，雅典人啊，你们都待在家里了，没有出动，拉栖代梦人①也退走了，他们看明白这里的诡计了，德尔斐周边城邦议事会的列席成员除了帖撒利人②和忒拜人之外就没有了，而这位说话再虔敬不过的先生就写了，要把神殿交给他们，是这么写的："交与德尔斐周边城邦议事会"（那又是谁呢？当时除了忒拜人和帖撒利人之外就没有别人了），而不是"当召开德尔斐周边城邦议事会会议"，也不是"当休战至召开会议为止"，也

---

① 当时是福基斯的盟友。
② 当时是腓力的盟友。

不是"普洛克塞诺斯[①]当进军福基斯赴援[②]",也不是"雅典人当出兵",这些都不是。[51]确实,腓力发了两封信过来召唤你们了,但不是为了要你们出兵,当然不是,不然的话,他就不会先毁掉你们还可以出兵的时机,然后再来在这个时候召唤你们了,他也不会在我想要出航返回的时候阻止我了,他也不会指使这个家伙说了那些话来让你们不会出动了。不,他的目的是,让你们想着他会完成你们的一切心愿,就不作出对他不利的决议,还有,让福基斯人不要指靠你们的承诺从而坚持抵抗,而是彻底灰心丧气,把自己交到他的手中。请向大家宣读腓力的这些来信。

书信

[52]是啊,这两封信是召唤你们了,宙斯啊,到了这个时候![③]这帮人,如果说这里面有什么实在内容的话,应该做的是什么呢?难道不是鼓动你们出兵,提议让他们知道就驻扎在附近地区的普洛克塞诺斯立刻赴援?[④]可是,他们的表现,却是做了完全相反的事。很正常啊。他们关心注意的,不是信里写了什么,而是据他们所知某人写信的时候在想着什么,他们为之合力、为之奋斗的正是这个。

[①] 雅典将领。
[②] 援助的到底是谁,原文不是很清楚。文斯兄弟认为是攻打福基斯人,尤尼斯、斯蒂埃夫纳和木曾认为是援助福基斯人,皮卡德的模糊处理方法似比较好。
[③] 此从文斯兄弟注。皮卡德、尤尼斯和斯蒂埃夫纳的理解是"立即出发"。
[④] 此处从亲腓力派的角度出发,指的应该是服从腓力的召唤,前去援助腓力。

[53] 于是，福基斯人，他们知道了你们这边公民大会里的情况，还有菲罗克拉忒斯通过了的决议，还有这个家伙所作的汇报和许诺，他们就彻彻底底地完了。仔细看一下吧。当时，那里有一些人是不相信腓力的，是有头脑的，这些人被引着相信他了。怎么做到的呢？他们是这么想的：就算腓力欺骗了他们十次，雅典的使节也绝对不敢欺骗雅典人的，这个家伙向你们汇报的内容肯定都是真的，毁灭是会降临到忒拜人头上，而不是他们头上。[54] 还有一些人，他们的想法是要不惜一切抵抗到底的，可是，就连这些人，也被"腓力其实是站在他们一边的"这种说法给说动了，软化了，再加上就是，如果他们不这么做的话，你们就会出兵攻打他们，而本来他们是希望你们会去援助他们的。再有一些人，他们以为你们在跟腓力签订了和约之后有所后悔了，可是，这帮人就向他们展示了，你们在决议里把和约扩展到他的后代身上了，于是他们就彻底丧失了对你们这边的指望。就是为了这些，这帮人才把这一切都堆进同一条决议里去的。

[55] 而且，在我看来，这就是他们对你们犯下的最为重大的一条罪行了。他们把跟一个必死之人、一个只不过是靠着时运凑巧而逞强之人订下的和约给国家造成了一份永生的耻辱，他们从国家手里夺走的，除了其他的一切，甚至也包括了命运可能降下的青睐，他们猖狂到了如此过分的地步，竟然不仅仅要施暴于如今的雅典人，还要施暴于所有将来的雅典人。这难道不是非常非常可怕吗？

[56] 你们本来绝对不会容忍给和约里再加上最后这个"同样适用于其后代"的字样,如果说,你们不是听信了埃斯基涅斯说的那些许诺言语的话,正是这些许诺,福基斯人也相信了,然后就灭亡了。他们把自己交到腓力手中,心甘情愿地把各个城镇都交托给他,然后呢,就落到了跟这个家伙向你们汇报的内容截然相反的下场。

[57] 为了让你们清楚知道,他们就是这样灭亡的,灭亡在这些人手里的,我来对你们一一列举一下事件日期吧。如果这帮人里有人要反驳,那么请他站上来用我的水量发言好了。说来,和约是在九月十九日①达成的,我们出国处理盟誓事宜整整花了三个月②,这整段时间里,福基斯人一切安好。[58] 我们从盟誓事宜的出使任务返回,是在十二月十三日③,当时腓力已经进到关口了,还向福基斯人发了好多话,不过他们都不相信。证据就是:不然的话,他们就不会过来找你们了。此后就召开了公民大会,就在这次会议上,这帮人靠着撒谎,靠着欺骗你们,毁掉了一切,这是在十二月十六日④。[59] 从那一天起,我合计着,算到第五天⑤,就是你们这边的情况传到福基斯人那边的日子。当时有福

---

① 前346年4月16日。
② 略有夸张,实际从出发算起是六十多日。
③ 前346年7月7日。
④ 前346年7月10日。
⑤ 十二月二十日,前346年7月14日。"第五天"的计算是把十六日当做"第一天"。

基斯人的使节在这边，他们对这帮人的汇报内容和你们的决议内容是很关注的。所以，二十日，我们就把这一天当做福基斯人得知了你们这边情况的日子好了，从十六日起，到这一天就是第五天了。然后是当月倒数第十、第九日、第八日①，在最后那一天，签约仪式②举行了，他们的一切就此沦亡了，就此告终了。[60] 这是怎么算出来的呢？在当月倒数第四日③，你们正在庇里尤斯为码头事宜召开会议，得耳库罗斯就从卡尔喀斯④过来，向你们通报说腓力已经把一切事务都交付给忒拜人去办了，照他的合计，从签约仪式算起，这是第五天了。算算：倒数第八、七、六、五、四日，到这一天是第五天了。所以，从这些日期，从他们汇报的内容，从他们起草的内容，就可以坐实了，他们是在和腓力合作，他们要和他一起为福基斯人的灭亡负责。

[61] 而且，福基斯地方的各个城镇，没有一个是在围困或强攻之下陷落的，而通通都是经由签约仪式而遭到了彻底的毁灭，这就是最大的一份证据，说明了，他们是被这帮人劝诱了，相信了他们是会靠着腓力而得救的，才遭受了这一切。他们本来是很清楚某人是什么样子的。请为我取来与福基斯人的盟约，还有各

---

① 十二月二十一、二十二、二十三日，前346年7月15—17日。
② σπονδή 是"奠酒仪式"，引申为"条约"、"休战"（因为签订的时候需要举行此仪式）。文斯兄弟和斯蒂埃夫纳译为"条约"，皮卡德和尤尼斯译为"休战"，木曾则译为"休战协议"。此处模糊处理。
③ 十二月二十七日，前346年7月21日。
④ 优卑亚岛上的城邦。

项公议条款[①]——他们[②]就是在这些条目之下拆毁了他们的城墙的——以便让你们知道，最初他们和你们之间的情形是怎样的，而由于这些神憎鬼厌的家伙们，他们又是落到了什么样的境地。请宣读。

福基斯人与雅典人的盟约

[62] 一开始他们和你们之间的情形，就是这个样子的，是友谊，是同盟，是帮助。由于这个家伙阻止了你们赴援，他们又落到了什么样的境地，请听一下吧。

腓力与福基斯人的协定

你们都听到了，雅典人啊，"腓力与福基斯人的协定"，它是这么说的，不是忒拜人[③]与福基斯人，不是帖撒利人与福基斯人，也不是罗克里斯人，也不是任何其余在场的人。再下来，"福基斯人当献诸城镇于"，它又说了，"腓力"，不是给忒拜人，不是给帖撒利人，也不是给别的什么人。[63] 为什么呢？因为腓力通过这个家伙向你们宣布过了，他过来是要为着让福基斯人平安的。他们整个地相信了这个家伙，整个地把眼光都放在这个家伙

---

① 由德尔斐周边城邦议事会发布的公议决定，参见本篇第63节。
② 希勒托认为后面的用词是 αὐτῶν 而不是 αὑτῶν，似乎说明此处主语未必是福基斯人，而是指腓力和忒拜人或"这帮人"（被告），后面则是"福基斯人的城墙"或"它们（以上城镇）的城墙"。此处尽量模糊处理，但在中文里，后面代词必须在"他们"和"它们"中间选择一个，译文选择的是"他们"。各英译基本不明确表示；斯蒂埃夫纳译成"该条款授权腓力拆毁"，改动较大；木曾则将主语略去，并注云毁坏福基斯人城墙的是忒拜人。
③ 以下列举的都是德尔斐周边城邦议事会的会员国。

身上，根本就是在对着①这个家伙订和。请宣读其余文件。请看吧，他们相信了这些，得到的又是什么。这些跟这个家伙的汇报内容有那么一点点相似吗？请宣读吧。

德尔斐周边城邦议事会发布的各项公议

[64] 比起这些来，雅典人啊，就没有哪件更可怕更重大的灾难②在我们这一代降临到希腊人头上了，我想，甚至在以前的时代也从来没有过。而如此之大、如此之多的灾难，竟然就通过这帮人而全由〔腓力〕这个独夫③一手操控了，而且还是在雅典人的国家——这个祖祖辈辈以来一直坚持为希腊人出头，从不坐视这类事情发生的国家——尚存于世的情况之下。可怜的福基斯人，他们灭亡的情形到底是怎样的，你们不仅仅可以从这些公议条款中得知，而且也可以从实际行为的结果之中得知，[65] 那是一幅可怕的图景，雅典人啊，可悲的图景。当我们最近前去德尔斐④的时候，我们就不得不看到了所有这一切：平毁了的家宅，拆除

---

① 文斯兄弟理解为"与"，皮卡德理解为"想着"，尤尼斯理解为"由于"，木曾理解为"顺着"。此处模糊处理。斯蒂埃夫纳认为这句话里的 οὗτος 是腓力而不是埃斯基涅斯，似误，特别是因为德谟斯提尼一般使用 ἐκεῖνος 来指代腓力。
② πρᾶγμα 本义"事件"，贬义时即"麻烦"，化译如此，下句同。
③ 原文 εἷς ἀνὴρ [Φίλιππος] 直译"〔腓力〕一个人"，根据上下文作了贬义处理。
④ 皮卡德注云，德谟斯提尼在此前不久担任雅典派往德尔斐周边城邦议事会的代表。

了的城垣，田野荒芜全无丁夫①，妇女，不多的幼儿②，还有可怜的老人；没有一个人能够以言语表达那里的凄凉景象。可是，当初，在关系到是否要将我们全部卖为奴隶的投票③之中，他们是投下了反对忒拜人的一票的，这个我从你们所有人那里都听到过的。

[66] 你们以为，雅典人啊，你们的祖先，如果他们如今有知的话，会对造成了那些人的灭亡的家伙们投下怎样的一票，给出怎样的裁决？在我想来，哪怕是有人④亲手投石击毙这些家伙，他们也会认定是全然无玷⑤的吧。怎么可能不是一种耻辱呢？——我真希望还能找到比这更重的词来形容——他们当初拯救了我们，投下了拯救我们的一票，却由于这帮家伙而落到了全然相反的境地，被听任遭受了没有任何其余希腊人曾经遭受过的待遇。那么，是谁，要为这些负责呢？是谁作下了这一切的欺诈行为呢？不就是这个家伙吗？

[67] 有很多很多地方，雅典人啊，是腓力实在可以被称作受命运青睐的，然而，他最最受命运青睐的那一点，男女神明啊，我真说不出，我们这个时代里还有哪个人有过这样的运道。攻取

---

① 原文 τῶν ἐν ἡλικίᾳ 直译"适龄男子"，化译如此。
② "不多的"到底只形容幼儿还是也同时形容妇女，不能确定，如皮卡德、尤尼斯、斯蒂埃夫纳和木曾理解为形容两个词。此从文斯兄弟的理解。
③ 各英译、注云，伯罗奔尼撒战争以雅典投降而结束后，忒拜人曾提议平毁雅典，将其居民全部变卖为奴。
④ 皮卡德、尤尼斯、斯蒂埃夫纳、木曾认为此处是指"他们"（祖先）自己，文斯兄弟则认为是泛指任何出手的人，似更好些。
⑤ 雅典人一般认为杀人者（即使是误杀）身上"不洁"，需要被除。

大城，拓土开疆①，还有很多这类的事情，确实是值得艳羡的，我想，也是光荣的，怎么不是呢？可是，也可以说出其他很多人，他们也做成过同样的事业。[68] 但有一种好运道，是他所独有的，是从来没有别人享受过的。是什么呢？就是说，每当他需要一些下贱之徒来为他的事情效劳的时候，他总能找到比他想要的还更下贱的一帮。这怎么不是对这帮家伙的公平描述呢？这帮家伙，就连那些腓力自己——哪怕是在对他如此重要的问题之上——都不敢撒的谎，都没有写在信里的内容，都没有派一个使节来说的内容，②他们，却出卖了自己，拿着那些来欺骗你们了。[69] 还有，安提帕特和帕曼纽，③虽说他们都是效力于他们那位难伺候的主子④，在此之后也碰不到你们，也同样得到了这种好运，⑤不必由他们自己来欺骗你们。而这些人，这些雅典人，这些世上最为自由的国家的公民，这些你们派遣为使节的人，这些必须遇见大家、面对大家的人，这些必须以余生与你们一同度过的人，这

---

① 原文 χώραν πολλὴν ὑφ' ἑαυτῷ πεποιῆσθαι 直译 "将大量土地收为己有"，化译如此。
② 原文 οὔτε πρεσβευτὴς οὐδεὶς εἶπε τῶν παρ' ἐκείνου 直译 "都没有一个来自他的使节说过的内容"，化译如此。
③ 两者都是马其顿要人。
④ 原文 δεσπότης，希勒托指出这个词在当时贬义非常重（与中世纪后期几乎无贬义的情况不同），故此从他的意见和文斯兄弟的译文作 "难伺候的主子"。
⑤ 此从希勒托注翻译。各英译都有他们主动采取行动以避免自己成为欺骗雅典人的工具的意思。斯蒂埃夫纳的理解是 "他们明白他们的任务并不包括欺骗你们"。

些必须为他们做出的事接受述职审查的人，这些人，他们却承担起了这些欺诈行为！哪里还能长出来比这帮家伙更邪恶、更不要脸的人呢？

[70] 为了让你们知道，这是一个你们所诅咒了的人，将撒了这种谎的这个人开释是不容于神明的，是不敬于神明的，请从法律条文之中取出这一诅辞①并宣读，以俾周知。

诅辞

这些就是，雅典人啊，在每次公民大会的时候，由传令官代表你们作出的由法律规定了的祷告内容，每次五百人议事会开会时也一样要在他们面前作的。这个家伙也不能说，他不清楚里面的内容。他以前给你们当过小书记员的，也给五百人议事会办过事的，他自己就是给传令官提这些法律条文里的词②的。

[71] 怎么可能不是出格的行为呢？怎么可能不是过分的行为呢？如果说，你们要求，或者说请求神明为你们做的事，你们自己今天有能力去做，却不去做；如果说，你们向他们祈求，要让这种人的本人、苗裔和宗族都遭到彻底的毁灭，而你们却开释了这样一个人？决不！如果说，有人逃过了你们的眼光，那么，就把他留给神明去惩罚吧，而如果说，你们自己抓住了一个人，那么，就别再为这个人再向他们提什么要求了吧。

---

① 文斯兄弟注云，每次公民大会开场时由传令官公开诅咒国家的敌人。
② 文斯兄弟和皮卡德注云，传令官发布诅辞时，由公民大会和五百人议事会里的低级办事员提词。

[72] 我听说,他的厚颜无耻和胆大妄为竟然达到了这种境地,他会抵赖所有这一切的行为,抵赖他汇报过的话,抵赖他作过的承诺,抵赖他对国家的欺骗,就好像他是在一群别的什么人面前接受审判,而不是在你们这些对一切都清清楚楚的人面前一样,他还会首先指责拉栖代梦人,然后是福基斯人,然后是赫革西波斯。这一切都只堪一笑,或者更应该说,都是最最可恶的无耻之言。

[73] 不管他关于福基斯人,或是拉栖代梦人,或是赫革西波斯,说了些什么吧,比如他们不接纳普洛克塞诺斯①啦,比如他们亵渎神明②啦,比如——不管他能指责他们什么吧,总之这些都是在他从出使返回之前就已经发生了的啊,不应该成为救援福基斯人的障碍啊。是谁这么说的呢?就是这位埃斯基涅斯本人了。[74] 他那时候可没有说,要不是因为拉栖代梦人,要不是因为他们不接纳普洛克塞诺斯,要不是因为赫革西波斯,要不是因为这个那个的,福基斯人就可以得救了的,他那时候没有这么汇报,而是把这些都跳过去了,直截了当地说,他回来之前,已经说服了腓力拯救福基斯人,说服了腓力在彼奥提亚安置居民,说服了

---

① 希勒托注云,雅典与马其顿达成和约之前,福基斯人曾遣使至雅典求援,并表示愿将几处要塞交与雅典代守,雅典遂命普洛克塞诺斯进军接管,但其间福基斯内部发生政治变动,新上台的一派拒绝交出那数处要塞。
② 应是指福基斯人拒绝实行秘仪休战,参见埃斯基涅斯《为奉使无状事》第133—134节。

腓力把事情都帮你们办妥当①。他还说了，两三天之内事情就会办成，而且，为此，忒拜人已经在悬赏要他的命了。

[75] 所以，对那些在他作汇报之前拉栖代梦人或者福基斯人就已经做下的事，不要去听，不要容忍他讲，也不要允许他指责说福基斯人都是一群恶棍。我们当初救助了拉栖代梦人，不是因为他们有多么优秀，还有救助了那些该遭咒的优卑亚人，还有其他一些人，都不是的，而是因为他们的安全有利于我国，就和现在福基斯人的情况是一样的。那么，福基斯人，拉栖代梦人，或是其他什么人，在他发表了这通言论之后，有没有干了什么坏事，而导致当时这个家伙的许诺落空了呢？你们来问吧，他是拿不出什么答案来的。[76] 总共也只有五天②的时间，这个家伙汇报了那通谎言，你们相信了他，福基斯人听说了，投降了，灭亡了。由此，就非常清楚明白了，福基斯人的灭亡整个都是靠欺骗与诡计谋划而成的。③在腓力由于和约的事④而不能进军的那段时间里，他一直在做准备工作，他派人去了拉栖代梦人那边，承诺

---

① 此从皮卡德、尤尼斯和木曾的理解。文斯兄弟的理解是"把事情都交到你们手里了"，斯蒂埃夫纳的加工较多。
② 木曾注云，根据本篇第58—60节的描述，从十二月十六日埃斯基涅斯于公民大会作报告，到福基斯与腓力协议休战的十二月二十三日，总共应为八日。
③ 此从文斯兄弟与皮卡德的理解。尤尼斯的理解是"所有的阴谋诡计都用来让福基斯人灭亡了"，斯蒂埃夫纳的理解是"这一切阴谋诡计的目标就是要让他们灭亡"。
④ 皮卡德注说是和约谈判事项，尤尼斯在译文中补出"谈判"。

帮他们干一切的事，[1] 就是为了让福基斯人不能通过你们而争取到他们的帮助。[77] 等他已经进到了关口，拉栖代梦人也看明白了这个陷阱，撤走了，他就先把这个家伙推到了前台来欺骗你们，目的就是不要让你们能够看明白他是在帮着忒拜人做事，免得他又陷入拖延、战争与消耗，有福基斯人抵抗他，有你们在援助，而是能够毫不费力地把一切收为己有。事态的发展也正是这个样子的。所以，不要因为腓力欺骗了拉栖代梦人和福基斯人，就因此不让这个家伙为欺骗你们而接受法律惩罚，这是不对的。

[78] 如果，他要说，福基斯人和关口还有其他种种虽然都丢掉了，但是换回来的是半岛地区给国家保住了，那么，宙斯啊，众神啊，不要接受这种说法，审判团的先生们啊，不要忍受他在出使中犯下了种种罪行之外，还以这种辩护来给国家再添一笔抹黑，就好像是说，你们为了保住自己的财物，就出卖了盟友的安全一样。你们不是这么做的，当和约已经达成，半岛地区已经安全了之后，福基斯人还有整整四个月[2] 是安然无恙的，是这个家伙的谎言，在此之后，才最终毁灭了他们，欺骗了你们。[79] 再说了，你们还会看明白，半岛地区如今其实是比以前更为危险了。如果腓力要对那块地方作恶的话，是以前他还没有抢占我国的先机[3] 之前更容易遭受惩罚呢，还是现在呢？我想，当然是以前要

---

① 皮卡德注云，将德尔斐神殿在战后交给与斯巴达同种的多利安人来管理。
② 照希勒托推算是九十三天。
③ 此处仿效皮卡德和斯蒂埃夫纳的处理方式化译，木曾亦译如此。尤尼斯的理解是实指抢占了温泉关和福基斯，文斯兄弟译也明确写出"温泉关"。

容易得多了。那么，在那个想要对其作恶的人所可能有的恐惧、所可能遭到的危险都已经被消除了的情况之下，这个地方保住了又有什么意义呢？

[80] 还有，我听说他打算用这么一种说法，就是说，他会表示惊讶，为什么是德谟斯提尼来指控他，而没有一个福基斯人来。情况是什么样子呢，还是先从我这儿听一下比较好。我想，被驱逐出家园的福基斯人之中，心思最为优秀、最为端正的那些，如今已然成了流亡者，已然遭受了这一切，就都过起了平静的生活，不愿意为共同的灾难出头而招致个人的恩怨了。至于为了钱财可以什么都干的那些，他们则是找不到愿意给他们出钱的人了。①[81] 我也不会付钱给谁，让他站到我边上这里来喊着叫着他们遭受了什么，真相和事实已经喊出来、叫出来了。福基斯人民②如今是处在如此一种恶劣的可怜的境地，根本就谈不上他们到雅典的述职审查之中对人提起控诉，而只有做着奴隶、被忒拜人和腓力的雇佣军吓得要死的份儿，那些人是他们不得不养着的，他们已经被分散到没有墙的小村庄里去了，武器也全被收走了。[82] 不要听任他说这种话，而是要求他展示一下，福基斯人没有灭亡，或者说，他没有承诺过，腓力会拯救他们的。这些是关于奉使情形的述职审查所应该考量的问题：完成了什么？你又汇报了什么？

---

① 希勒托认为这一段的逻辑非常牵强，并指出，如果"至于为了钱财可以什么都干的那些，他们则是"按某些抄本作"还有，那些人没有了钱就什么也干不成，而他们却"，似更符合逻辑。
② 皮卡德注云，本篇第80节谈的是流亡者，这里谈的是仍住在福基斯的人。

如果是真相的话，没事了，如果是谎言的话，接受惩罚吧。至于说福基斯人不在审判现场，那又怎么样呢？就是你对他们的种种布置，我想，就是你出的那份力，弄得他们没有能力支援朋友、没有能力抵抗敌人了。

[83] 还有，除了这些事情带来的其他耻辱和恶名之外，还有一项重大的危险由此而降临到了国家头上，这个也可以轻易揭示。你们之中有谁不知道呢？通过福基斯人的战斗，还有他们对关口的控制，就为你们提供了一份免遭忒拜人侵害的保障，一份腓力〔与忒拜人〕都永远不能进入伯罗奔尼撒、进入优卑亚、进入阿提卡的保障。[84] 这一由地利、由那种形势所提供的安全保障，本来是属于国家所有的，你们却听信了这帮人的欺骗与谎言而放弃掉了；这一安全保障，本来有着武装、有着不间断的战斗、有着盟邦的大城、有着大片的土地作为壁垒，而你们却坐视着它消亡了。你们上次出兵到关口的救援行动①也成了毫无意义了，这一行动之中你们的开销超过了二百个塔兰同——如果你们把军士的个人支出也计算在内的话——却全都白花掉了，你们针对忒拜人的希望也全都落空了。

[85] 下面这一件，在他向腓力提供的众多可怕的服务之中，实实在在地是对国家、对你们所有人表现出了最大的不屑，请从我这儿听一下吧。腓力从一上来就是打定主意要帮着忒拜人做他

---

① 前353—前352年间，腓力在番红花地之战中击败福基斯人之后，雅典出兵据守温泉关。

做了的那些事的，而这个家伙却给出了相反的汇报内容，从而很清楚地展示了这是不符合你们的心愿的。就这样，他强化了忒拜人对你们的敌意，也强化了腓力对他们的友善。这个人还能对你们表现得更为混账吗？

[86] 请为我取来狄俄丰托斯①与卡利斯忒涅斯所提出的议案②，从中，你们就可以知道，当你们做了应该做的事情的时候，在你们这里和在其余各国，就认为你们配得上举行献祭、发布表彰，而当你们被这帮人误导了之后，你们就把儿童与妇女从乡下带进城来，连赫拉克勒斯祭祀典礼也作了决议挪到城墙里面来举办了，③这还是在和平的状况下。我就在想了，你们会不会对这个弄得连神明都没有能够得到遵照祖制而进行的祭典的家伙不加惩罚而开释了。请宣读决议。

决议

你们当时是觉得你们的所作所为很不错，雅典人啊，才会立下这么个决议的。请宣读此后的决议。

决议

[87] 你们当时就是托了这帮人的福才作出了这样的决议的。你们一开始订立和约、订立盟约的时候并不是带着这样的希望④

---

① 尤尼斯注云，提出于前352年雅典成功据守温泉关之后。
② 皮卡德注云，提出于前346年福基斯灭亡时。按，《金冠辞》第37—38节提到并引用了此议案内容，但其中引文一般认为是后人所伪造。
③ 这些举动都代表了当时的恐慌情绪。
④ 参见《金冠辞》第38节。

的，后来被说服在里面加上"同样适用于其后代"的字样时也不是的，而是听信了这帮人的说法，觉得好处简直是神奇无比。可是呢，后来，有多少次，你们听到了，在波耳特摩斯①那边，在麦加拉那边，有了腓力的部队和雇佣军了，②然后就一片混乱了，你们都是知道的。虽说，他暂时还没有插足到阿提卡里面来，你们也不应该只关注这一点，不应该松懈。而且，你们应该看到，是这帮人，使得他有了为所欲为的能力。你们应该盯着那种危险，对那些该为此负责的人，那些向某人提供了这种能力的人，表示愤恨，作出惩罚。

[88] 我知道，埃斯基涅斯会避而不对控诉本身作出答复，而是会想着把你们从案情本身远远引开，就说一大堆什么和平为全人类带来了如此之大的好处啦，还有反过来战争会带来坏处啦，还会为和平大唱赞歌，就会是这样来作辩护。但这正是他应该被控诉的地方。如果说，能为别人带来好处的事情，给你们带来的却是如此的麻烦和这等的混乱，那么，还有什么好说的呢？不就是，这帮人拿了贿赂，然后就把原本这么美好的一桩事搞得这么糟糕了吗？[89] "怎么？不是有三百艘三层桨战舰，以及配套的装备和资金，给你们留了下来，一直也会留着，都是托了和平的福吗？"也许他是会这么说的。对此，你们应该反驳说，从和平之中，腓力得到的好处可是大得多了，特别是在武装、土地和收

---

① 希勒托注云，优卑亚岛上的一个地区。
② 希勒托注云，参见《金冠辞》第71节。

入这些资源方面,都变得非常之丰富了。是啊,我们也得到了一些这类资源。[90] 可是呢,政策方面、盟友方面的资源,那些决定了大家到底是在为自己还是在为强者保管财富[①]的资源,我们的这些资源,都被这帮人出卖掉了,被毁掉了,或者该说[②],是被削弱了,而某人的呢,变得可怕得多,强大得多了。这很不公平的,某人通过这帮人在盟友方面和在收入方面都得到了好处,而那些我们本来就应该能从和平中得到的东西呢,他们却拿来算计成可以跟他们出卖了的那些对销了。这些不是用那些换回来的,远远不是的,这些本来也一样会是属于我们的,而那些,本来也是会加在上面的,如果不是因为这帮人的话。

[91][③] 总之,雅典人啊,你们大概会说下面这个是公平的:就算有很多重大的可怕的灾难降临到了国家的头上,但如果不是埃斯基涅斯造成的,那么就不应该对他有所愤恨,反过来,如果通过别的什么人,有什么正确的事做成了,那么,这个也救不了他。请好好看看这个家伙应该为哪些事情负责,如果是配得上感谢的事,那么就给他感谢吧,而如果反过来,是该当愤恨的事,那么

---

① 此从尤尼斯的译法"决定了人们是为自己使用财富还是将其让与强者",比较直白。文斯兄弟译为"所有国家正是凭此为自身或为更强之国保持利益",皮卡德译为"通过这些的建立,所有人可保持其利益,或为自身,或为主人",似乎都很拗口。斯蒂埃夫纳的理解是"为自己及为强大的友邦带来新的成功的资源",把"自己"和"强者"之间的连词从"或"改成了"与",加工较多。
② 此从希période托注。文斯兄弟译为"至少该说",皮卡德译为"而且",斯蒂埃夫纳和木曾没有明确译出。
③ 从这一节开始到第 109 节,洛布本分节与传统分节位置不同。此据牛津本所采用的传统分节。

就给他愤恨吧。

[92] 那么,怎样才能得出公正的结论呢?只要你们不让这个家伙把一切搅混,什么将军们干的坏事啦,什么对腓力的战争啦,什么和平带来的好处啦,而是仔细分开观察每一件事,就可以了。比如说吧,我们跟腓力之间曾经存在战争状态吗?没错。这里有谁要为此指控埃斯基涅斯吗?有谁要为战争中的所作所为而控诉这个家伙吗?没有一个人。所以,在这些方面,他已经被开释了,他不需要说什么的。关于有争议的事件,才是被告应该提供证词,应该作出论证的方面,而不是拿大家都一致认可了的东西来当做辩护内容,误导大家。所以,你就别说什么战争的事了吧,没有人在为此指责你什么的。[93] 然后,有些人劝说我们议和,我们被说动了,我们派出了使节,这些人又把订立和约的人①带回到这里。再来,这里有谁要为此指责埃斯基涅斯吗?有谁要说,这个人起了和议的头吗?或者说,他把订立和约的人带回到了这里,做得不对吗?没有一个人。所以,他也不需要为我国订立和约这件事说什么了,他在这件事情上是没有责任的。

[94] "那么,你这个人啊,你在说什么呢?"也许有人会问我,"你是从哪里开始控诉呢?"是从这里开始,雅典人啊,当你们在讨论,不是讨论是否要订立和约——这个已经决定了的——而是讨论订立一个什么样的和约的时候,他反驳了那些说出了正当意见的人,拿了贿赂,发言赞同那些领了工钱而提案的人,还有,

---

① 指马其顿的议和使团。

在此之后，他被选去主持盟誓事宜，凡是你们的指令，他一件都没有执行，他毁掉了我们那些在整个战争过程中安然无恙的盟友，他说了那么多那么大的谎话，从来没有别的哪个人说过，以前没有，以后也不会有。从一开始，直到腓力有机会为和平发言①之前，克忒西丰与阿里斯托得摩斯开了欺骗的头，而等事情已经进展到了需要行动的时候，他们就把任务传给了菲罗克拉忒斯和这个家伙，而后者接了下来，就毁掉了一切。[95] 如今，他需要为他的所作所为作出陈述，接受审判了，他，我想，身为一个恶棍，一个神憎鬼厌之人，一个小书手②，就会摆出一副是在为和平而接受审判的架势，作起辩护来了，这不是因为他想要把话题说得比控诉内容还更宽一些，那纯粹就是疯狂了，而是因为，他看见了，在他所做的那些事中，什么好事都没有，通通都是罪行，而关于和平的辩护词，就算别的什么都没有，至少还能有个"仁爱"的名头。

[96] 这个和平，我害怕，雅典人啊，我害怕，我们不知不觉地就像是那些借了高利贷的人一样在享用着它，它的基石、它的保障，这帮人通通都出卖掉了，我说的就是福基斯人和关口。而且，我们一开始来议和，也和这个家伙没什么关系——我下来要说的也许有点奇怪，却是真真切切的。如果说，有谁真的为和平而感到高兴，那就对那些将军们，那些大家都在指责的将军们，

---

① 希勒托注云，指腓力派遣使团到雅典。在此之前，曾有一条决议禁止接纳任何马其顿使团，在雅典决定议和之后方更改。
② 埃斯基涅斯担任过公务文秘方面的工作，德谟斯提尼喜欢拿此嘲笑他。

为此表示感谢吧,如果他们的作战真能如你们所愿的那样的话,你们连和平这个字样都是不会听得进去的。[97] 所以说,和平的达成是靠了那些人①,而达成了一个前景堪危的、摇摇欲坠的、无可信赖的和平,那就是靠了这些收取了贿赂的家伙们了。所以,阻止他吧,阻止他那些关于和平的言辞吧,把他逼进关于他的所作所为的讨论中吧。不是埃斯基涅斯在为和平而接受审判,而是和平经由埃斯基涅斯而被抹黑了。证据如下:如果说,和平达成了,后来,你们也没有上当,你们的盟友也没有一个灭亡,那么,还有什么人会对和平表示不满,除掉这个和平并不光彩这一点之外?其实,在这一点上,这个家伙,他既然站在菲罗克拉忒斯一边发了言,那也是要一同负责的,不过呢,至少在这种情况下没有什么不可挽回的事发生就是了。而如今,我想,这种事情就多了,要为它们负责的就是这个家伙。

[98] 下来,说到一切都被这帮人可耻地、恶劣地破坏掉了,毁灭掉了,这个,我想,你们全都是清楚的。我,审判团的先生们啊,坚决远离讼棍作风,不把这种作风带进这些事情里面来,也不会请求你们效仿这种作风,而是要这样:如果说,这些都是出于愚蠢、出于天真、出于别的什么无知而这么成了的,那么,我自己就会开释埃斯基涅斯,也会建议你们同样做。[99] 虽说,这些理由都谈不上符合政客身份②,谈不上正当。是这样的,你

---

① 指将军们。
② 此从希勒托注。皮卡德的理解是"符合宪法精神",文斯兄弟和斯蒂埃夫纳的理解是"政治生活所应有"。

们从来不命令、不强迫谁来办公务，但如果说有谁自认有能力而走了上来，你们就像优秀的仁爱的人那样处理，友好地接纳他，毫无嫉妒之心，还选举他，把你们的事务交托给他。[100] 如果有谁成功了，他就得到尊重，为此而享有比大众更多的种种，而如果他失败了，他就来谈借口、谈理由？这不公平。不够的，对我们被毁掉的盟友们，对他们的孩子，对他们的妇女，对其他人，说都是由于我的愚蠢——我就不说是他的了——他们才遭受了这些，是不够的，远远不够。[101] 不过呢，你们还是对埃斯基涅斯开恩，饶过他这些可怕的、过分的罪行吧，假如说，真能表明，他是出于天真，出于别的什么无知，才犯下了这些过错。而如果说，他是出于卑劣而收取了银子，收取了贿赂，这一点从事实本身得到了清楚的证明，那么，绝对地，只要有可能的话，就处死他吧，不然的话，也让他活着给别人做个榜样吧。

请仔细考虑一下这些事的证据，何等精准，在你们之中仔细考虑一下。[102] 肯定地，埃斯基涅斯跟你们说的那些话，什么福基斯人啦，忒斯庇埃啦，优卑亚啦，如果说不是因为他出卖了自己，心甘情愿地来欺骗你们的话，那么，就只能是下面两种情况之一：要么，他是听到了腓力明确地作出了承诺，会做些什么，会干些什么，要不然的话，那他就是上当了、受骗了，被别的事情上对方表现出来的好心骗了，真的是期盼着他会做这些。除此之外不可能有别的解释了。[103] 不管是哪一种情况，他都应该由此而成为所有人中最为憎恶腓力之人。为什么呢？因为，都是某人的角色，才给他带来了最为可怕、最为可耻的种种。他欺骗了你们，声名扫地了，接受审判了①。如果该发生的事情真的发生了的话，那么他早就应该遭到告发了。如今，由于你们的天真，由于你们的仁慈，他只不过是在接受述职审查，还是在他选择的时间里。[104—109]②那么，你们中间，有谁听到了埃斯基涅斯发声来控诉腓力？还有呢？有谁看见他论证其罪行，或者哪怕是提起什么吗？一个人都没有过吧。所有的雅典人控诉起腓力来都比他积极一点，哪怕是随随便便什么人，而他们中并没有任何一个人受到过什么伤害，至少是没有在个人层面上受到过。

我是在等着他说出这样的话——假如说他确实没有出卖自己的话——"雅典人啊，请随意处置我吧，我相信了他，我受骗了，我犯了错误，我承认。而那个人，雅典人啊，提防他吧，他全无信义，撒谎成性，卑劣无耻。你们看不到他对我做了些什么吗？看不到他做出了什么样的欺诈行为吗？"[110] 可是，我没有听到任何的这种话，你们也没有。为什么呢？因为，他不是被误导了，不是被欺骗了，而是雇出了自己，拿了银子，才说了那些，才把一切出卖给了某人，成了某人一员优秀出色的、正直的雇工，却成了你们的叛国使节、叛国公民，他该死不是一次，而是三次。

[111] 他是为了钱财才说了那一切的，这还不是唯一的证据。

---

① 很多抄本在最后一个词之前还多两个词，按希勒托的理解，这三个词可以总体理解为"他被认定为落到了应得的毁灭之中了"。此处按各英译的做法将之作为赘文处理，从正文中省去。
② 按传统分节顺序，这部分有几节是没有内容的，并非阙文。各英译对此有不同处理，因而在此处前后各本分节情况有较大差别。

最近，①帖撒利人派了使节到你们这边来，还有腓力的使节也跟着他们一起来了，来要求你们投票接纳腓力成为德尔斐周边城邦议事会会员。②所有人之中是谁最应该发言反对他们呢？是这个埃斯基涅斯。为什么呢？因为凡是他对你们汇报的内容，某人的行为都与其恰恰相反。[112] 这个家伙说了，他是会给忒斯庇埃和普拉泰亚建起城墙的，是不会灭掉福基斯人的，是会打消忒拜人的气焰的，而实际上呢，他把忒拜人变得过分地强大了，把福基斯人彻彻底底地灭掉了，也没有给忒斯庇埃和普拉泰亚建起城墙，一并还奴役了俄耳科墨诺斯和科洛涅亚③。还能有比这些更与他那些相矛盾的事吗？而他呢，没有反驳，没有开口，没有发出一点反对的声音。

[113] 这还算不上是多厉害的。他居然还是在全城所有人之中唯一一个发言表示赞同的人！④就连菲罗克拉忒斯都没敢这么做，那个恶棍！而这个埃斯基涅斯却做出来了！你们都发出怒吼了，根本不愿意听他说话了，他就走下台来，向着腓力派来的在场的使节表现起来了，说什么：叫嚷的人倒是够多的，等需要的时候，上战场的人可就少了（你们大概还都记得吧）。嗯，他，我想，

---

① 木曾认为，这应是前346年福基斯灭亡后不久的事，故不能说是"最近"。
② 希勒托注云，福基斯人在德尔斐周边城邦议事会中本有两席位，第三次神圣战争之后，该二席位被转授予腓力及其后人。作出此决议时，雅典代表并不在场，因此才有使节前来要求雅典派出代表追认此决议。
③ 以上两座都是彼奥提亚境内的城镇。
④ 希勒托指出，德谟斯提尼自己有一篇演说主张承认腓力在德尔斐周边城邦议事会中取得的席位（《为和约事》第19节），利巴纽斯对此的解释是那篇演说并没有公开发表。

是一位神奇的战士吧!^① 宙斯啊!

[114] 还有:如果说,我们拿不出什么来展示使节之中有人收了什么东西,大家也不是都清楚地知道这个,那么,剩下的就是得去用上刑^②之类的办法了。可是,既然菲罗克拉忒斯不仅仅在你们面前,在公民大会中,多次承认过了,而且还对着你们展示起来了,买卖着麦子,建造着房屋,说什么就算你们不选他他也会去出行,进口着木料,在换钱台子上公开地兑换着金子,^③那么,他自然在这件事里就不能说他什么都没有拿了,因为他自己已经承认了,已经展示了。[115] 会有如此不智、如此犯邪的人,就为了能让菲罗克拉忒斯拿钱,而自己弄到的只有坏名声,只有危险,^④本来,他是可以归进无辜的人之列的,却愿意去与他们作对,愿意去加入那个家伙一边,接受审判吗?我想,没有这样的人的。所有这些,如果你们用正确方法仔细观察,你们就会发现,乃是,雅典人啊,这个家伙收了钱财的明显证据。

[116] 还有一个事情,最近才发生,却是一份不比任何东西弱的证据,表明了这个家伙把自己卖给了腓力。请看。你们大概都知道,前不久,当许佩里得斯告发菲罗克拉忒斯的时候,我走上

---

① 木曾注云,埃斯基涅斯于前348年曾因战场表现而获授冠冕,参见埃斯基涅斯《为奉使无状事》第167—170节中对德谟斯提尼这里的揶揄所予以之反击,埃斯基涅斯的军功或亦是此次审判取得胜诉的要因之一。
② 指刑讯奴隶。根据法律,对公民是不可刑讯的。
③ 希勒托注云,把马其顿金币兑换成流通价值更高的雅典货币。
④ 此从文斯兄弟、皮卡德、斯蒂埃夫纳和木曽的理解。尤尼斯的理解是"看见了菲罗克拉忒斯拿钱却同时得到了坏名声和危险"。

前来，说道，在这次告发里，有一样是我受不了的，那就是，这里面就好像单单菲罗克拉忒斯一个人要为如此之重的此等罪行负责，而其余九名使节里却没有一个人要来负责。我还说，不可能是这样的，那个家伙只凭自己根本就什么都算不上，假如说，他在这些人中没有几个帮手的话。[117]"我不是要开脱谁，也不是要指责谁，"我说，"而是要让事实本身揭示责任人，开脱没有参与其中的人，为此，有谁愿意的话就请他站起身来，上前对你们发言，展示出来，他没有参与到菲罗克拉忒斯的所作所为之中，这些也不合他的心意。有谁这么做了，我就算他无罪。"我是这么说的。在我想来，你们都记得这些的。当时，没有一个人上前发言，没有一个人站了出来。[118] 其余的每一个人都有个什么借口，有的是不需要负法律责任，有的大约是不在现场，还有一个跟那个人是姻亲。① 而这个家伙呢，什么借口都没有。不，他已经把自己一笔全卖掉了，他不止为过去的事领了工钱，而且，很明显，以后，如果现在他脱身了的话，他还将会效劳于某人，跟你们作对的；他连一个对腓力不利的字都不愿意讲出来，就算你们对他放手，他也不会放手的，而是会宁可选择声名狼藉、选择接受审判、选择从你们手中遭受一切，也不去做一件惹腓力不快活的事情。

[119] 可是，这种同志情谊，这种对菲罗克拉忒斯的深切关心，

---

① 此从牛津本的读法，尤尼斯、皮卡德和木曾亦照此翻译。希勒托认为另一种文本读法更好，即"还有一个在那边有个姻亲"，文斯兄弟和斯蒂埃夫纳则照该读法翻译。按希勒托所选的读法，意思是担心在马其顿的亲戚遭到报复；按牛津本读法，意思则是说作为菲罗克拉忒斯的亲戚不愿意出头。

是从何而来的呢？就算说，那个人，他出使办成了最最优秀、完美无瑕的事业，可是却承认说他在出使过程中收受了贿赂——就像他确实承认了的那样——那么，一个廉洁的使节就应该躲开这种，提防这种，应该以神明之名谴责他的种种才对。可是，埃斯基涅斯却没有这么做。难道还不明显吗，雅典人啊？这难道不是在叫喊出，在说出，埃斯基涅斯拿了钱财，从头到尾就是为了银子而堕落了吗？不是出于愚蠢，不是出于无知，也不是出于倒霉！

[120]"可是"，他会说，"有谁来作证说我拿了贿赂呢？"这真是棒啊！是事实，埃斯基涅斯啊，是那所有人都最最信赖的事实，没人能说，没人能指责它们是因为被劝诱，或者是因为要讨好什么人，才成了这样的；你的叛卖行为、破坏行为把它们弄成了什么样，检视下来就会是什么样。除了事实以外，还有你自己，很快也会来针对自己作证了。来，站起来，过来回答我。别说什么你没有经验，不知道该说什么才好。这不，那些新案子，就跟戏文一样，① 而且连个证人都没有，② 时间段还都得是量好了③的，

---

① 此处影射埃斯基涅斯当过演员。皮卡德认为还包括有"这案子的情节新得就像戏文里的老故事一样"的讽刺意味，尤尼斯和木曾则认为是"这案子的情节就跟戏文一样离奇"，文森兄弟加工成"你拈个新案子来就跟拈个新戏一样轻松随便"，斯蒂埃夫纳模糊处理。

② 当是指提马耳科斯一案。

③ 用水钟量。木曾注云，陪审法庭公共诉讼从早晨开始，当日审讫。由于日照在夏至约长十四个半小时，冬至只有九个半小时左右。为公平见，开庭时间以最短的九个半小时为准，原则上其中三分之一的时间为原告辩论，三分之一为被告辩论，余下三分之一留给陪审员投票或量刑等事。参见埃斯基涅斯《控诉克忒西丰》第197—198节，亚里士多德《雅典政制》第60章第3—5节。

你就发起了，就做成了，很明显啊，你的水平够吓人的啊！

[121] 这个埃斯基涅斯做出了这么多可怕的勾当，里面充满了邪恶，这个我想你们都感觉到了，而其中，没有一件比起我下来要说的这个，在我看来，更为可怕，也没有一件更好地由事件本身充分展示了他收取了贿赂、出卖了一切。后来你们又派了第三个使团到腓力那儿，为了那些重大的美好的希望去的，就是这个家伙向你们的承诺所激起的那些希望，你们选出了这个家伙，还有我，还有大部分的原班人马。[122] 我就立刻走上前来，宣誓请辞，[①]有些人叫了起来，要我去，但我还是说我不去，而这个家伙则是已经选上了。在此之后，公民大会就散场了，这些人就开会合计，把其中谁留下来。[②]当时事情还悬在半空，未来如何还不清楚，各种各样的集会和言论都在广场上展开着。[123] 他们怕的是，别突然召开一次公民大会特别会议，你们就从我这儿听到真相，作出一个关于福基斯人的正确决议，这样一来，事情就从腓力手中溜走了。哪怕你们只作出一个决议，给他们提供一点点小小的希望，他们就会得救了。不可能的，如果你们不上当，腓力当时是不可能久留的。田里没有粮食，都因为战争而抛荒了，运送粮食也做不到，因为你们的舰队在那儿控制着海面，福基斯人的城镇又很多而且很难攻下，除非花时间来围困，就算

---

① 希勒托和文斯兄弟注云，被指派担任公务的人可通过宣誓声明理由来拒绝任务。

② 希勒托和文斯兄弟注云，以对抗德谟斯提尼。

他每天能拿下一座城镇，总共可是有二十二座[①]呢。[124] 为了这些，为了你们不要改变心意不再上当，他们就把这个家伙留下了。宣誓请辞而居然没有什么正当理由，是很奇怪的，很可怀疑的："你在说什么呢？你汇报了如此重大的好消息，现在倒不去办理这些，不去出使了吗？"可是需要他留下来。怎么办呢？他就找了个借口说身体不好，他的兄弟带着医生厄克塞刻斯托斯走到了五百人议事会面前，宣誓声明说这个家伙身体不好，换自己被选上接任了。

[125] 然后，又过了五六天，福基斯人就灭亡了，这个家伙的合同，就跟别的什么合同一样，结束了，得耳库罗斯从卡尔喀斯回来了，你们正在庇里尤斯开会，他就向你们通报了福基斯人灭亡的消息。[②] 你们，雅典人啊，听到了这些，就很自然地为他们而愁恼，自己也大为紧张，作出了决议，把儿童和妇女从乡下带进城来，加固要塞，戍守庇里尤斯，把赫拉克勒斯祭典也挪到城里举办[③]了。[126] 就在这个全国如此一片混乱、如此一片躁动的时候，就在这个时候，这位睿智的、厉害的、说话像唱歌一样[④]的先生，既没有得到五百人议事会的任命，也没有得到公民

---

① 木曾注云，保撒尼阿斯《希腊地理志》第10卷第3章第1—22节记录了第三次神圣战争中被摧毁的二十座福基斯城镇的名字，余下两座不知是否为免于一劫的阿拜和德尔斐。
② 参见本篇第60节。
③ 参见本篇第86节。
④ 木曾注云，依然是说埃斯基涅斯做过演员，参见本篇第337—340节。

大会的任命，[1] 就动身了，出使去到干了这些事情的人那边，也不去想着当初宣誓声明的身体不好了，也不去想着另一名使节已经被选出来代替他了，也不去想着法律对这类行为定下的惩罚乃是死刑[2]了，[127] 也不去想着，一个汇报说过忒拜人悬赏在要他的命的人，如今忒拜人不单单拥有着整个彼奥提亚，连福基斯人的土地也拿到手了，他却在这个时候出发[3]到忒拜中间去，到忒拜军队中间去，是有多可怕。他太激动了，太想着钱、想着贿礼，就把这一切全都抛开不管，出发去了。

[128] 事情已经是这个样子了，而他到了那边之后干出来的却还要可怕得多。在你们所有人，还有其他雅典人，都觉得可怜的福基斯人遭受了可怕的残酷的对待，因此不向普提亚赛会派遣五百人议事会代表团，也不派遣立法执政官[4]出席，而是抵制了这一父祖相传的观礼仪式的情况之下，这个家伙，他却进到了忒拜人和腓力举行的战争及事业[5]胜利祭典之中，受到了款待，参与了奠酒，参与了祝祷，就是某人在你们的盟友被摧毁了的城墙、土地和武器前面发布的祝祷，还与腓力一同戴上花环，一同唱诵

---

[1] 埃斯基涅斯在《为奉使无状事》第 94 节中对此有反驳。
[2] 擅自出使可视为通敌。参见埃斯基涅斯《控诉克忒西丰》第 250 节。
[3] 此处牛津 2005 年版用了 ἔσιν 一词取代 1903 年版中的 ἔστιν，虽然两个词有较大区别，但不影响译文。
[4] 文斯兄弟处为"法官"，盖因当时立法执政官的主要职责是主持司法流程，此处按原官名翻译。
[5] 文斯兄弟和尤尼斯处为"政务"，皮卡德处为"目标"，斯蒂埃夫纳和木曾模糊处理。

赞歌，举起友谊之杯祝他身体健康。

[129] 在这些事情上，不可能出现我说是这样而他说是那样的情况，关于他宣誓请辞的事，在神母殿①里你们的公共档案中是有记录的，由一名公有奴隶②保管着，还有一份决议，里面直接写明了他的名字。③至于他在那边干下的事，有与他一同出使的在场人员作证，他们跟我描述过这些，我没有跟他们一同出使，而是已经宣誓请辞过了。

[130] 请为我宣读该决议〔与该文档〕④，并传召证人。⑤

决议

证人

你们以为，腓力奠酒时对众神发布的祝祷会是些什么内容？忒拜人发布的呢？难道不是祈愿向他们自己、向他们的盟友赐下战争中的成功、赐下胜利，而向福基斯人的盟友赐下与此相反的种种？所以说，这个家伙参与了这些祝祷，诅咒了祖国，你们如

---

① Μητρῷον，在五百人议事会会场附近，供奉库柏勒女神，兼作保存法律法令原件的档案馆，公民可自由调阅。
② 此从希勒托注并参照埃斯基涅斯《控诉提马耳科斯》第54节中同一词的处理方法，尤尼斯和木曾亦译如此。文斯兄弟、皮卡德和斯蒂埃夫纳均处理为"公务员"。
③ 应是指由他的兄弟替代他出使的决议。
④ 希勒托注引伯内克（K. G. Böhnecke）意见认为是埃斯基涅斯称病请辞时入档的一份文件。
⑤ "传召证人"并不是让证人自己说出证词，而只是让证人上台，由书记员宣读预先写好的证词，证人再宣誓保证证词属实即可。雅典法庭上没有质问证人这一道程序。

今就应该把这些诅咒转而加到他自己的头上。

[131] 所以,他的出行本身就违反了法律,其所规定的惩罚乃是死刑。等他到了那边,就被揭露出来他所做下的事,该再处以死刑几次,而他以前所做的那些,以前出使的情状,〔光为那些,〕[①]也已经够处死的了。所以,请仔细考虑一下吧,到底什么样的惩罚,才能显得出是配得上如此之严重的罪行? [132] 难道不可耻吗?雅典人啊,你们所有人、全体国民都公开地谴责了和约的种种后果,也不愿意参与德尔斐周边城邦议事会的活动,对腓力非常不满、非常疑心,觉得所有的事情都属于亵渎神明,都很可怕,都毫无公正可言,都对你们不利,而现在,你们走入了法庭,对这一切进行审查,代表国家进行了宣誓,却要把这个家伙,这个要为所有这些坏事负责的家伙,这个你们在作恶的现场抓住了的家伙,开释掉? [133] 其余公民之中,或者应该说,其余所有希腊人之中,还有哪一个人不能正当地来指责你们呢?他看见,你们对腓力怒火中烧——他所做的,只不过是从战争中达成和平,是从愿意出售这类途径的人手中买了下来,就是做了一件很可以理解的事——却开释了这个家伙,这个如此可耻地出卖了你们的利益的家伙,而且,法律已经明确对如此作为之人列出了极刑这样的惩罚。

[134] 也许,这一类的话马上就会从这帮人嘴里说出来,说什

---

① 此从文斯兄弟、尤尼斯、斯蒂埃夫纳和木曾的理解。皮卡德的理解是"都是为了那帮人效劳",不过他在注中也提到了可以理解为"为此"。

么如果你们投下了惩罚议和使节的一票，这就会是与腓力的敌对行为的发端。我想，如果这真是实情的话，那我就算用心去找，也找不到更严重的对这个家伙的控诉内容了。如果说，他花了钱弄来了和平，然后倒是变成了这个样子，变得如此可怕、如此强大了，你们居然都要忽视誓言、忽视正义，只想着怎么去讨好腓力，那么，那些造成了这种情况的家伙们，该当受到什么样的法律惩罚，才算般配呢？[135] 不，不会的，更有可能的是，这样一来，将会是一种有利于你们的友好关系的发端，我想，我可以展示出这一点的。你们应该要知道，腓力并不是看不起，雅典人啊，你们的国家，也不是觉得你们比起忒拜人来无用一些，才选择了他们而不是你们，不，他是被这帮家伙教导着，听取了他们的说法——这些，我以前就在公民大会里对你们公开说起过，当时这帮人里面也没有一个人出言反驳——[136] 他们说什么，民主制度①乃世界上最不稳固、最不可靠的东西，就像海中最为无常的风，随波逐流向四方，②这个来了，那个走了，没有人关心共同利益，也没有人能记住共同利益；他需要的，乃是有一群朋友，可以在你们这边为他办每一件事，打理每一件事，就好比这个说话的人；如果他能为自己作好这种安排，那么，他想从你们这儿

---

① 此从希勒托、文斯兄弟和尤尼斯的理解。皮卡德、斯蒂埃夫纳和木曾的理解是"人民"。
② 牛津本与此前各版本有较大区别，旧的读法是"就像海中最为无常、被随意引向四方的波涛"，按牛津本的读法，"波涛"改成了"风"，同时由于词性配合的要求，"被随意引向四方"的只能是"民主制度"而不能是"风"。

得到的一切都可以轻易实现。[137] 肯定地，如果他听到了消息，我想，说当时对他说了这些话的家伙们，一回到这儿来，就被通通打死①了，那么，他就会和波斯国王一样做了。那个人是怎么做的呢？他被提马戈剌斯②欺骗，付给了他——是这么个说法——四十个塔兰同。然后，他听说，那个家伙被你们处死了，连自己的命都不能作主，更别说为他把事办成了，就是那些他当初对他许诺过要去办的事，他就明白了，他的礼物是给了一个不能在各种事情上作主的人。下来的第一件事，他就来函把安菲波利还给了你们〔做臣属〕，③虽然此前他在书面文件里是把它称作他的同盟、他的友邦的。随后，他也不再给别人送礼了。[138] 腓力当初也会同样做的，如果说，他看到了这帮人里有人遭到了法律的惩罚的话，现在，如果他能看到的话，他也会去做的。而如果说，他听到了，这帮家伙还在发言，还在你们中间备受尊重，还在审判别人，④那么，他又会怎么做呢？难道说，他明明可以少花钱，却会去故意多花？明明只要迎合两三个人就够了，却会去想着迎合所有人？这根本就是发疯了。

再说了，腓力公开造福于忒拜人的国家，也不是出于他的选

---

① 《希英词典》解释是"钉到木板上处死"，木曾亦如此理解；尤尼斯认为是绑在木板上扔到外面等着冻饿而死；斯蒂埃夫纳的理解是拷打。此从文斯兄弟和皮卡德的理解。
② 参见本篇第31节及注释。
③ 尤尼斯注云，只是一种外交姿态而已。
④ 当是指提马耳科斯一案。

择，远远不是，而是被他们的使节所劝导的。是怎么做到的呢，我来对你们说一下。[139] 就在我们代表你们去那边的时候，从忒拜那儿也有使节去了他那儿。某人想要给他们钱，据他们说，是很不少的钱。忒拜人的使节没有接受，也没有拿。后来，在一次祭礼宴会上饮酒的时候，腓力向他们表现得非常友好，开出了各种各样的礼物，战利品之类的，等等，最后是金杯银杯。所有这些，他们都推开了，绝对不愿意将自己献与他。[①][140] 最后，菲隆，使节之一，发言了，雅典人啊，他说出的话，不应该是有人代表忒拜人说出来的，而应该是有人代表你们说出来的啊。他说的是，他很高兴，很欣慰，能看见腓力对他们如此慷慨，如此友好，可是，他们本来就已经是他的朋友、他的宾友了，不需要这些礼物也已经是了，他们请求他，能在国家事务中，就是当时他们国家的[②]事务中，表现出同样的友好态度，做出配得上他自己、配得上忒拜人的行为，他们保证，这样的话，他们的整个国家，还有他们自己，都会对他全心全意。

[141] 下来请关注一下由此忒拜人得到了什么，我们又得到了什么，好好看看，从事实本身来看看，不去出卖国家，是多么重要的一件事。首先，他们得到了和平，而本来他们处境艰难，在战争中屡遭挫折，形势不利；其次，是他们的敌人福基斯人的彻

---

① 意即不愿意"拿人手短"。
② 此从皮卡德、尤尼斯、斯蒂埃夫纳和木曾的理解。文斯兄弟的理解是"当时他正在处理的"。

底灭亡，后者的所有城墙、所有城镇都毁光了。那么，就只有这些了吗？不！宙斯啊！除了这些，还有：俄耳科墨诺斯、科洛涅亚①、科耳塞亚、提尔佛赛翁②，再加上福基斯人的领土，他们想要多少就有多少。[142] 忒拜人从和平之中得到的就是这些了，就算是他们的祈祷内容，大概也不会更多，而忒拜人的使节呢？他们得到了什么？什么也没有，除了一点，就是他们为祖国带来了这些；这才是美好，雅典人啊，这才是尊荣，如果是拿成就和名誉——正是这帮家伙为了金钱而出卖了的那些——来衡量的话。

我们再来比较一下，我们雅典人的国家，从和平之中又得到了些什么，而这些雅典人的使节，他们又得到了些什么，请好好看看，国家，还有这帮人，各自得到的，在不在同一个水平上？[143] 国家得到的，是失去了一切的属地、一切的盟友，向腓力立誓保证，如果有什么人在什么时候出来想要保住这些，你们会阻止他，你们会将想要把这些交给你们的人视为敌人，视为对手，而把那个夺走了这些的人视为同盟，视为朋友。

[144] 这些，就是这个埃斯基涅斯发言支持的条款了，也就是他的同伙菲罗克拉忒斯提议的那些了。我在前一天占了上风，劝导了你们批准盟邦公议，③ 传召腓力的使节，④ 可是这个家伙却成功休会到了下一天，劝导你们接受了菲罗克拉忒斯的提议，其中

---

① 参见本篇第112节。
② 皮卡德注云，彼奥提亚地区的一座山。
③ 参见本篇第15节及注释。
④ 希勒托注云，向其通报基于盟邦公议内容的大会决议。

除了这些，还写下了很多别的更为可怕的内容。

[145] 国家从和平之中得到的就是这些了，要发明出更为可耻的条款真是不容易，而这些使节，这些办下了这一切的使节呢？他们得到了什么呢？我把别的你们都看见的那些都跳过去好了，房屋啦，木料啦，麦子啦①什么的，只说在你们灭亡了的盟邦的领土里的那些产业，那好多好多的庄子，从中为菲罗克拉忒斯提供了一个塔兰同的收入，为这个埃斯基涅斯呢，三十米那。

[146] 这不是很可怕吗？雅典人啊，不是令人震惊吗？你们盟邦的灾难，竟成了你们使节的收入来源？这个和平，它给遣使的国家带来的，是盟邦的毁灭，是属地的丧失，是耻辱取代了荣誉，而给使节带来的，给这些对国家造成了这一切伤害的使节带来的，却是以收入，以富裕，以产业，以财宝取代了极度的贫困？为证明我说的这些都是事实，请为我传召来自俄林托斯的证人。②

证人

[147] 我不会感到惊讶，如果说，这个家伙居然敢说出下面这样的话，就是说，虽说这个和平并不光荣，也不是像我要求的那样，但将军们把仗打成了那个糟糕样，也就只能这样了。如果说，他真的这么说了的话，那么，当着众神，请记住，这样反问他：他是从一个别的什么国家出使前去呢，还是从我们国家？如果说，是从一个别的什么国家，一个他可以说是在战争中占了上风、有

---

① 参见本篇第 114 节。
② 为什么是来自俄林托斯的证人，没有很好的解释。

着极其优秀的将领的国家出使的话，那么，他拿钱还算是有道理的；① 而如果说，是从我们国家，那么，凭什么，遣使的国家丢掉了属于自己的东西，而他却在同一件事上拿了礼物？遣使的国家和受遣的使节得到的应该是同样的遭遇，这才是公平的啊。[148] 也请仔细考虑一下下面这一点，审判团的先生们啊。你们以为，是福基斯人在战争中占忒拜人的上风更多一些呢，还是腓力占你们的上风更多一些？我清楚知道，是福基斯人占忒拜人的上风更多一些。他们占据了俄耳科墨诺斯、科洛涅亚和提尔佛赛翁，把涅翁② 的驻军包围在里面③，在赫底勒翁④ 杀死了两百七十人，竖立了胜利纪念碑，骑兵也更强一些，围绕着忒拜人的根本就是一整个《伊利亚特》的灾难啊。[149] 而你们呢，没有遭到过这种事——但愿以后也不会有——在你们和腓力的战争中，最最糟糕的情况也不过是下面这样了，就是说，你们对他能够造成的损失没有你们希望的那么大，而要说不遭受损失嘛，你们在这方面是绝对安全的。那么，为什么，从和平之中，忒拜人，本来在战争中如此不利，却收复了自己的所有，获取了敌人的所有，而雅典人，你们，却把在战争中保全得好好的一切都在和平之中损失光了呢？

---

① 希勒托和文斯兄弟注云，失败一方常会向胜利一方的使节送礼以求得到宽大条款。
② 皮卡德注云，福基斯的一个城镇。
③ 此从文斯兄弟的理解。皮卡德的理解是"切断了退路"，尤尼斯的理解是"赶了出去"。
④ 皮卡德注云，彼奥提亚地区的一座山。

因为，他们的使节没有出卖他们，而你们的这帮使节却这么干了。〔宙斯啊，他还要说，盟邦都在战争中撑不下去了。〕事情就这么干了，你们从下面的内容中可以清楚知道。

[150] 然后，和约告成了——就是菲罗克拉忒斯的那个和约，就是这个家伙发言支持的那个和约——腓力的使节接受了你们的宣誓，离开了。到此为止，还没有什么无可挽回的事发生，只不过是有了一份可耻的配不上国家的和约，作为回报，据说是会有神奇的好事要降临到我们头上的。我就请求你们，也跟这帮人说了，要尽快出航到赫勒斯滂，不要松手，不要听任腓力在此期间抢占那里的任何地点。[151] 因为，我完全明白，在由战争状态而达成和平之际，如果有什么地方松手了，那么，对于那些如此疏忽的人来说，就跟被毁掉是一样的。从来没有一个人，在由整体考虑而被劝导接受和平之后，还会愿意为了丢下不管的那些而从头开战的，谁抢先拿下了，就归谁所有了。除此之外，还有两个好处，在我想来，如果我们出航前去了，我国是不会都拿不到的。要么，我们在场根据决议而接受他的宣誓，而他交还他从我国取得的种种，也不去碰其余等等；[152] 要么呢，他不这么做，我们就立刻回到这儿来如实汇报，这样，在那些遥远的不那么重要的地方上，你们就能看清楚他的贪婪和无信，在邻近的更为重要的问题上——我是说福基斯人和关口——你们就不会放手了。如果他没有能在这些事情上抢占先机，没有能欺骗你们的话，你们的一切利益都会是非常牢靠的，他会心甘情愿地给你们公平待

遇的。

[153] 我觉得事情会是这样，是很有道理的。只要——正如当时的实际情况——福基斯人是安全的，把守着关口，某人就没有办法对着你们挥舞恐怖，从而让你们忽视什么权益。他不可能从陆上进军阿提卡，也不可能控制海洋而抵达阿提卡，而你们可以立即，如果他不公正行事的话，封锁他的商埠，让他陷入钱财不足、其余一切都不足、反过来被包围的境地，所以，某人才是急切地需要和平带来的好处的，而不是你们。[154] 这些不是我如今在事后编出来展现先见之明的，而是我当时立刻就知道了的，站在你们的立场上预见到了的，对这帮人说过了的，由以下这些你们就可以知道。当时已经不剩公民大会会议日①了，都已经用光了，而这帮人却还没有离开，就在这里消磨着时间，我就以五百人议事会成员的身份起草了一份决议——当时公民大会已先向五百人议事会授予了全权——要求使团尽快出发，并要求将军普洛克塞诺斯将他们送往任何据他所知腓力所在的地点，我写的时候——正如我现在说的这样——用的就是如此明确的字眼。请为我取来此决议并宣读。

决议

[155] 于是我就把这帮人从这边领走了，他们都是不情不愿的，你们从他们随后的所作所为之中就可以清楚知道。当我们抵达了

---

① 尤尼斯注云，每个主席团任期里有四个常规会议日。

俄瑞俄斯①，与普洛克塞诺斯集合了之后，这帮人根本没有心思去出航完成使命，而是绕着圈子走路，②在到达马其顿之前就用掉了二十三天。③剩下的全部日子里，我们就在佩拉④坐等腓力归来，加上我们走路的那些日子，总共是五十天。[156] 就在这段时间里，多里斯科斯、色雷斯、长墙⑤附近地区、圣山⑥，其余等等，就在和平与休战的期间，腓力都占据了，控制了。我说了很多很多，一直反复地说，一开始的态度是论理以求达成共识的样子，然后是教导无知者的样子，最后则是对着出卖了自己的、最为肮脏的人们毫无保留的样子。[157] 至于那个公开发言反驳这些、站出来反对我说的所有话，反对你们所作的决议的人，就是这个家伙了。这个是不是投了其余使节的所好呢，你们很快就会知道。我现在还不想说什么，不想指责谁，这里面没有哪个人今天需要被逼着出来表现一下诚实，而是应该自愿出来表现，应该是由于没有参与这些罪行而出来表现。这些所作所为是可耻的，是可怕的，是贪贿所致的，你们全都已经看到了，至于是哪些人参与了

---

① 在优卑亚岛上。
② 皮卡德、尤尼斯和木曾都着重译出了"走陆路"的意思，文斯兄弟和斯蒂埃夫纳则模糊处理。
③ 木曾注云，乘船从俄瑞俄斯到马其顿首都佩拉附近的港口最快只两三日。
④ 马其顿首都。
⑤ 加里波利半岛与大陆相接处的防御工事。
⑥ 色雷斯地区的伽诺斯山。斯特拉波《地理志》第7卷（残篇）第56章称当地人崇拜此山。德谟斯提尼《反腓力辞丙》第15节提到雅典在当地曾有驻军。德谟斯提尼《控诉阿里斯托克剌忒斯》第104节提到当地有宝库。

其中，就由事实本身来展示吧。

[158] 宙斯啊，在这段时间里，他们从其他盟国[1]那里接受了宣誓，干了该干的事，是吧。远远不是！整整三个月在国外，从你们那儿拿了一千个银币的差旅费，却没有从任何一个城邦，在过去的路上没有，在回来的路上也没有，接受过宣誓，而是，在狄俄斯库里神庙前面的客栈里（你们中有哪个去过斐赖[2]的应该知道我说的是哪里），在那里，举行了宣誓仪式，那是在腓力已经带着军队往这儿开进的时候了，以可耻的方式，雅典人啊，以和你们不般配的方式！

[159] 而腓力呢，他绝对是愿意付出高于一切的代价来让事情以这种方式实现的。这帮人没有能够如他们所尝试的那样在和约里写下"哈罗斯人与福基斯人除外"的字样，菲罗克拉忒斯被你们逼着把这个擦掉了，明文写下了"雅典人及雅典人诸盟国"的字样，[3]而他不愿意他的任何一个盟国照此宣誓，因为这样它们就不会来跟他一起进军攻打他如今占领了的、那些你们的属地了，而是可以拿誓言来当借口了。[160] 他也不希望有人见证他为了取得和约而作出的那些承诺，也不想向世人展示，雅典人的国家在战争中并不居下风，他腓力才是一心一意想要和平，向雅典人作出了好多承诺以求得到和平的那个。为了不让我说的这些广为

---

① 指腓力的盟国。
② 帖撒利地区的城镇。
③ 这两处按牛津本处理为直接引语，也有英译处理成间接引语的。

人知，他就想着不能让这帮人到任何地方去。而这帮人呢，在什么事情上都讨好他，向他献媚，大放谀辞。

[161] 在这一切都已经被坐实了之后——他们浪费了时间，放弃了在色雷斯的种种，没有按照你们的决议去行事，没有按照你们的利益去行事，回到这儿来作了虚假的汇报——那么，这个家伙怎么可能还会被一个思维正常的、想着要遵守誓言的审判团所开释？为证明我说的这些都是事实，请为我首先宣读规定了我们应该怎样举行宣誓仪式的那份决议，然后是腓力的来信，再下来是菲罗克拉忒斯草拟的决议和公民大会通过①的决议。

决议

书信

诸决议

[162] 还有，我们本来可以在赫勒斯滂抓住腓力的，只要有人听从了我的建议，遵照决议内容执行了你们的命令就可以的，请传召当时在场的证人。

证人

再请宣读另一份证词，内容是欧克勒得斯到那里去的时候腓力是怎样答复他②的。

---

① "草拟"和"通过"乃补充语气之用，非原文所有，尤尼斯亦如此处理。
② 希勒托引乌尔皮安努斯注云，雅典听说腓力在色雷斯地区继续军事行动之后，就派欧克勒得斯前去抗议，腓力答复说他的行为并无过错，因为他还没有与雅典使团会面，也还没有宣誓。

证词

[163] 他们不可能抵赖说做这些不是为了腓力,请听我叙说。当我们第一次为和平奉使出发的时候,你们先派了个传令官去帮我们接洽安全通行事宜。而当时,他们一经抵达俄瑞俄斯,既不等待传令官,也没有浪费任何时间,而是立即出航去往了正被围困的哈罗斯,然后再去到了主持围攻的帕曼纽那里,动身穿过了敌人的部队进入了帕伽赛①,再继续行程,在拉里萨②与传令官会合了。他们当时的行程就是如此匆忙,如此积极。[164] 而在和平状况下,出行完全没有危险的情况下,有着你们的命令催促的情况下,在这个时候,他们却既没有想到在陆上赶路,也没有想到走海路。到底是为什么呢?因为,当初,让和平尽快实现,是符合腓力的利益的,而现在,在接受宣誓之前尽量拖长其间的时间,也是一样的。[165] 为证明我说的这些都是事实,请为我取来以下证词并宣读。

证词

还能怎样更好地证实这帮人所做的一切都是为了腓力呢?同一条路,当应该为了你们而匆忙的时候,他们静坐,当不应该在传令官到达之前上路的时候,他们却急步向前。

[166] 接下来的时间里,我们在那边,在佩拉静坐,请看,我们每一个人各自是选择了什么样的行动。我呢,当时是去拯救、

---

① 帖撒利地区的港口。
② 帖撒利地区的城市。

去寻找战俘①去了，一边花自己的钱，一边向腓力请求，让他把作为招待客人的礼物给我们的钱也用来让他们得到解救。而这个家伙呢，你们很快就会听到，他干了些什么，成了些什么。

腓力向我们一块儿都给钱，究竟是什么意思呢？[167] 别有人看不明白，某人是在晃钱发响来试探②我们大家呢。具体是什么方式呢？他给每一个人私下传了话，雅典人啊，要把好多好多的，金子送来。可是他在一个人的身上碰了钉子（我不用说我自己的名字了，事实和行为会清楚展示出来的），他就想着，如果给大家一块儿都送，我们就会天真地收下来，这样呢，那些私下出卖了自己的家伙们就安全了，前提是只要我们大家都在拿钱这个事上参与了哪怕一点点。他就由此考虑出发而给钱了，用的名义则是招待客人的礼物。[168] 等我阻止了这件③事情，这帮人就把这笔钱也转过头去分掉了。然后到我请求腓力把这个钱用到战俘的事情上的时候，他揭发这些人说"钱在某某人某某人的手里"也不是，拒绝出钱也不是，就同意了，但是拖着不去做，就说他会把他们送回来参加泛雅典娜庆典④的。请宣读阿波罗法涅斯⑤的

---

① 参见本篇第 39 节及注释。
② 此从各英译及希勒托注对 διακωδωνίζω 一词的理解。木曾简单处理为"试探"，并注云该词本义是试以财货声响辨别其真赝。
③ 牛津本去掉了代词"这件"，为行文考虑，仍然译出。
④ Παναθήναια，雅典的重要庆典，每年正月下旬举行，正月倒数第三天传统上认为是雅典娜生日，故当日为该庆典中最盛大的一日，每四年为"大泛雅典娜庆典"，规模大于平时。
⑤ 希勒托注云，此人不见于其他记载。

证词，然后是其余在场人员的证词。

证词

[169] 接下来，我来跟你们说一下，我自己解救了多少战俘。那个时候，腓力还不在，我们都在佩拉消磨着时间，有一些战俘——就是付了押金得到了保释的所有那些——在我想来，都对我能说服腓力这个事情没有信心了，就说他们自己愿意出钱赎身，不想欠腓力什么情，有的就借了三个米那的钱，有的借了五个，总之就是各自赎金的数字了。[170] 等腓力同意了让其余那些得到解救之后，我就把这些我垫[①]了钱的人叫到一起来，回顾了一下这些个情况，然后，为了不让他们弄得因为急切行事反而落入较糟的处境，也不让这些穷苦人花自己的钱来得到解救，而其余人等却都能期待由腓力来放走，我就把赎金当做礼物送给了他们。为证明我说的这些都是事实，也请宣读这些证词。

证词

[171] 这就是我花了出去、当做礼物送给了不幸的国民的钱的总数。等会儿这个家伙马上就会这么来对你们说了："到底是为什么啊？你说了，德谟斯提尼啊，从我发言赞同菲罗克拉忒斯，你就知道了，我们没在干什么好事，那么，后来，为盟誓事宜的那次出使任务，你为什么一起接下来了呢？为什么没有宣誓请辞呢？"到那个时候，就请你们记住，我已经向这些我解救了的人

---

① 按希勒托、文斯兄弟、尤尼斯和木曾的解释，χράω 在此处是"提供无息贷款"的意思。

保证过，要筹集赎金，尽可能地拯救他们。[172] 说谎欺骗他们，抛弃这些不幸的国民，会是很可怕的。而如果说，以个人身份，在宣誓请辞过后，漫游到那边去，这既不光彩，也不安全。所以，要是我不是因为想着要去拯救这些人，而是为了拿到什么钱财，好多好多的钱财，我才和这帮人一起出使了的话，就让我遭受毁灭吧！彻彻底底的、提前降临的毁灭①！下面就是证据：第三次出使的任务，我两次被你们选上了，两次都宣誓请辞了。还有，在这次出国行程中，我也一直与他们针锋相对。[173] 在这次出使中，凡是我能够作主的事务，都以对你们有利的方式实现了，而凡是这帮家伙仗着人多取胜的那些，通通都完了。而其实，所有事情本来都是可以像那些一样地办成的，只要有人能听得进我的意见就够了。我又不是个可怜的糊涂蛋，一边扔出钱去，明明看着其他的人都拿钱了，只为了对你们的忠诚之心，而另一边呢，根本不用什么开销就可以完成的事情，还能给整个国家带来大得多的帮助，我却不愿意让它能成。绝对会是那样的啊，②雅典人啊，可是，我想，这帮家伙胜过了我。

[174] 那么，下来，请跟这些来比一比，看一看这个家伙干了些什么，菲罗克忒斯又干了些什么，彼此一比较，就清楚得

---

① ἐξώλης...καὶ προώλης 这个词组在《金冠辞》结尾处（第324节）也出现了一次（词形由于上下文略有变化），现按照那里古德温的注释以及这里文斯兄弟和皮卡德的译法翻译，在《金冠辞》结尾处也如此翻译。
② 此从文斯兄弟的理解。皮卡德、斯蒂埃夫纳和木曾的理解是"我是真心希望那样的啊"，尤尼斯的理解是"我就是这么做了的啊"。

多了。首先，他们宣布把福基斯人和哈罗斯人排除在和约之外，还有刻耳索布勒普忒斯①，这是违反了决议，违反了他们对你们说过的话的。然后，他们着手篡改推翻决议，而我们就是依据此决议出使的。再下来，他们把卡耳狄亚②人当做腓力的盟友写了进去，投票拒绝发出我起草给你们的信件，而他们自己写了一封一点都不实在的东西发出去了。[175] 然后这位高贵的先生就说了，我跟腓力保证说我要推翻你们的民主制度，而这无非就是因为我指责了这种行为——那不单单是因为我以为这种行为可耻，而且还是因为我害怕由此跟他们一起遭殃——而他自己呢，整个这段时间里一直在和腓力私下会谈，从无间断。别的我都不说了，就说得耳库罗斯，他在斐赖那里在晚上监视着他——不是我在监视——还带着我的这个奴隶，他看见他③从腓力的帐篷里出来了，就吩咐我的奴隶向我汇报，还有自己也要记清楚。最后，这个恶心的无耻的家伙在我们出发了之后还在腓力那里留了整整一天一夜。④[176] 为证明我说的这些都是事实，首先，我自己就提

---

① 色雷斯国王，前358年即位，与雅典结盟抵抗腓力，但屡遭败绩，前343年被迫臣属于腓力。
② 加里波利半岛上的城镇。和约将半岛其余地区归还雅典，但该城与另外一城未归还。
③ 此从文斯兄弟、尤尼斯、斯蒂埃夫纳和木曾的理解，认为是指埃斯基涅斯，皮卡德认为是指奴隶。
④ 这一节里强调埃斯基涅斯和腓力的私下会谈，是在往提马戈剌斯（参见本篇第31节及注释）的案情上套。

供了书面证词,[1] 会自己出来作证,甘愿承受证人的责任。[2] 其次,我会依次传召其余使节,迫使他们在作证和宣誓不知情两者之间选择一项。如果他们宣誓不知情,那么我将会轻易在你们面前坐实他们的伪誓之罪。

证词

[177] 什么样的麻烦,什么样的行为,在整个出国旅程之中伴随着我,你们都看见了。你们想想吧,这帮人,在你们眼皮子底下,在你们这些有权力奖赏他们或者反过来惩罚他们的人的眼皮子底下,干的都是这种事,那么,在那边,在他们的金主身边,干的又会是什么呢?

我想从头总结一下我的指控内容,好来展示一下,我开始发言的时候向你们承诺过的种种,我都兑现了。我证实了,他的汇报内容毫无实情,而是在欺骗你们,我是以事实情况本身作为证据,而不是只通过言语论证。[178] 我证实了,都是因为他,你们才不愿意从我这里听取真相,而是在当时被他的承诺和他的汇报所抓住了,他提的一切意见都与应该提的恰恰相反,他发言反对盟邦所提的和约条款,而鼓吹菲罗克拉忒斯所提的条款,他消

---

[1] 希勒托指出,德谟斯提尼并未让得耳库罗斯出来作证,而是靠自己来作证,很值得玩味。

[2] 意即冒着被指控作伪证的风险。另,木曾注云,述职审查或诉讼中作为当事人的原告、被告,根据法律,其实是禁止自充证人的,参见伪德谟斯提尼《控诉斯忒法诺斯乙》第9—10节。至于这里德谟斯提尼何以能够,原因不明。

磨了时间，以至于你们就算想出兵救援福基斯人也做不到，他在出国旅程中犯下了很多可怕的罪行，叛卖了一切，出卖了一切，拿了贿赂，一件坏事也没有落下。就是这样，我一开始承诺要证实的内容，我都证实了。

[179] 再请看接下来的内容。以下的论证已经直截了当地摆在你们面前了。你们都立下了誓言，要依据法律、依据公民大会的决议、依据五百人议事会的决议而投票，这个人的奉使情状已明显违背了法律、违背了决议、违背了正义，所以，他应该被一个有理智的审判团定为有罪。就算他没有犯下任何别的罪行，以下两件行为就足够定他的死罪：他不单单把福基斯人，也把色雷斯出卖给了腓力。[180] 说真的，在整个有人居住的世界上，没有人能指出还有哪两个地方对我国更为重要的了，在陆地上是关口，在海上是赫勒斯滂，而这两个地方，这帮人都可耻地出卖掉了，交到腓力手里来对付你们了。光下面这一点，不说其他，单说放弃掉色雷斯和长墙[①]这一点，是何等严重的罪行，就可以列出一万条理由；有多少人为类似罪行被你们处死，有多少人为类似罪行被处以巨大的罚金，是不难指出的，有：厄耳戈菲罗斯、刻菲索多托斯、提摩马科斯、古时候的厄耳戈克勒斯、狄俄倪西

---

① 参见本篇第156节注释。

俄斯,[①] 还有别的一些人,我几乎可以说,他们加在一起,对国家的伤害都比不上这个家伙。

[181] 可是,在那个时候,雅典人啊,你们还知道靠着算计去防备危险、预见危险,而现在呢,只要什么事情不是每一天都在烦扰你们,不是在你们眼前让你们不痛快,你们就转过头去不看了,还跑到这里来随随便便地作一些决议,比如:"腓力当向刻耳索布勒普忒斯提交誓词"、"不得列席德尔斐周边城邦议事会"、"当修改和约内容",[②] 等等。可是,你们本来根本就不需要作任何这类决议的,只要这个家伙愿意由海路出行,干该干的事就可以了,而如今,那些本来可以由他走海路而挽救的事,他就坚持要走陆路,毁掉了,那些本来可以由他说实话而挽救的事,他就说谎,毁掉了。[182]接下来他马上就要表现得很是愤愤不平——这是我听说了的——说在所有对人民发言的人当中,只有他在为言论受审。本来我可以说,拿钱发言的人通通都该当为此受审,

---

① 希勒托和皮卡德注云,厄耳戈菲罗斯,参见德谟斯提尼《控诉阿里斯托克剌忒斯》第 104 节、亚里士多德《修辞学》第 2 卷第 3 章 1380b、哈尔波克拉提翁《十大演说家作品辞典》;刻菲索多托斯,参见德谟斯提尼《控诉阿里斯托克剌忒斯》第 167—168 节、埃斯基涅斯《控诉克忒西丰》第 51—52 节、哈尔波克拉提翁《十大演说家作品辞典》;提摩马科斯,参见德谟斯提尼《控诉阿里斯托克剌忒斯》第 115 节、德谟斯提尼《为佛尔弥翁辩护》第 53 节、许佩里得斯《为欧克塞尼波斯辩护》第 1—2 节;厄耳戈克勒斯,参见吕西亚斯《控诉厄耳戈克勒斯》及《控诉菲罗克忒斯》;狄俄倪西俄斯不见于现存记载。
② 后面两条决议的主语,文斯兄弟、尤尼斯和木曾都认为是腓力,皮卡德认为是雅典人,斯蒂埃夫纳把第二条的主语理解为腓力,第三条模糊处理。

但是我不打算说了，就说另外一点吧：如果说，埃斯基涅斯是以一个无公职人员的身份说了傻话、做了蠢事，那么就别对他太过苛责了吧，就让他去吧，就原谅他吧，但既然他是作为一名使节，拿了钱，故意来欺骗你们，那么，就不要开释他，也不要容忍他说什么他不应该为言论而受审。[183] 除了言论，还有什么别的理由可以让一名使节受到法律的惩罚呢？使节的手里并没有掌握着战舰、据点、士兵或是城塞（从没有人把这些交托给使节过），而是掌握着言辞和时机。如果他没有毁掉国家的时机，那么他就无罪，如果他毁掉了，那他就犯下了罪行；如果他汇报出了真实的言辞、有利的言辞，那么他就可以免罪，而如果是虚假的言辞、卖钱的言辞、不利的言辞，那么他就应该获罪。[184] 一个人能够对你们犯下的罪行之中，没有比虚假言论更大的了。在政治制度是建立在言论的基础上的情况下，如果这些言论并非属实的话，又怎么能够进行安全的政治行为呢？如果有人拿了贿赂，为敌人的利益而发表言论，怎么不会对你们造成危害呢？而且，夺走时机，对于寡头政体或者君主政体，和对于你们，完全不是同等的罪行。远远不是。[185] 在那些政体之下，我想，一切都是命令一出就迅速执行的，而你们呢，首先，要由五百人议事会听取所有事项，作出五百人议事会决议案，① 那还得是在先发布了让传令官和使节到场的通知② 之后才行的，不是随时能办到的，然后

---

① 参见本篇第 31 节及注释。
② 此从皮卡德和木曾译及希勒托注。文斯兄弟和尤尼斯译作"向传令官和使节发布了通知"，斯蒂埃夫纳的改动较大。

再是要举行公民大会，而且必须是在法律规定的日期里；[1]再下来，那些言论最为优秀之人还必须强过、必须胜过那些由于无知或由于坏心而发言反对的人。[186] 在这一切之后，就算已经作出了决议，其有利之处已经展明，由于大众的穷困，仍旧需要提供一些时间，[2]以便他们可以获取所需的种种，有能力来执行作出了的决议。所以说，一个人，如果他让我们这种政治制度丧失了时机，那么，由他丧失掉的不是时机，不是的，而是所有一切的事情都由他彻底地毁掉了。

[187] 所有想要欺骗你们的人手头都有几句现成的话："扰乱国家之人，阻止腓力为我国造福之人"什么的。对此，我不想说什么，只想向你们宣读一下腓力的来信，回顾一下你们各次受骗的场合，好让你们知道，这个冷冰冰的名头[3]，这个"包管够"[4]的名头，已经配不上[5]如此欺骗了你们的某人了。

腓力的诸书信

[188] 他的各项——不，所有——奉使情状就是如此地可耻，如此地跟你们对着干，他居然还走来走去，说："你能说德谟斯

---

[1] 木曾注云，参见亚里士多德《雅典政制》第43章。
[2] 原文 χρόνον δεῖ δοθῆναι τῇ τῶν πολλῶν ἀδυναμίᾳ 直译"仍旧需要向大众的穷困提供一些时间"，化译如此。
[3] 是什么名头，原文没有明说，但所有英译、注都认为应该是"恩人"。
[4] 原文 ἄχρι κόρου 这个词组牛津本认为是直接引语（即出自腓力的信），则信中原意应该不是贬义用法，而是"[对雅典带来的好处将会]让你们满足得不能再满足"的意思。有的版本未标为直接引语，则可以直接贬义译为"撑死人"，但作为直接引语时这种处理方法不尽合适，故译如此。
[5] 希勒托和皮卡德注云，显然是反讽说法，意即腓力该换个名头用了。

提尼什么好呢?这个控诉了一道出使的同伴的人。"宙斯啊,不管我是情愿还是不情愿,我是这么做了,一方面,我在整个出国行程之中一直是你的种种阴谋诡计的对象,另一方面,现在我只有两种选择了,要么就是被认定参与了你们如此种种的所作所为,要么就是来发起控诉。①

[189] 但我也不承认我是和你一同出使的同伴,你那是充斥着可怕作为的出使,我那则是为大众服务的最为优秀的出使。菲罗克拉忒斯才是和你一同出使的同伴,你也是他的,还有佛律农也是。是你们干下了这些,是你们所有人认可了这些。"盐到哪里去了呢?饭桌呢?奠酒呢?"② 他走来走去拿腔拿调③地说,就好像叛卖了这些的不是那些罪人,而是那些义人一样!

[190] 我知道,五百人议事会的全体主席团每一次都是一起献祭的,是一起进餐的,是一起奠酒的,可是,这并不意味着其中优秀的成员就会与卑鄙的成员同流合污,正相反,如果他们发现其中有什么人犯下了罪行,他们就会向五百人议事会、向公民大会加以揭发。五百人议事会也是同样行事,举行入职祭典,共同入宴,将军们也是一起举行奠酒和祭仪的,④ 还有差不多可以说

---

① 此从各英译的理解添译转折词。
② 雅典人认为在同一饭桌上进餐、共享食盐、一同举杯奠酒的人之间应该有着特别的友情。参见埃斯基涅斯《控诉克忒西丰》第 52、224 节,《金冠辞》第 287 节。
③ τραγῳδεῖ 本义"像表演悲剧一样",影射埃斯基涅斯当过演员。参见埃斯基涅斯《为奉使无状事》第 22 节。
④ 此处标点牛津本与此前版本不同,将一同举行奠酒和祭仪的动作划给了"将军们"。

是所有的官员们。那么,由此,他们就向其中的罪人提供了安全保障了吗?远远不是的。[191] 勒翁与提马戈剌斯一同出使了四年,然后就控告了他;① 欧部罗斯控告了曾与他一同进餐的塔耳瑞克斯以及斯弥库托斯;② 那位老科农③ 控告了与他一同担任将军的阿得曼托斯。④ 是谁不忠于那些盐、那些奠酒呢,埃斯基涅斯?是那些卖国贼,那些奉使无状之人,那些收受贿赂之人呢,还是那些控诉他们的人呢?显然,是那些像你一样玷污了祖国共同的奠酒,不只是个人的奠酒的人。

[192] 接下来,为了让你们知道,这帮人不单单是为公务到腓力那边的人之中,也是在所有为私事到那边的人之中,最为下贱、最为卑鄙的一帮子,请你们听我讲一个跟这次出使无关的小段子。在腓力占领了俄林托斯⑤ 之后,他召开了一次奥林匹亚庆典⑥,为着祭仪和庆典就召集了各种各样的艺人过去。[193] 他接

---

① 参见本篇第 31 节及注释。
② 希勒托和皮卡德注云,此二人不见于现有记载。
③ 此从皮卡德注,称为"老科农"是与其孙相区别。文斯兄弟和尤尼斯的理解是"古人科农"。
④ 希勒托和皮卡德注云,前 405 年,雅典海军在埃戈斯波塔米海战中覆灭,科农率残军逃往塞浦路斯,斯巴达统帅吕山德处死了被俘的两名雅典将领之一,但放过了另一名,即阿得曼托斯,因此阿得曼托斯被怀疑有通敌行为,后遭到科农起诉。
⑤ 前 348 年。
⑥ 希勒托和文斯兄弟均引乌尔皮安努斯注云,不是全希腊的奥林匹亚赛会,而是马其顿当地的奥林匹亚庆典。此庆典举办时间当是在前 347 年春。木曾注云,马其顿国王阿尔刻拉俄斯一世积极引入希腊文化,模仿奥林匹亚赛会,在奥林波斯山脚的狄翁举办庆典。到腓力二世时,改为庆祝大捷或出征之用,并将举办地点移至埃该。

待了他们，向获胜的参赛者授予了冠冕，就问起这位著名喜剧演员萨堤洛斯①来了，为什么只有他一个人没有向他提什么要求呢？是因为他觉得他小气呢，还是觉得对他有什么不客气的地方？据说，萨堤洛斯就说了，原因是，别人提的那些，他一个都不需要，而他自己很想提的那个要求，虽然腓力给起来、满足起来再容易不过，他却还是担心会拿不到。[194] 某人就吩咐他说出来，还夸下海口，说他没有什么是不会去为他②做的，据说，他就说了，有一个皮德那③人阿波罗法涅斯，是他的宾友、他的好友，那个人遭谋害致死了，其亲族在恐惧之中为安全起见便把他年幼的女儿们送到了俄林托斯安置，"她们在该城陷落的时候就成了俘虏，如今在你的手里，已经到了婚配的年龄。[195] 把她们，我请求你，我祈求你，交给我吧。我希望你听一下，理解一下，你要给我的是一份什么样的礼物，假如你真的给了我的话。我从她们那里什么好处也得不到，却要帮她们置办嫁妆，把她们嫁出去，我也不会坐视她们遭到配不上我们、配不上她们的父亲的待遇"。据说，当宴会在场的人听到了这些之后，他们之中就发出了如此巨大的掌声、喊声和赞美声，腓力被打动了，答应了，虽说，这个阿波

---

① 希勒托注云，曾向德谟斯提尼传授表演技巧。
② 这个字是根据各英译添译的，斯蒂埃夫纳把整句加工成了"保证他会满足一切要求"。
③ 马其顿城市，前168年罗马最终征服马其顿的战场。

罗法涅斯曾是杀害了腓力的哥哥亚历山大[①]的凶手中的一员。

[196] 我们拿萨堤洛斯的这次宴会作参照，再来仔细看看这帮人在马其顿参加的那次吧。请看吧，跟前面那次是不是一样啊？像不像啊？这帮人被叫到三十僭主之一的法伊狄摩斯的儿子克塞诺佛戎家里去了，就去了，我没去。等他们开始喝酒了之后，他就带进来了一个俄林托斯女子，长得挺标致的，却是个自由人家出身的正派女子，这是由事实显明了的。[197] 一开始，我觉得吧，这帮人也就逼着她默默喝酒吃甜品罢了，这是伊阿特洛克勒斯第二天告诉我的。等事情继续往下，他们喝到热头上了，就吩咐她躺下来[②]唱个曲儿。那名女子好生愁苦，她既不愿意照做，也不知如何照做，这个家伙和佛律农就说了，这事儿真不像话，真让人受不了，神憎鬼厌、罪孽深重的俄林托斯人里面的一名女俘竟然摆起什么架子来了！然后就是："叫奴隶上来。"再是："谁带个鞭子过来。"有一个家奴就拿着皮条过来了。这帮人都喝多了，我想，稍微有点什么就够刺激他们的了。于是，她刚说了点什么，刚哭了起来，那个家奴就撕开了她的小衣，在背上抽了好多下。[198]这名女子在如此恶劣遭遇之下已经丧失理智了，她跳了起来，伏到了伊阿特洛克勒斯的膝前，把桌子也撞翻了。要不是他救了她，她就会死在这场酗酒凶暴之中。这个垃圾酒后乱性起来就是这样的可怕。关于这名女子的故事，在阿耳卡狄亚都已经传开了，

---

① 马其顿国王亚历山大二世，约前369—前368年在宫廷阴谋中被杀。
② 当时无座椅，是斜躺在榻上进餐的。

在万人大会①上都说起过了，狄俄丰托斯在你们面前也汇报过了，我现在就会强迫②他前来为此作证，还有，在帖撒利，在各个地方，都流传开来了。

[199] 这个肮脏的家伙，他自己也对这些事清楚得很，却还敢正眼看着你们，随即说起他的生平事迹来，嗓门洪亮得很呢。这些真让我一口气噎得上不来。你以为③大家不知道，最开始，你就是帮着你那个引人入仪的娘④从书里念词的，还是个孩子就在烂醉的狂欢人堆中打滚吗？[200] 然后，你就给官员打下手，干脏活⑤，就为了两三个银币的小钱。最后呢，没多久之前，你在别人的歌舞队训练班里当起了三号杂脚，吃着不花钱的饭，好不心满意足啊！你要叙述的是什么样的一种人生呢？是你在哪里过过的呢？你过的人生摆明了就是这么个样子的啊。可是，那种得意劲啊！这个家伙还在你们面前让人⑥为操持贱业而接受审判了呢！不过还不到说这些的时候，请首先为我宣读以下各证词。

诸证词

[201] 如此之大、如此之重的罪行，审判团的先生们啊，已被坐实由他对你们犯下了。在这里还缺哪一样坏事呢？受贿、谄媚、

---

① 参见本篇第 11 节及注释。
② 此词用得让人有点怀疑德谟斯提尼的叙述。
③ 此词是为照顾中文语气添译的。
④ 参见《金冠辞》第 259 节。
⑤ 皮卡德注云，作为小书手，他有拿钱偷偷篡改法律文书的机会。
⑥ 指提马耳科斯。

遭咒、撒谎、卖友，通通是最最可怕的罪名啊。对以上种种，无论哪一条，他都是拿不出辩护来的。他是没有什么正当的、直率的辩词可以说得出来的。至于我听说他想要说的那些嘛，简直就是疯了，不过呢，大概，一个没有正当内容可以说的人，什么花样都得来耍一下吧。

[202] 我是听说了，他要说，所有这些我控诉的事，我都有份，我都赞同了，跟他一起做了，然后突然摇身一变，控诉起来了。这不是一份对这些行为的正当合理的辩护词，而是一份对我的控诉词。如果说，我真的是这么干了，那么我就是一名贱人了，可是这些行为却不会因此而变得更优秀一些，远远不会的。[203] 不过呢，我想，我还是应该向你们展示两点：第一，如果他真这么说了，他就是在撒谎；第二，什么才是一份正当的辩护词。一份正当而简明的辩护词应该是这个样子的：要么是证明自己并没有犯下所控罪行，要么是证明所作所为是有利于国家的。这两者之中的任何一个，这个家伙都是做不到的。[204] 大概，福基斯的灭亡，腓力对关口的占领，忒拜的强盛，在优卑亚的驻军，针对麦加拉的阴谋，还有，未经宣誓的和约，① 这些，他都是没有办法说成是有利的吧。他对你们汇报的时候，说的完全跟这些相反啊，是说要发生的都是对你们有利的事啊。要是抵赖说"这些并没有发生"，那么，他也是不可能说服你们的，你们自己都看

---

① 希勒托认为是指腓力的某些盟国没有对和约宣誓，而皮卡德认为就是指腓力拖延宣誓，只不过这个句子里面的事件不是按时间顺序罢了。

见了，都清楚知道了情况的啊。

[205] 我还需要展示的，就是我没有参与其中任何一项。你们是否希望，我把其他一切都抛开，什么我当着你们的面出言反对了他们啦，在整个出国行程中跟他们摩擦不断啦，在整段时间里与他们对立啦，而是就用这帮人当做证人提交出来，证明说我和他们干的一切事情都截然相反，他们拿了钱来危害你们，而我拒绝收钱？那么就请看吧。[206] 在整个国家之中，谁可以说是最可恶、最充满了厚颜无耻与傲慢自大的一个人呢？我很清楚，你们之中没有人，哪怕只是因为说错话，会说出菲罗克拉忒斯以外任何一个人的名字的。又是谁，凭着他那嗓门，要有想说的话的时候，在所有人之中声音最为洪亮，吐字最为清晰呢？[1] 我知道，就是这个埃斯基涅斯了。又是谁，在这帮家伙的嘴里是在人群面前害怕怯场，照我说则是谨慎小心呢？就是我了。我从来没有烦扰过你们，没有对着不情不愿的你们硬来。[207] 好，在每一场公民大会之中，只要是提起了这些内容，你们就都听见了，我一直在指控、一直在坐实这帮人，在直截了当地宣布他们拿了钱，出卖了国家的一切利益。而这帮人之中呢，从没有一个在听到这些之后发言反对过，从没有一个张过嘴，从没有一个露过面。[208] 那么，是什么原因，才会让这些全城之中最为可憎、声音最为洪亮的家伙敌不过我这么个所有人之中最为胆小、声音也不比谁大的人呢？是因为，事实真相有着力量，而反过来，明知自己出卖

---

[1] 这句话的几个部分译文稍微换序重组。

了国家的利益，就会带来虚弱。正是这一点，夺走了他们的胆量，让他们噤口结舌，①噎住了他们，让他们沉默。

[209] 还有，最后，你们大概都知道的，就在最近，在庇里尤斯，当你们不让这个家伙出使②的时候，他就叫嚷了起来，说要对我提起告发，③说要对我提起控告，"啊哈④！啊哈！"可是，这些得〔是〕要引出好长好多的审判和说词的啊，那边不就有直截了当的两三个词吗？就连昨天刚买来的一个奴隶也能说得出来的："雅典人啊，好不可怕啊！这个家伙明明自己也有份，却来拿这些控诉起我来了，他说我拿了钱，可他自己也拿了的啊，至少是一起拿了⑤的啊。"[210] 可是呢，这些内容，他一点也没有说，一个音也没有发，你们没有一个人听见过，他只不过是在虚声恫吓罢了。为什么呢？因为，他是知道他自己做下了些什么的，他在这些词句面前就像个奴隶一样，他的思维根本无法触及它们，直接就缩回去了，被他内心的罪恶感⑥抓住了。至于随便开骂，

---

① 原文 ἀποστρέφει τὴν γλῶτταν, ἐμφράττει τὸ στόμα 直译"将他们的舌头转了过去，塞住了他们的嘴"，化译如此。
② 希勒托、皮卡德和木曾都指出，是为提洛岛神殿管理问题。参见《金冠辞》第134—136节。尤尼斯不赞同这个说法，认为当指另一次出使。乌尔皮安努斯认为指第三次出使腓力处的那次（参见本篇第124节），但斯蒂埃夫纳不同意此说法。
③ 参见本篇第103节注释，和下面的"控告"是两种不同的法律程序。
④ 此处对象声词 ἰοὺ ἰού 使用文斯兄弟的处理方法。
⑤ "拿了"指单独拿，"一起拿了"指腓力给大家一起送礼。
⑥ 原文 αὐτῆς τὸ συνειδέναι 直译"自己知道的事情"，化译如此。

至于出口伤人，那倒是没有什么能阻止他的。

[211] 还有，最最重要的一点，不是空口无凭，而是真切事实：我想着要行为端正，既然我出使了两次，我也就要来向你们进行两次述职，而这个埃斯基涅斯呢，他跑到审计员面前，带着好多证人，不让他们传召我进入审计庭，说是我已经接受过述职审查了，已经没有法律责任了。[1] 这真是可笑得不能再可笑了。到底是什么意思呢？因为，就第一次出使——没有人在控告的那一次——他已经述职过了，所以，他就不希望再为这第二次而上庭了，说的就是如今他为之上庭的这一次，他在其中犯下了一切罪行的这一次。[212] 如果我两次上庭，那么，结果就会是，他也不得不再次[2]为此上庭，出于这种考虑，他才不让他们传召我。所以，这一事实，雅典人啊，向你们清晰展示了两点：首先，这个家伙等于是给自己定了罪，你们中没有一个敬畏神明的人能投票开释他了；其次，则是他关于我说的那些话没有一句是真的，如果真有什么的话，那个时候就能看到他说出来控告我了，而不是，宙斯啊，来阻止传召我。[213] 为证明我说的这些都是事实，请为我传召这些事项的证人。

---

[1] 希勒托认为审计员组成的审计庭可能比由公民审判员组成的普通述职审查法庭要高一级，所以此处特意译出"审计庭"。文斯兄弟也如此处理，其余译本则简单处理成"法庭"，如斯蒂埃夫纳的译法是"他们的法庭"，或许认为有专门法庭的意思。埃斯基涅斯应该是宣称两次出使属于同一份职务内容，所以只要审查一次就够了。

[2] 为第一次出使的事已经上庭过了，"再次"是指为第二次出使的事。

〔证人〕[①]

如果说呢，他要拿与奉使情状无关的事来中伤我，那么你们有很多理由不去听他的。今天不是我在接受审判，在此之后也没有人会给我添水了。[②] 除了表明他找不到正当的话来说，这还可能有什么意思呢？有哪个被告，如果还有什么辩词可以说的话，会宁愿说控诉的话呢？

[214] 再请仔细考虑一下这一点，审判团的先生们。如果说，是我在接受审判，是这个埃斯基涅斯在提起控诉，是腓力在主持审判，而我说不出什么来否认我的"罪行"，就开始说这个家伙的坏话，着手抹黑他，你们觉得，腓力是不是会为此而动怒，因为我居然在他面前说他的恩人的坏话？所以，你们别做得比腓力还不如，审判的内容是关于哪些，就逼着他就哪些来作出辩护吧。请宣读证词。

证词

[215] 就是这样，我，由于我问心无愧，我就认为，我应该提供陈述，应该接受法律所要求的一切，而这个家伙呢，正好相反。那么，我的和他的所作所为怎么会是一样的呢？这个家伙又怎么能对你们说一通以前他从来都没有指责过的事呢？显然是不可能的。可是呢，他还是会说的，宙斯啊，这是很正常的。你们大概都知道，自有人类、有审判以来，从没有一个人是自认有罪

---

① 证词应在本篇第214节之后宣读的，此处不应有。
② 意即"我在此之后不再有发言的时间了"。

然后被定罪的,① 他们都会厚颜无耻,抵赖罪行,撒谎骗人,编造借口,什么都可以做,只为了不受到法律的惩罚。[216] 今天,你们不应该被这类东西中的任何一样所误导,而是应该,从你们自己知道的情况出发,对案情作出裁决,也不应该用心于我的话或者这个家伙的话,也不应该用心于这个家伙手头会有的集齐好了的②什么证都可以作的那些证人——他有腓力在背后做金主③的啊,你们会看见,他们会多么积极地为他作证的——也不应该用心于这个家伙的声音多好听多响亮,而我的多差劲。[217] 请不要,如果你们思路还清楚的话,把今天的审判变成一场演说人之间或是语言之间的比赛,不,好好审视一下你们其实全都一清二楚的情况,然后,把那些耻辱,那些来自可耻的可怕的灾难的耻辱,送回到它们的责任人的头上去吧。

到底是哪些情况呢?你们全都知道的,根本不用听我们讲的,是哪些呢? [218] 如果说,和平带来的一切都与你们得到的承诺相同,④ 而且,你们自己也承认,你们整个地就是这么懦弱、这

---

① 希勒托认为这句话也包含了"一旦自行认罪则无需经审判定罪即可惩罚"的意思。
② 此处 ἑτοίμους 和下面的 ἑτοίμως(译文处理为"积极地")词根相同,试以谐音翻译。
③ χορηγός 本义"出钱组织歌舞队的人",引申为"投资人"。木曾注云,即"收买证人的主儿"的意思,此处讽刺埃斯基涅斯的演员经历,所以原文才戏称"歌舞队出资人"。
④ 此处应是反讽,不是说真能得到埃斯基涅斯许诺的好处的意思,而是说有人已经预言了和平的实际结果的意思。

么胆怯，竟然在领土上没有敌人、海上没有被封锁、本城不受任何其他威胁、有便宜的粮食可买、什么都不比现在差的情况之下，[219] 而且，你们还从这帮人这里预先已经知道、预先已经听见，你们的盟友将会灭亡，忒拜人将会变得强盛，色雷斯那边的据点将会被腓力占据，在优卑亚将会有一个军事基地修建起来对付你们，总之是所有那些实际发生了的事，一件一件地都将会发生，在这种情况之下，你们却还满心欢喜地缔结了和约，那么，投票开释埃斯基涅斯吧，别在这么多的耻辱之上再添上一条违背誓言的名目了吧，他没有对你们犯下什么罪行，我现在来控诉他才是疯了，才是傻了。[220] 可是，如果说，他们说的正与此相反，[①] 用好多话把腓力描述得非常仁爱，什么他对我国友好啦，会救援福基斯人啦，会终结忒拜人的狂傲啦，除此之外，还有什么只要他能取得和平他就会为你们造福，比起安菲波利来要大得多的福啦，他要把优卑亚和俄洛波斯交还给你们啦，如果说，他们说了这些，承诺了所有这些，欺骗了你们，迷惑了你们，把你们剥得只剩下一个阿提卡了，那么，投票定他的罪吧，不要在你们承受了的其余种种欺凌——我不知道该用什么别的词来称呼了——之外，再由于这帮家伙收下的贿赂，把诅咒、把违背誓言的名头也带回家。

[①] 此处皮卡德的理解似比较好，即发言内容与前面的假设发言相反，而不是整个事实情况与发言内容相反；文斯兄弟、斯蒂埃夫纳和木曾是按"事实情况正与他们的说法相反"译的；尤尼斯模糊处理。

[221] 也请仔细考虑以下这一点,审判团的先生们啊,如果说,这帮人没有犯下什么罪行的话,我为什么要选择来控诉他们呢?你们是找不到理由的。难道说,有很多敌人,会是很开心的事吗?当然不是,根本就不安全。是我跟这个家伙之间以前有什么过节吗?没有的。接下来呢?"你是在为自己担心,因为胆怯,就想着这样来寻求脱险了。"① 我听说他这样说过的。可是,根本就没有什么,埃斯基涅斯啊,危险,没有什么罪行啊,这是你自己说了的。要是他真这么说的话,请仔细考虑一下,审判团的先生们啊,〔要是我,〕在这些事情上什么过错都没有犯的我,尚且要担心为此而遭灾,那么,这帮真的犯下了罪行的人又该当受何等惩罚呢?但我不是为了这个。[222] 那么,我是为了什么来控告你呢?我是个讼棍,宙斯啊,是为了从你那儿拿钱,② 是吧。好,到底哪个对我更有利呢?是从腓力那儿领钱——他拿了好多出来的,不比给了这帮人的少——顺便再跟他、跟这帮人交个朋友呢(会是这样的啊,要是我参与其中,我就会跟这帮人交上朋友的啊,他们跟我又没有什么祖上的仇怨,只不过是我没有参与他们的所作所为罢了),还是找这帮人从他们拿的里面讨要一份,顺便跟某人、跟这帮人结个仇呢?我花了那么多自己的钱来让俘虏得到解救,现在倒跑来从这帮人那儿可耻地要点小钱,再搭上点仇怨?

[223] 不是这样的。我汇报的都是事实,我为了正义、为了

---

① 意即德谟斯提尼自知有罪,先发制人。
② 被告常会出钱换取原告撤诉,讼棍行业因此而大行其道。

真相、为了我的未来①而拒绝受贿的时候，是这么想的——你们中间还有一些人也是这么想的——就是，走正道是会得到尊重的，我从你们这里得到的信任②是不能拿来换好处的。我恨这帮人，是因为我在出使过程中看见了他们下流无耻、神憎鬼厌，连我个人所应得的称许，也由于这帮人的贪贿行为惹得你们现在对整趟出使非常不满，而被夺走了。我现在来提起控诉，来参与这次述职审查，是着眼于未来，是希望能够通过这次审判、通过这一法庭，来判定清楚，我与这帮人的行事是全然相反的。[224] 而且，我也害怕，害怕——我要把我的所有想法都跟你们说一下——别什么时候你们把我这个没犯任何错的人也拽进去，虽说，你们现在简直就是趴倒了。说真的，所有的一切，雅典人啊，在我看来，你们都撒手不管了，就等着遭受可怕的下场了，眼看着别人正在遭受，也毫无戒惧，也不在乎国家正在慢慢地以许多很可怕的方式走向毁灭。

[225] 你们不觉得这很可怕、很过分吗？有的事情，虽说我本打算保持沉默，但还是不得不说。你们大概都认识这个③皮托多

---

① 原文 τοῦ λοιποῦ βίου 直译"剩下的生命"，尤尼斯和木曾即译成"余生"。此从文斯兄弟、皮卡德和斯蒂埃夫纳的译法。
② φιλοτιμία，文斯兄弟处理成"急公好义之心"，皮卡德处理成"追求"，尤尼斯和斯蒂埃夫纳处理成"形象、地位"。此从尤尼斯的译法和《希英词典》的解释。本节下面还出现一次，译文处理成"称许"，与本篇第40节相同。
③ 尤尼斯明确地将 τουτονί 中可能含有的"他现在也在庭中"的字样意译了出来，译文仿照其他各译模糊处理。

洛斯之子皮托克勒斯。以前我跟他关系很好的,一直到今天我们之间也没有发生过什么不愉快的事。可是他现在到处躲着我,这是从他到过腓力那儿后开始的,要是在什么地方避不过我,他就会立刻转开去,免得有人以为他是在跟我说话,跟埃斯基涅斯一起呢,他倒是成天绕着圈子在广场上走,商议事情。

[226] 多可怕啊,雅典人啊,多让人震惊啊,那些选择了服务于腓力的利益的人,从某人那里竟有着如此精准的眼光关注着他们彼此,以至于每一个都认为,在这里干了些什么,就好像他是站在身边一样,没有一件是能蒙得过他的,他们选谁做朋友都得看某人的心意,不选谁做朋友也一样;而那些将一生奉献给了你们、追求着你们给出的荣誉的人,他们在你们这里得到的却是如此的耳聋、如此的眼瞎,如今我居然要站在同等地位上来跟这帮罪人相争了,还是在你们的面前,你们这些对一切都一清二楚的人的面前!

[227] 那么,你们想知道、想听听这是为什么吗?我来说一说,只希望你们不要因为我说了实话而生气。因为,某人,我想,只有一个身子、一个脑子①,他可以全心地爱那些造福于他的人、恨那些做法相反的人,而你们呢,每一个人,首先就不觉得造福了国家的人是在造福于他,反过来对干坏事的情况也是一样,[228] 而是每一个人都有着什么对他更为重要的东西,经常被那些牵着

---

① ψυχή 本义"心灵",化译如此。

走——同情、嫉妒、愤怒、施恩①，还有其他的一万种。就算有人能够逃脱所有这些，他也无法逃脱那些根本不希望这样一个人存在的人们。②从这里的每一项产生出的错误就一点一滴地流了进来，直至堆积成为灾难而降临到国家头上。[229] 不要，雅典人啊，今天不要受这些的影响，不要开释掉这个对你们犯下了如此罪行的人。

说真的，如果你们开释了他，会有什么样的话来说你们呢？"从前有些人从雅典出使到腓力那边去了，有菲罗克忒斯、埃斯基涅斯、佛律农、德谟斯提尼。"然后呢？"其中有一个，不仅没有从出使中捞到什么好处，还花了自己的钱让战俘得到了解救；而另一个呢，为了钱财出卖了国家的利益，还拿着这些钱到处去挑婊子和海鲜③。[230] 有一个，把儿子送到腓力那边去了，那个儿子还没来得及列入公民名册呢，这个人就是双手沾满鲜血的佛律农了；而另一个呢，没有做出任何配不上国家、配不上自己的事。有一个，虽然同时担任着歌舞队出资人和三层桨战舰舰长④的职位，却还觉得应该再自愿花钱来让战俘得到解救，因为他不愿意坐视他的同胞由于贫困而落入不幸。另一个呢，别

---

① 原文 χαρίσασθαι τῷ δεηθέντι 直译"满足提起请求的人"，化译如此。
② 希勒托解释说，这里的意思是，国家中有两种人，第一种人本性是好的，但不把国家利益和个人利益相统一，被各种错误的思想误导，而第二种人是出卖国家的，一个为国服务的人就算能够摆脱第一种人的错误思想，也无法摆脱第二种人的敌意。
③ 这两样都是雅典人心中代表"挥霍无度的奢侈生活"的消费品。
④ 都是富人自愿出钱为国效劳的方式。

说主动去解救什么战俘了，还把一整片地方，外加不止一万名步兵①，还有属于我们当时的盟友的大约一千名骑兵，一起帮着变成了腓力的战利品。"[231]再下来呢？"他们落到雅典人手里了，后者早就知道情况了。"然后呢？"那些拿了钱、拿了贿赂、玷污了自己、玷污了国家、玷污了自己的子孙的人，他们通通都开释掉，觉得这些人挺聪明的，国家挺好的②。"那个提起了控诉的人呢？又是怎样呢？"他们觉得他是给天雷打傻了，根本不了解国家的情况，连怎么花自己的钱都不懂。"③

[232] 还有谁，雅典人啊，看到了这个榜样之后，还会愿意提供诚实的服务呢？谁还会愿意出使不收礼呢？如果说，他不单单什么也拿不到，甚至还不能在你们眼中显得比那些拿了钱的人更可靠一些。今天，你们不单单是在审判这些人，也是在为所有后世立下法度，在规定，每个人出使时是应该可耻地从敌人那里拿钱呢，还是应该不受腐化、不收礼物，为你们的最佳利益而行事。

[233] 不过，就其余各事项，你们不再需要更多的证人了。至于把儿子送到腓力那边去的事，请为我传召此事的证人。

证人

埃斯基涅斯没有起诉这个人，没有说他把儿子送到腓力那边

---

① 木曾注云，一万之数略夸张，根据狄奥多鲁斯《史库》第16卷第59章，手握福基斯指挥权的将军法拉伊科斯麾下佣兵八千，且是议和放弃国土，而非全员被俘。
② 此词原文如此，一般认为有问题，皮卡德认为与下文对比，应该是一个"了解"之类的词，就是"这些人挺了解国家情况"的意思。
③ 这几段里译文加了些引号处理成"讲故事"的形式。

去是干什么下流事。可是呢，就因为有那么一个人①，风华正茂的时候外表比别人漂亮一些，也没有能预见到这等容貌会给他带来什么样的猜疑，后来日子过得奔放了一点，他就起诉他操持贱业。

[234] 接下来我说两句进餐和决议②的事吧，哦，我该跟你们讲的这么重要的一桩事，都差点漏过去了呢。关于那第一次出使的五百人议事会决议案，是我起草的，还有，在召开来讨论和约事项的那几次公民大会里对人民发言的时候，因为当时这帮人的罪恶言论和罪恶行为尚未显露，我就按惯例行事，在其中表彰了这帮人，邀请他们去市政厅进餐了。[235] 还有，宙斯啊，我是招待了腓力派来的使节，雅典人啊，招待得非常豪华，那是因为，我看见他们在那边就喜欢在这种事情上炫耀财富和奢华，我立刻就想，在这种事情上，首先就应该超过他们，表现得更加大方。

这个家伙现在来指出这些，说什么"他表彰了我们，他接待了使团"，却没有说清楚是什么时间。[236] 这些都是在他们对国家犯下了罪行之前，在他们被揭露出卖了自己之前，那时候第一次的使团刚刚返回，人民还需要听一下他们会说些什么，也还没有什么可以清楚表明这个家伙会发言支持菲罗克拉忒斯，或者那个家伙③会提出那些议案。所以呢，如果他真这么说了，就请记住，这些时间点是在罪行之前的。在那之后，我跟这帮人就一

---

① 指提马耳科斯。
② 在第一次出使返回之后，德谟斯提尼起草了五百人议事会决议案，其中表彰了他的同僚，并邀请他们去市政厅进餐。
③ 指菲罗克拉忒斯。

点不亲近，一点不合作了。请宣读证词。

证词

[237] 大概会有他的一个兄弟上来一起发言，菲罗卡瑞斯，要么就是阿福柏托斯。对这两位先生，你们有好多公道话可以讲的——应该，雅典人啊，发挥言论自由，畅所欲言，毫无顾忌，是不是啊——阿福柏托斯啊，还有你，菲罗卡瑞斯啊，你这个在香水瓶盒子①上、在大鼓上画画的，你们这些个小书手之流平凡人（这也没什么见不得人的，不过呢，也够不上当将军的标准的是吧），我们可是觉得你们够格，把你们派去出使了，任命成将军了，还给了其他大得不得了的荣誉。[238] 就算你们之中没有一个人犯下过罪行，我们也不欠你们什么感激，反过来，应该是你们欠我们的才对，有好多人，比起你们来配受荣誉得多，我们跳过了他们，抬举了你们。而如果说，在这种你们凭以自重身价的事中，你们有谁犯下了罪行，还是如此严重的罪行，那么，你们比起该当得救来，该当招恨的程度要强多少呢？我想，是强很多的。不过呢，他们大概还是会用起蛮劲来，他们本来就是嗓子特大、厚颜无耻的一帮子嘛，还会添句话来帮忙，道是什么"兄弟互助，情有可原"②。

[239] 你们不要让步，要想明白，他们关心这个家伙是应当的，

---

① ἀλαβαστοθήκη 照《希英词典》的解释是装雪花石膏瓶子的盒子，皮卡德注说这些瓶子是小香水瓶，希勒托注引乌尔皮安努斯的说法，说在盒子上面画画是用来吸引顾客的。

② 木曾注云，柏拉图《理想国》362d 有"兄弟相助"的俗谚。

而你们应当关心的，是法律，是整个国家，还有最为重要的，是誓言，是你们入席前立下的誓言。如果说，他们求告你们谁来救下这个家伙，那么，请仔细考虑一下，到底是说，在他被证明没有对国家犯下罪行的前提下来救呢，还是说，即使他已被证明犯下了罪行也要救？如果是说，是在无罪的前提下，那连我也要说，应该的；可是，如果是说，无论什么情况下都一样要救，那么，他们就是在求告你们违背誓言了。投票虽然是秘密进行的，但逃不过神明的眼睛，立法者认为这〔种秘密投票〕乃是最为优秀的一种制度，正是因为这帮人中没有人可以知道你们谁满足了他的要求，而神明却会知道，神意①却会知道，是谁没有投下公正的一票。[240] 与此相比，每一个人更好的选择，就是作出一份公正的合理的裁决，为子孙、为自身保留下一份美好的前景，而不是给这帮人一件看不见摸不着②的恩惠，开释掉这个连自己都作证坐实了自己罪名的家伙。我还能举出哪个证人，埃斯基涅斯啊，比你更好地来证实你自己的奉使情状乃是大量可怕的罪行呢？你觉得有必要往那个人③头上倾下如此巨大的灾难，只因他有心来揭露你奉使情状中的一部分，这就清楚表明了，一旦诸位知道了你干过的是些什么，你自己预期的下场该有多可怕了。

---

① δαιμόνιον 或指"精灵"等比"天神"差一级的超凡存在，但本义是"神圣的力量"、"圣灵"之类，即着重于神的能力而不是神的拟人化表象。此处按本义理解似更通顺，故译为"神意"。
② 原文 ἀφανῆ καὶ ἄδηλον 直译"不为人所见的、无法显现的"，化译如此。
③ 指提马耳科斯。

[241] 这件事，如果你们思维清晰的话，最终的结果其实会是他搬起石头砸了自己的脚①，这不单单是因为提供了一份针对他奉使情状的最为重大的证据，也是因为，他在控告别人的时候，说了的那些话，都可以原样奉还到他自己的身上。你在起诉提马耳科斯的时候不是提出了那几条原则吗？这些，由别人用来对付你想来也会是一样有力的吧。[242] 当时他对审判员们是这么说的："德谟斯提尼会来为他辩护的，他会来对我的奉使情状提起控诉，然后，如果他用这套说辞把你们引开了，就会夸起海口来，走来走去地说：'怎么着？② 我把审判员们都从案情上引着走开了吧，把案子不知不觉地从他们手里夺走了吧，凯旋了吧。'"③那你就别来这套啊，按控诉内容的范围来作辩护啊。那个时候你是在起诉别人，你是可以随心所欲地提起各种指控和说辞的。

[243] 还有，那时候，你提供不出为你的指控作证的人来就当着审判员们吟起诗来了呢：

没有一则传言会彻底死去，若有很多
*人将其称说，它实在也是某种神明。*④

---

① 原文 καθ' αὑτοῦ...πεπρᾶχθαι 直译"干了不利于他自己的事"，化译如此。
② 原文 πῶς τι，也有解释为"怎么做到的？"或者"如何？什么结果？"的。
③ 参见埃斯基涅斯《控诉提马耳科斯》第175节。此处德谟斯提尼引用的意思差不多，具体用语则是经他改编过的。
④ 引自赫西俄德《劳作与时日》第763—764行，埃斯基涅斯的引用参见《控诉提马耳科斯》第129节。

那么，埃斯基涅斯啊，这里诸位都说了，你从这次出使拿了钱，所以说，大概也可以拿来用到你头上吧："没有一则传言会彻底死去，若有很多人将其称说。"[244] 控诉你的人，比起控诉他的人来要多多少呢，你来看看是个什么情况吧。要说提马耳科斯吧，连他的邻居也不是都认识他的，而你们这些使节呢，没有一个希腊人，没有一个蛮族人，不在说你们从出使中拿了钱。所以，如果传言确实就是真相的话，那有来自好多好多人的传言在冲着你来呢，而至于说传言是不是可信，"它实在也"是不是"某种神明"，写下这些的诗人多有智慧，这些，你自己都已经断言过了啊。

[245] 然后他又搜罗了几句抑扬格的诗，从头念到了尾，什么：

若有人喜于与恶人为伍，
则我无需加以讯问，因我已知
他与他喜爱的伙伴必是同类之人。①

接下来呢，就是什么有人去了斗鸡场②，跟着庇特塔拉科斯

---

① 牛津本将"同类之人"一词改为"同等之人"，但同一编者所编的《埃斯基涅斯演说集》中仍作"同类之人"，故此处不改。引自今佚欧里彼得斯《福伊尼克斯》残篇第 812 号，参见埃斯基涅斯《控诉提马耳科斯》第 152 节。
② ὄρνις 本义"禽鸟市场"，此从希勒托和皮卡德的讨论译为"斗鸡场"，木曾亦译如此。

在里面晃悠,[1] 然后他就这么说了。"你们不明白,"他说,"该把他归成哪种人吗?"那么,埃斯基涅斯啊,这些抑扬格的诗,现在也一样可以凑我的手用在你身上啊,我也可以对着大家诵读,准确精到地说:"若有人喜于"——还是在出使的环境下——"与"菲罗克拉忒斯"为伍,则我无需加以讯问,因我已知"他肯定拿了钱,跟菲罗克拉忒斯一样的,后者自己已经承认了。

[246] 他给别人取外号叫什么"状子手"、什么"诡辩家",想用来侮辱别人,可他自己也会被坐实完全配得上这些称呼。上面那些抑扬格的诗是从欧里庇得斯的《福伊尼克斯》里面来的,这个戏呢,忒俄多洛斯没有演过,阿里斯托得摩斯也没有演过,这个家伙一直是给这两位打下手当三号[2]的,不过摩隆是拿来参加过表演比赛的,以前也有一些别的演员演过的。而索福克勒斯的《安提戈涅》呢,忒俄多洛斯演过很多次,阿里斯托得摩斯也演过很多次,里面有一些抑扬格的诗,写得真棒,真有思想,他自己经常当着你们吟诵的,记得可清楚了,他却没有拿来引用。

[247] 你们大概都知道,在各种悲剧里,三号杂脚的特有荣誉就是上台来演那些君主[3],那些握着权杖的角色。请看,在那篇戏文里,有这样的内容,就是这个克瑞翁[4]——哦,埃斯基涅斯——由诗人安排念的台词了,他却没有为出使的事对着自己念,也没

---

[1] 参见《控诉提马耳科斯》第53—54节。
[2] 参见本篇第200节及注释。
[3] 考虑到下文显然是对发言内容表示赞赏,此处不译成"僭主"。
[4] 《安提戈涅》中的角色名。

有对着审判员们念。请宣读。

索福克勒斯所作的抑扬格诗,选自《安提戈涅》:

并无良法可彻底了解所有人的	175
品格、心愿及思想,若非事先	
经由任职与司法的试验而显明。	
我以为,若有人管理整个国家,	
却不牢牢抓住最为良好的意见,	
而是出于恐惧将口舌紧紧闭住,	180
则他如今和从前都是邪恶无比。	
若有人比起对自己的祖国更为	
重视友人,则我对其视为无物。	
我,永远明察一切的宙斯可鉴,	
决不保持沉默,若我见到毁灭	185
逼近于国民,而不是什么安全,	
也不会将敌视我国之人认作为	
自己的友人,因我心中已知晓,	
它才是安全之源,乘坐它之上	
正道直航,我们方能收获友谊。⑤	190

[248] 这些,埃斯基涅斯在出使过程中没有对自己念,比起国

---

⑤ 凡引诗,右侧标出行号,以便查考,下同。

家来，他把腓力的什么"宾友之情"、"朋友之谊"看得对他而言要重得多，要有利得多，他对着智者索福克勒斯道了声"珍重"，等他"见到毁灭逼近"过来——就是开往福基斯人那边的军队了——他没有预先说出来，没有预先通报，而是与此相反，帮着遮掩，帮着干事，还阻止别的有心人说出来。[249] 他也不记得了，"它才是安全之源，乘坐它之上"的还有他自己的娘，做着引人入仪的活，帮着人搞被除，收获着享用了她的服务①的人们的财产，把这几个养成了这么个厉害样子；还有他的爹，教人写字——这是我从年长一点的人那里听说的——在医疗者英雄的塑像旁边②勉力维生，反正都是在"它"上面过日子。还有他们几个③，当小书手，给各个官员打下手，拿点银子，最后被你们选作了书记员，在穹顶屋④里吃了两年不花钱的饭，如今这个家伙还从"它"这里被派出去当使节了。[250] 这些他都不在乎，也不在乎要让它"正道直航"⑤，而是倾覆了它，弄沉了它，尽其所能地作布置要让它落入敌人手中。那么，你不正是个诡辩家吗？而且还是个卑鄙的诡辩家。你不正是个状子手吗？而且还是个神憎鬼厌的状子手。那些你经常拿来参加表演比赛的、心里记得清清楚楚

---

① 此处语带双关，有暗指她卖身的意思。
② 参见《金冠辞》第 129 节及注释。
③ 三种英译和日译都明写着"他们的儿子们"，但原文找不到对应"儿子"的词，法译也未见"儿子"，存疑。
④ θόλος，市政厅所在地，一座圆形轮廓有锥形顶的建筑。
⑤ 原文与前面的引文有词形差异，因此编者未给它打上引号，但译成中文无法体现词形差异，所以仍打上引号以着重表示和前面引文的关系。

的段子，你全都跳过去不用了，而那些你一辈子从来没有演过的段子，你就搜罗出来，拿到大家面前，为的就是误导国民。

[251] 再来仔细看看他说的关于梭伦的那些话。他说，有一尊梭伦的塑像，立起来是当做那个时代当众发言者其节操之楷模的，衣服披在身上，手是缩在里面的，[①] 他就这样来指责、来辱骂提马耳科斯的莽撞。可是，这尊塑像，萨拉米斯人说了，立起来还不到五十年呢，而从梭伦的时代到现在，统共已经两百四十年[②]过去了，所以，造了这个塑像的艺人，不单单自己不是他的同时代人，连祖父都不是。他就跟审判员们说了这些，还模仿了一通，[252] 可是，比起姿势来，在国家的眼中有用得多的那些，梭伦的品格、梭伦的思想，他却没有去模仿，不，恰恰相反。那一位，在萨拉米斯反叛了雅典人，有一条决议规定凡发言要求将其收复的人都当被处死的情况之下，他冒着生命危险，写下了、吟唱了一首哀歌[③]，为国家收复[④]了领土，抹去了原有的耻辱。[⑤][253] 而这个家伙呢，波斯国王，还有所有希腊人都认同是属于你们的安菲波利，他把它放弃掉了，出卖掉了，还来发言赞同起草了这

---

① 参见《控诉提马耳科斯》第 25 节。
② 当时是前 343 年，梭伦的立法活动照传统说法是在前 594 年左右，即在此演说之前约二百五十年。不过此处本来就是个约数，并没有明确说正是从梭伦的立法活动起算的。

① 原文 ἐλεγεῖα ποιήσας 直译"哀歌格律体诗歌"，化译如此。
② 原文写法是"保卫"，牛津本认为应加一前缀修正为"收复"。
⑤ 此事参见普鲁塔克《梭伦传》第 8 章，此处提到的决议是因为雅典屡遭挫败而通过的，梭伦的哀歌激发了雅典人的斗志，终收复萨拉米斯。

些条款的菲罗克拉忒斯。很配啊，不是吗？他来回顾梭伦？

他还不单单是在这边这么做，到了那边之后，他连这块地方的名字都没有提一声，而本来他就是为了这块地方去出使的啊。他是这么对你们汇报的，你们大概还记得他是这么说的吧："我本来是有一些关于安菲波利的话要讲的，不过呢，为了让德谟斯提尼能有一个机会来讲这个，我就跳过去了。"[254] 我就走上前来，说这个家伙才没有留什么他想对腓力提的话头给我，他拿一份自己的血出来给人，还会比拿一份自己的话头出来给人要爽快点。① 不，我想，他是拿了钱了，所以就没有话可以说出来反对腓力了，后者给钱为的就是这个，就是不要把那个地方交出来。请为我取来梭伦的这首哀歌并宣读，你们就可以知道，梭伦憎恨

---

① 埃斯基涅斯《为奉使无状事》第48、52节里对双方发言的描述与此处大体相当（第43节里则给了个解释），但氛围完全不同。另外，埃斯基涅斯明确将这一对话放在第一次出使返回在公民大会面前汇报的时候（即早于讨论和平的两天公民大会），而德谟斯提尼没给具体时间，但据本篇第13—15及234节的描述，可知直到讨论和平的公民大会的第一天，德谟斯提尼尚未指控过埃斯基涅斯投靠腓力。所以，此处描述只能有两种解释：一、德谟斯提尼是将这一对话放在第二次出使返回的汇报时间，这样也可以解释本篇第253节里为什么会说埃斯基涅斯并未就安菲波利作任何发言（按埃斯基涅斯对第一次出使的描述，他是提了安菲波利很多次的），但是，第二次出使时，和约已经签订，安菲波利的归属已经确定，又何来要为该城发言的事；二、德谟斯提尼也是将这一对话放在第一次出使返回的汇报时间，则基于德谟斯提尼自己所说当时埃斯基涅斯的态度，他的回答即使真如这里描述的一样，也只可能是一种开善意玩笑的口气，而非如接下来所说的那样直接指责埃斯基涅斯投靠了腓力。同时，如果接受这种解释的话，就必须认定埃斯基涅斯对他自己在第一次出使中的行为的描述（埃斯基涅斯《为奉使无状事》第25—33节）完全是虚构的。译者个人倾向于认为这里是德谟斯提尼在故意混淆时间场合。

的正是像他这种人。

[255] 你应该做的，不是在说话的时候把手缩在里面，埃斯基涅斯啊，而是在出使的时候把手缩在里面。你在那边伸着手，张着手，[1] 给大家带来了耻辱，而在这边却一本正经，精心准备了可怜的蠢话，拿腔拿调地说出来，就以为可以不为如此之严重、如此之巨大的罪行接受法律的惩罚，只要在头上戴顶小帽子[2] 走来走去骂我就没事了？请宣读。

哀歌：

> 我国永远不会灭亡，赖宙斯所降之
> 定数，也凭有福的永生众神的意愿。
> 有着那心胸宏大的守护，伟父之女
> 帕拉斯雅典娜从上方为其伸出双手。
> 是他们，以其愚昧，要毁灭此大城，
> 是市民们，一心向此，受诱于财货。
> 心存不义之人引领着人民，已注定
> 他们要为巨大的狂傲遭受诸多苦痛。
> 他们不知晓持盈之道，或将现有的
> 宴饮之乐在安详当中加以布置之法。

---

[1] 意即收贿。
[2] 各英注云，当时一般是病人才戴小帽子，梭伦为了逃避那条决议的惩罚，诵读那首哀歌时，戴着小帽子装疯。或说戴帽子是旅人所为，这象征着他从失去的萨拉米斯前来的。

……①

他们发家致富、为不义之道所吸引。

……

神圣的财富,公众的财富,都不被
放过,此处彼处偷偷拿走据为己有②,
也不对正义③那庄严的根基加以看护,
它沉默无语,却知晓过往当今种种,
终有一刻,将前来为一切作出报应。
无法逃避的创伤已降临到整个城邦,
它快步走入④了恶劣的奴役状况之中,
族内的纷斗和沉睡的战争都已唤起,
将很多人茂美的韶华以毁灭相终结。
由敌人发起,华美出众的城市迅速
在不义之人热衷的帮派行为中衰竭。
如此灾难在全民之中盘旋,贫苦人
中则有大批会前往异种之人的土地,
乃是被贩而去,还戴着可耻的枷锁。

---

① 这首诗里的各处省略号是底本原有,并非略过不译。
② "偷偷拿走据为己有"的原文被认为必有舛误,且无合适修改方法,牛津本改为"偷窃移走"。
③ "正义"原文首字母大写,即认为是拟人化名称,译文未特意处理。牛津本此处词序与此前版本不同,不影响意义。
④ "走入"一词通常被认为必误,且无合适修改方法,牛津本认为不必改。

……

共同的灾难就这样降临到每人家中，
庭院之门没有一点能力可拒之于外，
它跳过高高的篱墙，总能将你找到，
哪怕你逃进内室最深的角落也一样。
这催逼着我开言教导雅典人的心灵，
无法无天的状态为国带来最大灾难，
良好的法度秩序①展示出一切的完美，
常常能紧紧绕住不义之人的两只脚，
磨平粗糙，终结放纵，让狂傲失色，
还使正在绽放的毁灭之花干燥枯萎，
让扭曲的裁决重归正道，能让自大
行为得到软化，也能终止纷争之事，
还能平息酷烈争吵的怒火，是由此
而有了人类一切的完美一切的智慧。②

[256] 你们听到了，雅典人啊，梭伦说了关于这种人什么样的话，还有关于众神，他说，他们保佑着我国。我相信，我希望，这种说法永远都能是真的，众神确实是在为我们保佑着国家。我

---

① 这一句里的"良好的法度秩序"和上一句里的"无法无天"，在牛津本中均首字母大写，即认为是拟人化名称，译文未特意处理。
② 这首诗似乎与萨拉米斯毫无关系，当是另一首作品混入。

也以为,从某种意义上说,在这次述职审查中所发生的一切,正是展示了神灵对我国的某种爱护的一份证据。

[257] 请看吧。这个家伙的奉使情状乃是很多很可怕的罪行,他放弃了很多的土地,本来是应该由你们和你们的同盟在其上祭拜神明的。然后他就剥夺了那个响应了某种召唤而前来控诉他的人[①]的公民权。结果如何呢?[②] 无非是他无法为他的罪行得到任何同情和容忍了。他去控诉那个人的时候,又主动说话攻击了我,还在公民大会里声称要起草提交一份诉状,[③] 如此等等的威胁。结果又如何呢?无非是,那个对他的劣迹有着最为清晰的了解的人——我——那个一直紧密跟踪着这些人,可以带着你们最大的支持来控诉他。[④] [258] 还有,他拖延了这么些时间才走进法庭,正好是在这么一个时机来接受审判,就是,单从目前形势考虑,

---

① 指提马耳科斯。响应(ὑπακούω)按希勒托和文斯兄弟的理解是虚指,"响应了爱国心/责任心的召唤";而按皮卡德的理解是实指,"响应了审查过程中按惯例发出的让有心前来指控的人出场的召唤";尤尼斯和斯蒂纳夫纳做了模糊处理;木曾认为是响应神旨,即提马耳科斯代神下罚,而埃斯基涅斯则不敬神明。

② 本节中的两个"结果如何",原文直译应该是"为了什么目的……能达到什么目的……"牛津本中两个的写法不同,以前一些版本中两个都是"能达到什么目的",化译如此。

③ 原文 γραφὰς ἀποίσειν 直译"提起诉讼"或"提交诉状",但各译用了不同的法律术语。此从希勒托的理解,添译"起草"。

④ 这一段的意思是,如果是提马耳科斯来起诉,而不是德谟斯提尼,结果可能反倒更有利于埃斯基涅斯一些,因此埃斯基涅斯将提马耳科斯踢出局其实对自己是不利的。

就算不考虑别的,你们也不可能,也无法安全地做到,让这么一个受了贿的家伙毫发无伤,这样的一个时机了。虽说,雅典人啊,永远都应该憎恶、应该惩罚那些卖国贪贿之人,如今,在这个时候,这变得尤其重要了,尤其有助益于全人类了。

[259] 一种疾病,雅典人啊,一种可怕的疾病已经降临到希腊了,一种难以承受的疾病,需要的是很多的好运,需要的是你们的关切。各国之中最为知名的人士、追求①对大众的领导地位的人士,都拱手交出了自己的自由——这些不祥之人!——将自己置于自愿的奴役之中,还取了很多好听的名字,道是对腓力的"宾友之情"、"伙伴关系"、"朋友之谊",如此等等。其余的人呢,在各国之中掌权的机构呢,本来是应该惩戒这些人、当场处死这些人的,却不仅没有这样做,反倒赞叹攀比,个个都希望能跟他们一样。[260] 而正是这种情况,正是这种攀比,雅典人啊,才让帖撒利人,直到昨天,直到刚才,还不过是失去了领导地位,失去了国家尊严,而现在,却连自由也要被剥夺了。他们有些卫城如今已经是马其顿人在把守了。它②也侵入了伯罗奔尼撒,在埃利斯制造了屠杀。它以如此的狂暴与疯癫充满了那些可怜人的心灵,他们为了自相压制,为了讨好腓力,竟杀害了自己的亲族、自己的同胞。[261] 它也没有在那里停下,而是进入了阿耳卡狄亚,把一切都上下颠覆了,如今,很多的阿耳卡狄亚人,本来他

---

① 此从希勒托和皮卡德注。其余各译是按"被认为配得上"理解的。
② 指上文的"疾病"。

们应该是和你们一样最为重视自由的（因为所有人中只有你们和他们是本土原住民），却赞叹腓力，为他竖立铜像，向他授予冠冕，还有，最后，通过了一条决议，如果他来伯罗奔尼撒的话，就将他接纳到城墙以内。阿尔戈斯人也这样做了。[262] 对这些——得墨忒耳啊，我不是在说傻话——我们一定要大大地提高警惕，因为它已经转着圈子绕回来了，进到这里来了，雅典人啊，我说的就是这个疾病。在一切还安全的时候，加强警惕吧，剥夺那些领头站出来带路的人的公民权吧①。如果你们不这么干的话，那就当心吧，别到了你们意识到现在这些话说得多有道理的时候，就已经是什么该干的都干不了了。

[263] 你们看不到，多么明显，雅典人啊，多么清晰的一个榜样，已经由可悲的俄林托斯人提供了吗？这些可怜人的灭亡，不是由于别的，而正是由于如此的作为啊。你们可以清楚地从他们的遭遇中察看。那些人，当初，他们只不过拥有四百名骑兵，总共的兵力也不超过五千人，②因为那个时候整个卡尔喀狄刻地区③还没有统一。[264] 拉栖代梦人以陆上和海上的大量兵力进攻他们（你们大概都知道，在那个时期里，拉栖代梦人说起来是

---

① ἀτιμόω 本义"羞辱"，特指"施以剥夺公民权的惩罚"。此从皮卡德、尤尼斯和木曾的译法把译得实指一些，而不是像文斯兄弟和斯蒂埃夫纳虚指为"羞辱"之类。
② 木曾注云，据色诺芬《希腊史》第 5 卷第 2 章第 14 节说，重装步兵不下八百人，轻装兵远出此数，而骑兵则逾千人。
③ 俄林托斯附近地区。

陆上和海上的统治者），以如此之强大的兵力进攻他们，却没有能摧毁他们的城市，或是哪个要塞，而是他们赢得了多场战斗的胜利，杀死了三名将领，最终按着他们的心愿终结了战争。①[265]等到某些人开始收受贿赂，而大众，由于愚蠢，或者不如说是由于不幸，竟以为这些人比起为他们的利益代言的人来更为值得信赖，拉斯忒涅斯用马其顿那边送的木料给他的房子修了个屋顶，欧堤克剌忒斯养了好大一群牛却没有向任何人付过钱，还有某个人带羊群回来了，再有一个带马匹回来了，而大众，明明这些都是在损害他们的利益，却并不对干了这些事的人表现出愤恨，并不惩戒他们，而是凝望他们，艳羡他们，尊重他们，觉得他们那样才像个男人。

[266] 再下来，等事情发展成这个样子，贪贿行为已经占了上风，他们那个时候，有着一千名骑兵，总兵力不止一万人，所有附近地区的人都是同盟，你们还派了一千名雇佣兵、五十艘三层桨战舰，再加四千名公民兵去援助他们，可是，这些没有一样救得了他们。战争一周年还没有到，所有卡尔喀狄刻地区的城镇就都毁在卖国贼的手里，腓力连回应那些卖国贼都回应不过来了，也不知道该先去占据哪里才好了。[267] 有五百名骑兵，都被他们自己的将领出卖了，落入了腓力手中，还附带全套装备，别人

---

① 希勒托和文斯兄弟注云，这是前 382—前 379 年的事，最后俄林托斯人主动求和，加入了斯巴达主导的同盟（即承认了斯巴达的领导地位），并不全如这里描述的那么光彩。

从来没有抓到过这么多。而那些干出了这种事的人，他们居然不愧对天日，不愧对他们立足的父祖故土，不愧对神殿，不愧对坟茔，不愧对这种行为在此后将要带来的耻辱。如此的丧心病狂，雅典人啊，如此的歪门邪道，就是贪贿所造成的啊。所以，你们，你们大众，应该端正思维，不要放任这类事情，而是公开加以惩戒。再说了，真的很过分啊，如果说，你们针对出卖了俄林托斯人的那些人立下了很多可怕的决议，而对这些向你们自己犯下了罪行的人，你们的表现却是不加惩戒。请宣读关于俄林托斯人的决议。

决议

[268] 审判团的先生们啊，在所有希腊人、所有蛮族人的眼中，都认定了你们针对卖国贼、针对神憎鬼厌之人作出的这些决议乃是公正优秀的。所以，既然贪贿乃是在这类行为之先，既然某些人是由于贪贿才做出了这些，那么，雅典人啊，如果你们看到有人受贿，就请认定他也是一个卖国贼吧。有人出卖了时机，有人出卖了利益，有人出卖了士兵，其中的每一个，我想，都是能拿到什么就毁掉什么，而你们也就应该同等地憎恨所有这样的人。

[269] 你们，雅典人啊，在这个问题上，乃是世人之中唯一有楷模可以取法、唯一能够以行动来效仿你们正当地赞颂的祖先的人。虽说，效仿他们的战斗、效仿他们的出征、效仿他们面对危难而发扬光彩的机会并没有到来，你们现在正处于和平之中，但你们仍旧可以效仿他们的端正思维。[270] 在所有地方，都是需要这个的。优秀的思维，比起邪恶的思维来，并不更费力，并不

更烦人；你们每个人现在坐在这里花的时间都是一样的，不管是对案情作出应有的思考和表决，从而使国家变好，从而做出一项配得上祖先的行为，还是作出不应有的一套，从而使国家变差，从而做出一项配不上祖先的行为，都是一样的。那么，他们对这种情况是怎么考虑的呢？书记员，请取来并宣读此文件。需要让你们看一看，对这种人〔的行为〕，你们不当一回事，而你们的祖先却认为应该处以死刑。请宣读。

石碑铭文

[271] 你们都听见了，雅典人啊，这些铭文字样，说了，仄勒亚人皮托那克斯之子阿耳特弥俄斯[①]，其本人及其宗族，均为雅典人民及其盟邦之公敌、寇仇。为什么呢？因为他从蛮族人那里携带金子进入了希腊。所以，显然地，由此就可以看出，你们的祖先，他们关心的是不要再有哪怕什么外国人[②]为了钱财而做出伤害希腊的事情，而你们呢，却连防止有一个本国人来自己国家犯下罪行的措施都根本不去采取了。

[272] 宙斯啊，这个铭文是立在随随便便什么地方的吗？不是的，尽管整个卫城都是神圣之地，里面也有着很多的空间，这个却是立在大雅典娜青铜像的右手边上的，就是我国作为对蛮族人

---

① 此人于希波战争期间作为波斯方面的代理人携带金钱进入希腊各邦进行活动。
② 原文 μηδ᾽ ἄλλος ἀνθρώπων μηδείς 直译"再有什么别的人"，尤尼斯和木曾即译如此，此从希勒托注及文斯兄弟、皮卡德和斯蒂埃夫纳的译法。仄勒亚在小亚细亚，所以阿耳特弥俄斯是"外国人"。

战争的胜利纪念，由希腊人捐献了资金，而竖立起来的那个像。所以，在那个时代，正义乃是如此的尊贵，对那些做下了如此勾当的人施加惩罚乃是如此的光荣，女神的胜利纪念像与对犯下了这等罪行的人的惩罚竟被认为应放置于同一处。而现在呢，开怀大笑，无所顾忌，尽情羞辱——如果你们对这等过分的放肆竟不加检束的话。

[273] 所以，我想，雅典人啊，你们不应该仅仅效仿你们祖先在某一件事上的优秀行为，而是应该一件一件地效仿他们做了的每一件事。他们，我很清楚，你们大家都听过这个故事，对希波尼科斯之子卡利阿斯——他出使签订了那个在所有人口中传诵的和约①，里面规定了，波斯国王不得进到离海骑行一日的距离之内，也不得以战舰驶入刻利多尼亚礁岩②与青岩③之间——由于他被认定在出使过程中收下了贿礼，差一点就处以死刑，在述职审查之中罚了他五十个塔兰同④的款。[274] 说实话，没人能说得出，我国在此之前、在此之后还签订过哪一份更为优秀的和约了。可是呢，他们关注的不是这个。他们以为，这个是由他们自己的英勇、由国家的声望带来的，而受贿还是不受贿，则是由使节的品行带来的。他们认定，一个为公务效劳的人，展现出的应该是一种公正的、不受腐化的品行。[275] 他们以为，站在国家

---

① 前 470 年，雅典与波斯签订和约，条款对雅典非常有利。
② 位于今土耳其盖利多尼亚角外的三块礁岩。
③ 博斯普鲁斯海峡的黑海一侧入口处的两块礁岩。
④ 这个数字极其巨大，基本不可能有人付得出来。

的立场上，受贿行为乃是如此的可恨①，如此的不利，因此决不能容忍它出现在任何一件事上、任何一个人身上。而你们呢，雅典人啊，明明看到了，这份和约，推倒了你们盟国的城墙，却建起了出使之人的屋宇，夺走了国家的财产，给这帮人带来了做梦都不敢奢望的财富，而你们居然不自己动手杀掉他们，还要等着有人出头控告，这帮人的罪行已经由事实展示在所有人的眼前，你们却还要给他们搞一个言辞的审判。

[276] 不用只靠叙述陈年往事，不用只靠这些楷模，来激励你们施加报应。就在你们生活着的这个时代。② 有很多人都遭到了法律的惩罚，其中我把其他的都略过去好了，就单从由于奉使情状，虽说对国家造成的伤害要比这个轻得多，却被判下了死刑的人之中回顾一两个例子吧。请为我取来此决议并宣读。

决议

[277] 依据这一决议，雅典人啊，你们对那些使节判下了死刑，其中有一名是厄庇克剌忒斯③，这个人，照我从年长的人那里听来的说法，是一个优秀的人，多次为国家效力的人，还是从庇里

---

① ἐχθρός 本义"为敌"，此处取《希英词典》的第一义项翻译。
② 原文 ἐφ' ὑμῶν τουτωνὶ τῶν ἔτι ζώντων ἀνθρώπων 直译"在你们这些仍旧活着的人的时代"，化译如此。
③ 参见吕西亚斯《控诉厄庇克剌忒斯及共同出使诸人》、普鲁塔克《佩洛皮达斯传》第 30 节。但后者说厄庇克剌忒斯被放过去了，希勒托认为可能审了两次，第一次放过去了，第二次判了死刑，原则上雅典司法要求同案不二审，但也许换了个起诉理由，或者第一次是在未进入正式审判之前撤诉，亦未可知。

尤斯率领人民夺回政权的人[①]中的一员，在其余方面也都是忠于人民的。但是，这些完全没能救得了他。应该的。被授予如此重大的任务的一个人，不能是功过相抵就算了的；从你们这里取得了信任的一个人，不能是把它用来增进作恶的能力的，不，必须是彻底地不对你们主动犯下任何罪行。

[278] 要是说，那些人被判下死刑的罪名之中，有哪怕一件是这帮人没有做下的，那么就直接杀了我吧。请看吧。"查此诸人"，是这么说了的，"奉使不遵决议"。这就是第一条罪名了。这帮人呢？不是不遵决议吗？决议里不是写了"雅典人及雅典人诸盟国"吗？而这帮人不是公开宣布把福基斯人排除在和约之外了吗？决议里不是写了"当接受各国官员宣誓"吗？而这帮人不是腓力送了哪些人到他们这儿来就只接受了哪些人的宣誓吗？决议里不是写了"不得与腓力单独相处"吗？而这帮人不是一刻不停地跟他私下交易吗？[279]"且已确知其数人于五百人议事会之前未陈实情"[②]。这帮人呢，连在公民大会面前也一样。从何

---

① 前 403 年推翻三十僭主政府的民主派人士，有时会出现"从费莱率领人民夺回政权"的说法，也是指他们。这个词组 τῶν...καταγόντων τὸν δῆμον 从字面上说可以是"率领人民返回"，也可以是"重建了民主制度"，皮卡德和斯蒂埃夫纳处理成前者，而文斯兄弟、尤尼斯和木曾则处理成后者。考虑到埃斯基涅斯《控诉克忒西丰》第 181 节里用了一个变形 οἱ...φεύγοντα τὸν δῆμον καταγόντες（第 187 节也类似），有了 φεύγοντα（流亡）这个词在里面，再把 τὸν δῆμον 单纯处理成"民主制度"语气似略不通顺，因此译文将两种处理综合成"率领人民夺回政权"。

② 此段引文又回到古时候那条给使节定罪的决议里了。

而知呢？这个真是好啊！是从事实本身。凡他们汇报了的种种，最后发生的根本都是截然相反。"且行文"，还有呢，"不实"。这帮人也是这样的啊。"且诬指盟邦，收受贿赂"。"诬指"倒是没有，该换成彻底地毁灭了才对，这个比起什么诬指来怕是要厉害得多吧。至于收受贿赂嘛，如果他们抵赖的话，那还得来坐实一下，可是既然他们已经承认了，那大概就可以直接拉下去[①]了吧。

[280] 下来怎样呢，雅典人啊？情况就是这个样子，而你们，乃是那些人的后人，其中有一些人现在还活着，你们能忍受吗？人民的恩人，从庇里尤斯过来的人中的一员，厄庇克刺忒斯，丧失了你们的恩宠，被惩罚了[②]；还有，前不久，那位忠于人民、从费莱率领人民夺回政权的色雷西布洛斯[③]的儿子色雷西布洛斯，他被罚了十个塔兰同；还有，哈耳摩狄俄斯[④]的后人[⑤]、那些造福于你们最为巨大之人的后人——由于他们对你们所作出的贡献，你们便以法律形式规定，在所有神殿之中，在祭典之上，要让他

---

① 意即无需审判即可定罪惩罚。
② 此从希勒托的理解。文斯兄弟译为"被羞辱了"，尤尼斯译为"被踢出去了"，斯蒂埃夫纳译为"被剥夺了公民权"，皮卡德和木曾译为"被放逐了"（上面写了死刑，但雅典人也可以自行选择流亡以逃避死刑，或先自行流亡然后被缺席判为死刑，所以不一定矛盾），都可通。
③ 推翻三十僭主政府的民主派领袖。
④ 参见埃斯基涅斯《控诉提马耳科斯》第 132 节及注释。
⑤ 希勒托注引乌尔皮安努斯注说是指普洛克塞诺斯。

们分享奠酒、分享圣樽,要讴歌尊崇他们如同英雄与神明——[281] 所有这些人,他们都遭到了法律所规定的惩罚,同情、怜悯、有着我们恩人名字的小孩的哭泣①或是其他什么东西,都没有能够救得了他们,而这个家伙,教书匠阿特洛墨托斯和酒神狂欢会②女主持人格劳柯忒娅的儿子——就为这种事还有一个女祭司被处死了呢③——这个人,落到了你们的手里,是这样的人的儿子,从来没有在一件事上为国立下过功劳,自己没有,他爹没有,他那一家子全都没有,而你们却要开释掉他?[282] 有哪一匹马、哪一艘战舰、哪一回战斗、哪一个歌舞队、哪一项公共服务、哪一款收入、哪一份忠心、哪一次的不畏艰险④,是由这群人⑤中间哪个在所有这些时间里向国家提供了的呢?而且,就算他真提供了所有这些,却独独没有那一样东西,没有正当的不受腐化的奉使情状,那么,想来也就该当受死了。而现在他既没有这些,也没有那一样,你们却不来惩罚他吗?

[283] 你们也不记得他在控诉提马耳科斯的时候说了些什么

---

① 被告经常会带一些哭泣的儿童进场以博取审判团的同情。
② 被认为是非常放荡混乱的一种集会。
③ 各英注引乌尔皮安努斯注说这个女祭司叫尼努斯,她因帮人配制了催情药而被处死,但这与酒神狂欢会有何关系,并无很好的解释。木曾注云,亦有称她系模仿真正的秘仪而犯下亵渎之罪故被处死的。
④ κίνδυνος 本义"危险",为上下文语气考虑,化译如此。
⑤ 指埃斯基涅斯一家。

吗？^① 什么没筋道去对付罪人的一个国家算是没有救了啦，什么同情和请愿占了法律的上风的一个政体也算是没有救了啦，还有，你们不应该怜悯提马耳科斯的母亲——一位老妇人——或是他的孩子们，或是别的什么人，而是应该盯紧这一点，就是说，如果你们抛开了法律，抛开了政体，你们自己是找不到人来怜悯你们的。[284] 这个可怜人一直都还没有公民权，就因为他看到了这个家伙作恶，而你们却要让这个家伙毫发无伤吗？凭什么？如果说，埃斯基涅斯要求向那些对自己犯下了错误的人施加如此之重的法律惩罚，那么，向对国家犯下了如此严重的罪行的那些人——这个家伙已被坐实是属于其中的一员——你们这些立下了誓言的审判员们，施加的惩罚应该要有多么重才对？

[285] 宙斯啊，我们的年轻人会因为那次审判而变好一些的吧。那么，政客们也会因为这次而变好一些的呢，是他们有可能让国家遭受最严重的危险啊，所以也该考虑考虑他们吧。不过呢，你们都知道，他毁了那个人，〔毁了提马耳科斯，〕宙斯啊，才不是因为他关注着你们的儿童，想着让他们变得更有操守一些呢。他们现在，雅典人啊，已经够有操守的了；但愿我国永远不要落到这种糟糕境地之中，居然要让阿福柏托斯和埃斯基涅斯来教导年轻人的操守！

[286] 不是的，是因为，他^②担任五百人议事会成员的时候，

---

① 以下内容不见于埃斯基涅斯《控诉提马耳科斯》，希勒托认为可能是埃斯基涅斯在书面发表时作了删改。
② 指提马耳科斯。

提了一个议案，里面说，如果有人被证实将武器或战舰装备输送给腓力，则当处以死刑。下面就是证据。提马耳科斯当众发言有多久了呢？很久了。可是，埃斯基涅斯在这整个期间一直都在城里，却从来没有义愤填膺，从来没有觉得这样一个人发言是有多可怕的事，直到他去了马其顿，出卖了自己为止。请为我取来并宣读提马耳科斯所提的决议。

决议

[287] 这个人，为了你们而提了案，禁止在战争中向腓力输送武器，违者处死，他被毁掉了，被侮辱了；那个人，他把你们盟友的武器出卖给了某人，倒成了控诉他的人，还说起什么贱业来了，大地啊，众神啊，还有他那俩姻亲站在边上，那两个你们只要一看见就会怒吼的啊，一个是让人恶心的尼喀阿斯①，他把自己雇给②了卡布瑞阿斯去到了埃及，③还有一个是该遭咒的墨皮先

---

① 此与埃斯基涅斯同名发言里给出的人名对不上。尤尼斯认为这是反讽该人（据埃斯基涅斯《为奉使无状事》第150—151节的描述，是他的内兄弟菲隆，颇经军旅生涯），指其与当初的名将尼西亚斯（同一个名字，此处按音译规则翻译，对该知名将领则从习惯译法）完全不同。但考虑到尼西亚斯最终全军覆没于叙拉古，很难在这个时候被拿来当做"名将"的例子，而尼西亚斯私德一向甚有好评，如果此处确有反讽的意思，可能是在这一点上。当然还有一个可能是德谟斯提尼指的实际是另一个人，而埃斯基涅斯说他毁谤菲隆指的是他发言中的另外某处，而该处已在书面发表时被删去。
② 此词可以让人往"卖身"方面联想。
③ 尤尼斯认为这里的卡布瑞阿斯是著名将领，所谓受雇去了埃及云云是参与了前360年去埃及的出征，不过如果"尼喀阿斯"指的不是菲隆，那就未必一定要和军事行动联系起来，卡布瑞阿斯也就未必是该著名将领。

生①，他在那些游行里不戴面具找乐子。②可是说这些干什么呢？他那时候眼里还看着他那弟弟③阿福柏托斯呢。真是的，那个日子里说的那些什么贱业的话通通都像河水倒流④啊！

[288] 这个家伙的邪恶和谎言将我国置入了什么样的屈辱之中呢，我把别的都跳过去好了，只说你们都知道的事。从前，雅典人啊，你们要作的是个什么决议，所有其他希腊人都紧盯着呢，而现在呢，倒是你们走来走去在关注别人有什么想法了，在问：阿耳卡狄亚人怎么样？德尔斐周边城邦议事会怎么样？腓力要去哪里？他是活着还是死了？——我们不就是这样在做吗？[289] 我担心的，不是腓力还活着，而是我们国家对作恶之人的那种憎恨与惩罚已经死去了。不，只要你们这边一切健康，腓力是吓不住我的，但如果，你们居然让那些想要去卖身给他的人有恃无恐，某些受到了你们的信任的人居然来为这帮人辩护，此前一直都在抵赖说没有为腓力提供过服务的人现在居然走上台来⑤，这些，才是吓住了我。

---

① 各英译、注云，"麸皮先生"（Κυρηβίων）是此人的外号，真名是厄庇克剌忒斯（与本篇第277节等处提到的不是同一个人），参见哈尔波克拉翁《十大演说家作品辞典》。词源 κυρήβια（谷麸），照乌尔皮安努斯注的说法是"轻贱之人"的意思。
② 皮卡德注云，不戴面具参加某些酒神游行被认为是不正派的。
③ 根据埃斯基涅斯《为奉使无状事》第149节，应该是弟弟。
④ 希勒托和皮卡德注云，就是世道紊乱、颠倒是非的意思。木曾注云，参见欧里庇得斯《美狄亚》第410—411行。
⑤ 参与辩护。

[290] 这是为什么呢，欧部罗斯①？当初赫革西拉俄斯②受审的时候——他可是你的表兄弟——还有最近尼刻剌托斯的叔伯色雷西布洛斯③受审的时候，在第一次投票④之前，你被传召了，却无心回应，在讨论处罚⑤的时候，你倒是站上来了，却什么话也不帮他们说，而是请求审判员原谅你？为你的族人，为你的亲戚，你都不愿意上台，现在你却要为埃斯基涅斯上台吗？[291] 他，在阿里斯托丰起诉了菲罗倪科斯，实际上是由此而指责了你的所作所为的时候，和他一起来指控了你，明明白白地列在了你的敌人之中的一员的这么一个家伙？而且，你还恐吓大家，说，要么就得开拔到庇里尤斯⑥去，征收财产税⑦，把公共娱乐资金⑧挪为军用，要么就得投票通过这个家伙发言支持、让人恶心的菲罗克拉忒斯起草的那个决议，带来了耻辱的而不是公正的和平的那个决议，[292] 这帮人在此之后就犯下了罪孽，把一切都毁掉了，而你在这种时候却跟他们和解吗？你在公民大会之上诅咒了腓力，

---

① 当时雅典有影响力的活跃政客，属于"鸽派"，倾向于与马其顿保持良好关系。
② 皮卡德注云，他在优卑亚岛执行军事任务，被指控与当地僭主合谋欺骗雅典。
③ 皮卡德认为就是本篇第 280 节里的那人。
④ 判定被告是否有罪。
⑤ 第一次投票如判定被告有罪，则再安排双方发言时间讨论处罚，然后审判团再就具体处罚进行投票。
⑥ 准备出征。
⑦ 此处用了 εἰσφορά 的同源动词形式，εἰσφορά 是在紧急状况之下根据各人财产状况而按财产比例征收的特别税。
⑧ 参见《金冠辞》第 55 节注释。

拿你的孩子起誓说你一心想要腓力灭亡,现在你却来帮助这个家伙吗?他怎么能灭亡呢?既然你是在援救那些从他那儿拿了钱的人。

[293] 为什么?你起诉了摩伊洛克勒斯,就因为他从承包了银矿①的那些人那里拿②了每人二十个银币;还有,你为了奉神资金的事起诉了刻菲索丰,就因为他往金库里存七个米那的钱存晚了三天。③而这些人,拿了钱,也承认了,还已经当场被坐实了干这些通通都是为了给我们的盟友带来毁灭,这些人,你却不仅不起诉,反过来还要求救下他们?[294] 这些才是吓人的罪行,才是需要大加预防大加警惕的罪行,而你起诉那些人的那些事呢,根本就是玩笑罢了,你们可以这么来看明白。在埃利斯④,以前有过什么人盗窃公共财产吗?当然是会有的。那么,这些人中有谁参与了那里如今颠覆民主制度的行动吗?一个也没有。还有呢,当俄林托斯还在的时候,那边也有过这样的人吗?我想是有的。那么,俄林托斯是灭亡在这些人手里的吗?不是的。还有呢,在麦加拉,你们以为,有没有盗窃了贪污了公共财产的人呢?肯定有的。里面有谁被揭露出来是要为那边如今发生的各种情况负责

---

① 希勒托注云,属于国家财产,交由私人承包。
② 文斯兄弟和尤尼斯认为是敲诈,皮卡德认为是从交的钱中贪污,斯蒂埃夫纳和木曾模糊处理成"收"。
③ 希勒托认为,刻菲索丰要么是需要为某块奉献给了某神的地交纳租金的人,要么是经手租金的人。
④ 希勒托注云,参见本篇第260节。

的吗？一个也没有。[295] 可是，犯下了这等巨大罪行的人，又是些什么样的人呢？是那些以为自己配得上腓力的"宾友"、"朋友"的名头的人，那些一心想着当将军的人，那些追求领袖地位的人，那些自认必须凌驾于大众之上的人。前不久，珀里拉俄斯不是在麦加拉于三百人议事会①面前由于前往腓力处而接受审判了吗？普托伊俄多洛斯，这个财富、家世、名望在麦加拉都居于首位的人，不是把他保了下来，然后派回到腓力那边去了吗？再后来，这个不是带着雇佣兵回来了，那个不是在家里搅和②吗？就是这个样子的。

[296] 没有，绝对没有任何事比这个更需要加以警惕的了，就是，不能容忍任何一个人发展得凌驾于大众之上。真的，照我说，你们千万别在决定任何一个人的生死的时候全是照着这个那个人的意向，而是应该看看，他的所作所为，是能保下他来呢，还是反过来，就依此让他从你们手中受到应得的判决。这才是民主制度的应有之义。[297] 再说，是有过很多人，在某些时刻，在你们之中有着强大的影响力，比如卡利斯特剌托斯，然后是阿里斯托丰，还有狄俄丰托斯，③以及更早的一些人。可是，他们之中的每一个，是在哪里居于领导地位的呢？是在公民大会里。在法庭上，没有一个人，直到这一天，能够凌驾于你们之上、法律之上、

---

① 希勒托注云，一个有司法职能的议事机构。
② τυρεύω 本义是（通过搅拌）制造奶油或奶酪，引申为搞阴谋诡计。
③ 此处列举的都是著名演说家。此狄俄丰托斯与本篇第86、198节里的应该不是同一个人。

誓言之上。现在，也决不要容忍这个人如此。为展示你们的正确态度应是在这些方面保持警惕而不是轻信于人，我将向你们宣读来自神明的谕示，这些神明一直保佑着国家，远远超过了那些领袖。请宣读神谕。

神谕

[298] 你们听见了，雅典人啊，神明向你们作出的预示言语。如果这个是在你们处于战争状态的时候发布的，那么他们说的就是要你们警惕将军们，因为将军们是在战争中居于领导地位的人，而如果是在你们订立了和约之后，那么指的就是掌控着政治生活的那些人了，他们才是居于领导地位的人，才是你们所听从的人，才是可能误导你们的危险之源。"举国协力，〔"神谕里这么说了，"〕全民一心，毋令敌喜。"

[299] 你们觉得，雅典人啊，哪一种做法——让犯下了这等罪行的人得救，还是让他受到法律的惩罚，更能让腓力高兴？我想，是得救。而神谕说了，正确的做法是不要让敌人高兴。全民一心，惩戒为敌效劳之人，乃是宙斯、狄俄涅①和所有一切神明向你们发布的指示。奸谋之人在外，帮凶之人在内，奸谋之人的工作乃是支付，而帮凶之人的工作，乃是收取，乃是救出已收取过的那些人。

[300] 再有，即使只从人类的思考出发，也可以认识到，一切

---

① （德谟斯提尼比较推崇的）多多纳神谕所内和宙斯一同供奉的女神，与《伊利亚特》中所提到的阿佛洛狄忒之母或为同一神。

之中最为可恨、最为可怕的,就是听任居于领导地位的人与那些心思异于人民的人打成一片了。是靠着什么,腓力才成了所有事情的主宰,靠着什么,他才完成了最为宏大的事业?请看吧。是靠着从出卖成功的人那里买了下来,是靠着对各国之中居于领导地位的人进行腐蚀和鼓动。就是靠着这些。[301] 而这两个,现在,你们都有能力,只要你们愿意,在今天让它们落空,只要你们拒绝听取这帮人的那些辩护人的说法,公开展示出他们在你们之中毫无权威(现在他们可是自称有权威的),并惩戒那个出卖了自己的人,让所有人都能看见。

[302] 雅典人啊,你们有理由愤恨于,所有那些做下了这种勾当、出卖了盟国、出卖了友邦、出卖了时机——那决定了每一个国家能在一切事情上取得成功还是失败的时机——的人,可是,没有谁比这个家伙应该遭受更深切、更正当的愤恨了。这个家伙,他先是自己站到了不信任腓力的人的队伍里,还是唯一的一个、最早的一个看出某人乃是全希腊人之公敌的人,却离队了,叛变了,突然成了腓力的代言人,这个家伙怎么不该去死很多很多次呢?

[303] 事情就是这样的,他自己也没有办法抵赖。是谁,首先把伊斯坎德洛斯① 带到了你们面前,说他是代表阿耳卡狄亚地区我国的友好人士而来到这里的?是谁,大声疾呼腓力在把希腊和伯罗奔尼撒整合起来,而你们却在昏睡?是谁,当众发表了那些

---

① 参见本篇第10节。

那么长的漂亮演说，宣读了来自弥尔提阿得斯①与地米斯托克利的决议，还有阿格劳萝丝②神殿中军训青年所立下的誓言？③不就是这个家伙吗？[304] 是谁，说服了你们派出使团，就差没有到红海④那么远了，说是，全希腊正在成为腓力阴谋的对象，你们应该预见于此，决不出卖希腊人的利益⑤？起草了这个决议的，不正是欧部罗斯，而出使前往伯罗奔尼撒的，不正是这个埃斯基涅斯吗？他到了那边之后当时说了些什么，当众发言内容是怎样的，他自己最清楚，至于他对你们汇报了些什么，我知道，你们全都还记得的。[305] 他当众发言，好多次地把腓力叫做"蛮子"、"凶煞"，还对你们汇报说，阿耳卡狄亚人很高兴，因为雅典人的国家在关注事态了，觉醒了。他还说，最让他愤恨的，就是这个事了：他离开的时候，正碰上阿特瑞斯提达斯从腓力那边过来，跟着他

---

① 马拉松之战中的雅典统帅。
② 传说中雅典国王刻克洛普斯之女，卫城中有一个祭拜她的神殿，参见希罗多德《历史》第8卷第53章、保撒尼阿斯《希腊地理志》第1卷第18章第2节。乌尔皮安努斯注里提到另一个传说中的雅典国王埃瑞克修斯也有一个女儿叫这个名字，她自愿为国牺牲，因而受到祭拜。希勒托怀疑乌尔皮安努斯是弄混了名字。
③ 希勒托和皮卡德注云，这个誓言是每个雅典青年达到服役年龄（参见埃斯基涅斯《控诉提马耳科斯》第49节注释）时都要立的，内容是："不令神圣的武器蒙羞，不离开岗位，保卫祖国，将它变得更好而传与后人。"参见吕库古《控诉勒俄克剌忒斯》第76节。
④ 通指整个印度洋。
⑤ 此从文ളള兄弟、皮卡德和木曾的理解。尤尼斯的理解是"决不忽视希腊的形势"，斯蒂埃夫纳加工成"要做希腊的后盾"。

走的有大概三十个妇孺,他就奇怪了,就问了一个旅人,这个人是谁,跟着他的那一群又是些什么人。[306] 等他听说了,是阿特瑞斯提达斯从腓力那里收下一些俄林托斯人战俘作为礼物,带着这些走的,他就觉得这很可怕,就流泪悲吟,说希腊已经落到了这种糟糕地步,竟然能坐视这样的灾难发生。他就建议你们,派一些人去阿耳卡狄亚,去控诉那些为腓力办事的家伙们。他说,他从朋友那里听说了,只要我国关注此事,派出使节,那帮人就会受到法律的惩罚的。

[307] 总之,那个时候,他当众发言的内容就是这些话了,雅典人啊,非常好的发言,非常配得上国家的发言。等他到了马其顿,看见了他的敌人、希腊人的敌人〔——腓力——〕之后,还是差不多的同一类的话吗?差得远了。说的是:不要回顾祖先了,不要提什么胜利纪念碑了,不要援助什么人了,还对那些呼吁你们跟希腊人一起商议一下与腓力的和平条款的人大表惊讶,说在这件你们自己的事上何必要去说服别的什么人。

[308] 还有,腓力,他真是,赫拉克勒斯啊,最最纯粹的希腊人,最最会说话的人,最最对雅典友好的人了,而我国居然有那么些怪人,那么些讨厌的家伙,能毫无愧色地骂他,把他叫做"蛮子"!怎么可能,现在说的是这样,以前说的是那样,同一个人,如果不是被腐化了的话,怎么可能有胆量这么说?[309] 还有呢,怎么可能,这个当初为了那些俄林托斯的妇女儿童而憎恨阿特瑞斯提达斯的人,如今却能受得了跟菲罗克拉忒斯干事?① 那个家

---

① 此从文斯兄弟、皮卡德和斯蒂埃夫纳的理解。尤尼斯和木曾的理解是"如今却能支持菲罗克拉忒斯来干同样的事"。

伙带了俄林托斯的自由人家的妇女到这儿〔来轻贱〕，他恶心的生活方式如此臭名昭著，关于他我都用不着讲什么骂人的难听话了，只要单单提一句，说菲罗克拉忒斯带了些女人来，你们大家就都会知道，旁边的观众也都会知道，下面是些什么；我很清楚，你们也都会怜悯那些不幸的可怜的女人，而埃斯基涅斯却没有怜悯她们，没有为她们而落泪于希腊的状况，落泪于她们竟在盟国之中从使节们手中遭到如此的轻贱。[310] 不，这个如此奉使之人，他会为了他自己哭泣，他大概还会带着孩子出来，让他们走上台来。在这个家伙的孩子面前，审判团的先生们啊，请你们好好想想，你们很多盟友、很多友人的孩子正在游荡，正做着乞丐四处漂泊，正托这个家伙的福而承受可怕的遭遇，你们更应该多多怜悯的，是这些孩子，而不是一个犯下了罪行、出卖了祖国的人的孩子；还有，你们的孩子，这帮家伙在和约里面添上了"同样适用于其后代"的字样，就把他们的希望也一并剥夺了；在这个家伙自己的眼泪面前，请好好想想，你们如今是把这么个人抓在了手里，他曾经呼吁你们派人去阿耳卡狄亚控诉那些为腓力办事之人。[311] 如今，你们不需要派使节去伯罗奔尼撒，不需要走长路，不需要花差旅费，只需要你们每一个人走上前来，走到讲坛这里这么远，为祖国投下虔敬的公正的一票，定这个人的罪——这个人，大地啊，众神啊，一开头当众发言都说了些什么，马拉松啦，萨拉米斯啦，战斗啦，胜利纪念碑啦，等他一踏上马其顿，就突然一下全都是相反的了，什么不要回顾祖先啦，不要提胜利纪念碑啦，不要援助什么人啦，不要跟希腊人共同商议啦，就差叫你们把城墙给拆掉了。

[312] 在你们的整个历史上,从来没有比这更可耻的言论出现过。有哪一个希腊人,哪一个蛮族人,会如此粗野,如此地没有学问,如此地超级仇视你们的国家,竟至于,如果有什么人问道:"告诉我,在这片叫做希腊的地方,这片有人居住的地方,有哪一处,现在还会保存着这个名字,还会有如今拥有它的希腊人在上面安家吗,如果不是当初有那些人——我们的祖先——在马拉松、在萨拉米斯为了他们而作出了英勇的事迹?"[①]——我很清楚,没有一个人会说"会有的",而是会说,这些地方肯定通通都会落到蛮族人手里。[313] 那么,就连你们的敌人之中,也没有一个人要来剥夺他们所得的赞誉与称颂,而埃斯基涅斯却不许你们——他们的后人——回顾他们,就为了他自己能捞钱?而且,死者是无法分享其余的福报的,而对杰出行为的称颂,却是如此捐躯的烈士所能独享,连嫉妒之心到了这个时候也不再与他们作对了。这个家伙想着要剥夺掉他们的这些荣誉,他如今就应该公正地被剥夺掉他的权利,你们就应该为你们的祖先而向他施以法律的惩罚。就是靠着这种言论——混账透顶的家伙——你拿走了,你嘲毁了祖先的功劳,你用言辞毁掉了一切的事功。[②]

[314] 然后,从这些,你就成了一个好生尊贵的庄主了呢!还

---

① 此处与下面一句的衔接在语气上不完全连贯,但作者的意思仍十分清楚。
② 文斯兄弟、尤尼斯和斯蒂埃夫纳都认为是毁掉了祖先的事迹,皮卡德认为是毁掉了当前的事业。

有这个。在他对国家犯下这一切的罪行之前，他是承认自己当过书记员的，也为你们投票任命了他而对你们表示感谢，整个人的表现也是挺中规中矩。等他干下一万件罪行之后，他就扬起眉毛来了，要是有谁说"那个当过书记员的埃斯基涅斯"，他马上就跟说的人有仇了，说这个太不中听了，他走在街市上，袍子一直垂到了脚脖子，跟皮托克勒斯①迈着一样的步子，鼓着个腮，你们看啊，这家伙真真是腓力的宾友朋友们中的一员了呢！想要推翻民主制度的人中的一员了呢！把现有状况看成是什么波浪②什么疯狂的人中的一员了呢！这个从前对穹顶屋③毕恭毕敬④的家伙！

[315] 下来我想要对你们从头回顾一下，腓力是怎么弄到这批神憎鬼厌之人作帮手而在政策上胜过了你们的。很有必要来仔细审视、观察一下全部情况。他从一开始就渴望和平，因为他的领土都残毁在私掠队手里了，商埠也都被封锁了，所有那些财产一点用场也派不上了，他就派了那些人来替他说了好多漂亮话，就是涅俄普托勒摩斯、阿里斯托得摩斯和克忒西丰了。[316] 等我们这个使团到了他那边，他就马上收买了这个家伙，好让他发言支持那个双手沾满鲜血的菲罗克拉忒斯，跟他合作，胜过我们那

---

① 皮卡德注云，此人个子很高。
② 参见本篇第 136 节。
③ 参见本篇第 249 节。
④ προσκυνέω 本义是深鞠躬或匍匐以表示尊崇，化译如此。

些想要正当行事的人,他还写了一封信给你们,是照他觉得最能取得和平的方式来写的。

[317] 但是,他的能力还是不足以针对你们取得重大成果,除非他能消灭福基斯人。这实在是件不容易的事。当时他是这么个状态,可以说是命运的安排吧,他落到了这么个境地之中,就是,要么他想要的一桩也干不成,要么他就得说谎,得立伪誓,还得把全体希腊人和蛮族人弄成他的邪恶本性的见证。[318] 如果说,他把福基斯人接纳为同盟,对他们跟对你们一起立下誓言,那么他马上就得违背他对帖撒利人和对忒拜人立下的誓言了,对后者,他立过誓要帮着他们平定彼奥提亚,对前者,则是要恢复关口会议①的席位。而如果说,他不肯接纳他们——他实际上就是没有接纳——那么,他想着,你们是不会让他入关②的,而是会派兵把守关口,这个,要不是你们被误导了,你们肯定是会做的。如果这个发生了的话,他合计着他是不可能进到关内的。[319] 他也不需要从其他任何人那里来了解这一点,而是自己就可以为这种状况作见证。当初,他首次战胜了福基斯人,③消灭了他们的雇佣兵,还有他们的首脑兼统帅俄诺马耳科斯,那个时候,所有世人之中,没有一个人,没有希腊人,也没有蛮族人,出兵援助了福基斯人,只除了你们,而他却没有能入关,也没有能实现任

---

① 各国派往德尔斐周边城邦议事会的与会代表每年在温泉关集合,然后前往德尔斐,因此这里指的是德尔斐周边城邦议事会的席位。
② παρέρχομαι 本义"通过",指通过温泉关,故译如此,下同。
③ 前353—前352年间发生番红花地之战。

何入关的后续目标，而是连逼近关口都做不到。

[320] 在我想来，他是很清楚这个情况的，如今，帖撒利人正跟他不齐心，首先说斐赖①人吧，就不肯追随他，忒拜人呢，被人压着打，输了一仗，人家还立了个战胜他们的纪念碑，在这种时候，只要你们出兵援助，他是入不了关的，如果他出手试一下的话，结果也是高兴不起来的，除非说，能有个什么诡计来帮忙。"那么，我该怎样，才能既不说明显的谎话，又不落下个发伪誓的名声，却还能达成一切所愿呢？该怎样呢？就是这样，只要我能找到那么几个雅典人来骗骗雅典人就可以了。这么一来，这个坏名声就不会落到我头上了。"[321] 所以，他派来的使节就先跟你们说了，腓力是不会接纳福基斯人做同盟的，然后呢，这帮家伙就接过话头来，这么当众发言了，说是，显然，考虑到忒拜人和帖撒利人，腓力接纳福基斯人是不好看，但是，只要他掌控了局面，得到了和平，那么，凡是我们现在要求他加以同意的事情，到时候他都会去照办的。[322] 于是，靠着这些希望、这些诱惑，他们就从你们这儿弄到了把福基斯人排除在外的和平。接下来就是要防止你们去出兵增援关口，为此已经有五十艘三层桨战舰到位②，只要腓力一进兵，你们就可以去阻止他的。[323] 该怎么才行呢？又有什么诡计可以拿到这件事情上来用呢？就是由他们来浪费掉你们的时间，突然把这个事〔拿来〕放到你们的头上，弄

---

① 参见本篇第 158 节。
② ἐφορμέω 本义"系在锚绳上"，化译如此。

得你们就算想发兵也做不到。这就是这帮人明显做了的，而我，你们已经听到过好多次了，没有办法抢先离开，就连雇了一艘船都被他们阻止了开不出去。[324] 但是，还需要让福基斯人信任腓力，自愿投降才行，为的是别让事情拖延起来，你们作出个什么对他不利的决议来。"所以，就让雅典人的使节去汇报说福基斯人是能保全下来的吧，就算有人完全地不相信我，他们也会相信这些人而把自己交到我手里的。我们来把雅典人召集起来，让他们以为，无论他们想要什么，都已经许诺给他们了，他们就不会通过不利的决议。让这帮人从我们这儿汇报这些，作这些承诺，凭着这些，不管发生什么，他们都不会有动作的了。"

[325] 就是以这种方式，就是靠着这种诡计，一切都毁在这帮不得好死的家伙们手里。看看吧，马上，没有看到忒斯庇埃和普拉泰亚安置上居民，① 倒是听说俄耳科墨诺斯和科洛涅亚被奴役了，② 不是忒拜人被打掉气焰，③ 被打掉狂傲，被打掉精神了，倒是你们的同盟〔福基斯人〕的城墙被拆掉了，动手拆的就是忒拜人，照埃斯基涅斯的话说他们是要被打散开去④的。[326] 不是优卑亚被交给你们抵偿安菲波利⑤了，而是腓力在优卑亚建立起

---

① 参见本篇第21节。
② 参见本篇第112节。
③ 原文这个词组与后面两个不是排比，为行文考虑，化译如此。
④ 意即像福基斯人实际遭受的那样被打散成小村落。
⑤ 参见本篇第22节。

军事基地来对付你们,① 还不住地对革赖斯托斯②和麦加拉捣鬼。不是俄洛波斯被交还给你们③了,而是我们披挂武装出发去保卫德律摩斯和帕那克托斯附近地区④了,这个,在福基斯人还安然无恙的时候,我们是从来没有做过的。[327] 不是父祖相传的仪典在神殿里恢复了,不是财宝被交付给神明了,而是本应列席德尔斐周边城邦议事会的那些人⑤流亡了,被放逐了,他们的国土残破了,那些以前从来没有列席过的人,马其顿人、蛮族人,如今倒是凭着强力成了与会成员,要是有谁提起神殿的财宝,马上就会被从悬崖上扔下去,我国也丧失了优先征询神谕的权利⑥。

[328] 这整个事情对我国来说真是一团谜。他什么谎话也没有说,凡是想要的都实现了,而你们呢,指望着能拿到你们为之祈祷的那些,结果看到的是全然相反的发生了;表面上看你们是处于和平之中,你们遭受的却比在战争之中更为可怕;而这帮家伙呢,为此拿到了钱,一直到今天都还没有受到法律的惩罚。

[329] 这帮人干这个纯粹就是因为拿了钱,他们为所有这一切领了报酬,我想,这些早就从各个地方向你们显明了,我也担心——虽然这个不是我所愿——要是我试着来将它展示得太过清

---

① 参见本篇第 219 节。
② 优卑亚岛最南端的海角。
③ 参见本篇第 22 节。
④ 各英译、注都说是在彼奥提亚与阿提卡交界处附近的地点。
⑤ 指福基斯人。
⑥ 希勒托注云,被转授予腓力了。

楚，反而会让你们觉得烦，因为你们自己早就都知道了。不过还是请听下面这一点吧。[330] 你们，审判团的先生们啊，会在广场上给腓力派来的使节立尊铜像吗？还有，会向他们授予在市政厅进餐的荣誉，或是其他什么你们用来表彰造福你们的人的赠礼吗？我想是不会的。为什么呢？你们又不是不知感恩、不公正、邪恶的一群人。回答会是：因为，他们所做的一切都是为了腓力，一件都不是为了你们。这是一份真切的公正的回答。[331] 那么，你们以为，你们的作风是这样的，而腓力却不是这样的，他给了这帮人这么重、这么大的礼物，就是因为他们为你们的利益而漂亮地、公正地完成了使命吗？不可能是这样的。就请看看他是怎么接待赫革西波斯①以及与他一同出使的那些人的吧。别的我都不说好了，就说他公开宣布把这位②诗人克塞诺克勒得斯驱逐出去了，只因为他把他们当做同胞而在家招待了。③对这些为了你们的利益而发表了公正的言论、说出了他们的想法的人，他就是以这种方式对待的，而对那些出卖了自己的人呢，就是跟对这帮人一样对待的。还需要证词吗？还需要什么更大的证据吗？有谁

---

① 参见本篇第72节及注释。
② 尤尼斯明确加了"如今在庭上的"的字样，似不必如此实指，其余各译也未如此处理。
③ 希勒托注云，前344—前343年间，雅典反马其顿派占了上风，便遣赫革西波斯等人出使马其顿，要求腓力归还安菲波利等地，其理由是和约中的条款"双方当各保有其有之地"应解释为"双方当各保有其本属之地"，而不是"双方当各保有其于达成和平之时所占有之地"。（这个理由被公认为完全占不住脚。）腓力大怒之下驱逐了克塞诺克勒得斯。

能把这些从你们心中抹去呢?

[332] 有人刚在法庭门口跑过来跟我说了件最最新鲜不过的事情,说是这个家伙准备着要来控诉卡瑞斯①,指望靠着这种方式和这种说辞来欺骗你们了。照我说,卡瑞斯不管在什么样的审判之中②,得到的结论都是:他是怀着一颗忠诚的、热爱你们的心,尽其所能,为你们的利益办事的,是由于那些为了钱财而把事情搞砸的人,才遇到了那么多次的失败,不过这些我不想太过强调了,我就进到这一步来说吧:就算这个家伙关于他所说的那些通通是真的,就算这样,由这个家伙来控诉他,整个还是可笑至极啊。[333] 我就不会为哪件战争中的事来指责埃斯基涅斯,这些该是由将军们来负责的,也不会为国家议和而指责他,到此为止,我帮他把一切都开脱掉。那么,我说的是什么,我是从哪里开始控诉他的呢?是他在国家议和的时候发言支持菲罗克拉忒斯,而不是支持那些提出了最为优秀的提案内容的人,还有,是他收受贿赂,是他在此之后,在后一次出使时消磨时间,不执行你们的指示,是他欺骗了国家,树起了不管你们想要什么腓力都会做到的希望,从而毁掉了一切,是在此之后,当别人都提醒他要当心那个犯下了这等罪行的人③的时候,他却来为此人辩护。[334] 这些就是我的控诉内容,请记住这些。说起来,如果是一

---

① 各英译、注云,雅典将军,政治上属于德谟斯提尼一派,出征屡遭挫败。
② 此从皮卡德译,尽量直译。希勒托和文斯兄弟认为译成"不管哪次受审"即可,斯蒂埃夫纳加工较多。
③ 皮卡德、尤尼斯和木曾认为是指腓力,斯蒂埃夫纳的用词似也有此意,但理解为指菲罗克拉忒斯也是可以的,故此处还是模糊处理。

份公正的平等的和约，是一些没有出卖自己、后来也没有说谎的人，那我是会赞扬他们的，是会呼吁你们向他们授予冠冕的。假如说是有一个什么将军对你们犯下了罪行，那么这个是和目前这场述职审查无关的。有怎么样一个将军毁掉了哈罗斯[①]，哪一个毁掉了福基斯人吗？有哪一个毁掉了多里斯科斯[②]吗？有哪一个毁掉了刻耳索布勒普忒斯[③]吗？有哪一个毁掉了圣山[④]吗？有哪一个毁掉了关口吗？有哪一个让腓力拥有了一条穿过我们的盟邦和友邦一直伸到阿提卡的道路吗？有哪一个把科洛涅亚[⑤]、有哪一个把俄耳科墨诺斯[⑥]、有哪一个把优卑亚变成了他人所有吗？有哪一个，前不久差点就把麦加拉也搞成那样了吗？有哪一个让忒拜人变得强大了吗？[335] 如此之多、如此之重要的种种，不是毁在将军们手里的，也不是在和约之中，你们被说服了、出让了，而归了腓力所有的，而是毁在这帮人手里，毁在受贿行为手里的。

所以，如果说，他真的逃避这些问题，绕起圈子来，说好多好多其他的话，那么就请如此回应他吧："我们不是在审判哪个将军，你也不是在为这些事受审。不要说这个那个人要为福基斯人的毁灭负责了，而是来证明一下你不应该为此负责吧。就算德谟斯提尼犯下了什么罪行，为什么你现在才说，而不是在他接受

---

① 参见本篇第 39 节。
② 参见本篇第 156 节。
③ 参见本篇第 174 节。
④ 参见本篇第 156 节。
⑤ 参见本篇第 112 节。
⑥ 同上。

述职审查的时候出来控诉呢？就为这一点你也该当受死①的了。[336] 不要说什么和平多美好，和平多有利，没人在为国家议和这个事情指责你。说吧，这个和约不可耻，不屈辱，后来我们没有上好多当，一切没有被毁掉，来说说吧。你已经在我们面前被证实要为这一切负责了。还有，为什么，直到现在，你都还在夸奖那个做下了这种事的人②？"如果你们如此提防着他，他就没有什么话好说的，只会在这里毫无意义地提着调门吊嗓子了。

[337] 提到他那个嗓子呢，我真还得再来说几句。我听说，他在这个上头是真得意，觉着能拿精妙表演来镇住你们呢。照我看，要是你们真这样了，那才是奇怪透顶呢。想当初，他参加表演比赛，演堤厄斯忒斯③的惨剧，演特洛伊战争的惨剧，你们把他轰下台去、嘘出场去了，就差没拿石头砸他了，弄得他最后连那个三号杂脚的行当也歇业了。而等他不是在戏台子上面，却是在国家的公共重大事务当中，造下一万桩惨剧之后，这个时候你们倒要欣赏起他的好嗓子来了吗？[338] 决不！你们不要犯傻！请仔细合计一下，如果你们是在对哪个传令官作入职资格审查的话，那是该在乎他的好嗓子，可是，对于一名使节，一名公共职务候选人，应该在乎的是，他是一个正直的人，在代表你们的时候表现出大大的自豪，对你们则是平等相待，就比如说我，从不

---

① 此从各英译和日译的理解。希勒托认为 ἀπολωλέναι 这个词的程度在此处也许没有这么重，当"受罚"理解即可，斯蒂埃夫纳的译法也是"被定罪"。
② 参见本篇第 333 节注释。
③ 传说中与其兄弟迈锡尼国王阿特柔斯（阿伽门农之父）卷入多种血腥仇杀的人物。

在乎①腓力，在乎的是那些战俘，我救出了他们，毫不退缩。而这个人呢，趴在那个人脚下，唱起了赞歌，对你们却是不拿正眼看的。[339] 如果说，你们看见，哪位优秀的热爱光荣的人士生来有着口才，有着好嗓子，或是其他什么这类的天赋，那么，是应该祝贺他，帮助他提升这一切，因为这些好处也会是你们其余所有人所能分享的。而如果是一个受贿的、卑劣的、无法抗拒任何金钱诱惑的家伙，那么，就应该摈斥他，带着愤怒与敌意听他说话，因为，邪恶一旦从你们这里取得"才华"的美名，就会落到国家头上了。[340] 请看吧，就从这个家伙赖以得名的那些，已经有多么严重的灾难环绕到国家四周来了。其余种种才华都可以说是不假他物，而独独演说的才华这一项，如果你们听众有所抗拒的话，就会一下被洞穿了。所以，就请以这种方式去听这个卑劣的、受贿的、一句真话都不说的家伙吧。

[341] 还有，将这个家伙定罪，不单在其他方面有利，就连在与腓力本人的关系上面也是完全有利的，请看吧。如果他有朝一日不得不对我国干件什么公正的事了，他就得改变作风了。如今他的选择是欺骗大众而迎合少数人，而如果他听说这些人都完了，那他就会想着以后的行为该是为着你们这些掌控着一切的大众了。[342] 就算他还是那么不可一世，那么恣意妄为，你们除掉这帮人，还是等于从我国之中清除掉了一批什么都会为他做的家伙。

---

① θαυμάζω，各英译和日译都处理成"尊重"，斯蒂埃夫纳则处理成"让我眩晕"，把后面的同一个词（宾语为战俘）则处理成"留意"，在译文中统一处理成"在乎"似较通顺。

这帮人，就连他们想着可能要遭受法律惩罚的情况下，都做出了这种事，那么，这帮人，如果你们放着他们来的话，你们以为他们又会做出些什么？什么样的欧堤克忒斯①，什么样的拉斯忒涅斯②，哪一个卖国贼，会是他们超越不过去的？[343] 所有其余国民之中，会有哪一个不变坏，如果他看到了，这些出卖了一切的人，他们得到的是钱财，是名望，是腓力的友情③所能提供的资源，而那些处身公正、花了自己钱的人，他们得到的是麻烦，是仇恨，是来自某些人的敌意？决不！出于声名，出于虔敬，出于安全，出于任何考虑，开释掉这个家伙都不是有利于你们的选择。惩罚他吧，拿他给所有人，无论是我国国民还是其余的希腊人，做一个榜样吧！

---

① 参见本篇第 265 节。
② 参见本篇第 265 节。
③ 此处不特意译成"宾友之情"。

附 录

《金冠辞》提要[1]

利巴纽斯[2]

[1] 夫演说家为雅典所筑之墙垣，坚良不摧，犹胜于习见手造之墙垣，即以公忠体国之心为墙，言辞出众之能为垣也。彼自谓如许。其所以拱卫雅典者，非石非砖，诚乃实力之盛、陆海盟邦之众也。至乎手造之城濠，为功于国，亦不在小。顷雅典城雉多有隳损，遂命重修，甄择十人董作，部落各出一人，了了监工即可，经费悉自公帑。[2] 是演说家预事其中，而与别不同，于此工程不唯监工而已，并克竣工尽善，兼自献其财于国用。五百人议事会因彰其忠心、称其先见，赏以金冠，雅典于有功之人素不吝感谢。[3] 克忒西丰遂提议：宜授冠予德谟斯提尼若此，时当酒神庆典之际，地处酒神剧场之中，观礼者则聚于庆典之全体希腊人也，而传令官当众宣读，曰："国家授冠于派阿尼阿村人德谟斯提尼之子德谟斯提尼，以显其杰出之全德、忠国之丹心。"[4] 此实为全面之殊荣，竟缘此与议案一同遭受敌意，遂被控违宪。

---

[1] 提要底本皆根据 1822 年赖斯克编辑本（*Demosthenis Quae Supersunt*, Black, Young et Young），并参考 1903 年牛津古典文本布彻（S. H. Butcher）编校本（*Demosthenis Orationes:Tomus I*）翻译。
[2] 利巴纽斯（Libanius, 314?—392/393），古罗马修辞学家，有演说及书信传世。

埃斯基涅斯，德谟斯提尼之仇也，因诉克忒西丰以违宪，其论，首称德谟斯提尼尚未述职，犹待审查，而有成法，禁授冠冕于待审查之人。次称复有一法，明令雅典人民授冠，须在公民大会会场宣布授予；五百人议事会授予，则须在五百人议事会会场，他所不可行也。[5] 再称，溢美于德谟斯提尼之辞皆属诳言，此演说人之为政，岂有功于国乎？实贪墨祸国之元凶。埃斯基涅斯盖循此序告诉：先叙有关待审查者之法，次叙有关宣告方式之法，三叙政事。[6] 彼称，德谟斯提尼亦当依此序答复。此演说家竟首以政事开篇，复返此题，高乎技哉。择所强以开篇，深入而论，固所当然。其中又有论及各成法者。之于有关待审查者之法，以法意相驳；之于有关宣告方式之法，乃有言曰：该法另有一部之谓，若公民大会或五百人议事会议决，允于剧场发布宣告也。

《为奉使无状事》提要

利巴纽斯

[1] 埃斯基涅斯，雅典人也。父阿特洛墨托斯，母格劳柯忒娅，俱声名狼藉，是德谟斯提尼所言也。又谓，其父以授书为生，而其母于祭仪掌被除，且不称职。埃斯基涅斯初为俳优，后入吏途而为书手，盖下职也云。[2] 终跻身于演说人之列，为和谈事而使于腓力。初，雅典与腓力为安菲波利而争战，多不利，所得无几，乃听遣于腓力以讲和。使者计十人，埃斯基涅斯及德谟斯提尼与焉。腓力既允其议，众使因复往，以定盟誓。

[3] 缘此，德谟斯提尼乃诉埃斯基涅斯以三事：一曰菲罗克拉忒斯所主和议，丧权辱国，竟附从之；再曰稽违时日，致色雷斯形势无可收拾；三曰谎报情势于雅典人，致福基斯沦亡。复称："福基斯非亡于腓力之手，实尔等听信斯人，不加援手之咎也。"又言，埃斯基涅斯作此恶行，盖为赇谢贿礼之故。

[4] 厥论未必属实，殆有捕风捉影之嫌。或曰，二人仇雠，率由德谟斯提尼之友提马耳科斯而起，埃斯基涅斯尝使丧诸公民权，谓彼操行不堪，以容貌俊美，得入鸡贩庇特塔拉科斯处观斗鸡，彼此遂沦于下流矣。

人名专名索引

Adeimantus (II), Ἀδειμάντος, 阿得曼托斯, 德 19: 191

Aeacus, Αἰακὸς, 埃阿科斯, 德 18: 127

Aeantis (-), Αἰαντίς, 埃安提斯（雅典部落）, 德 18: 181

Aeschines (I), Αἰσχίνης, 埃斯基涅斯（雅典演说家）, 德 18: 3, 9, 11, 21, 29, 34, 41, 49, 52, 53, 54, 63, 66, 73, 76, 82, 83, 97, 112, 117, 120, 121, 124, 135, 137, 139, 143, 180, 191, 197, 198, 199, 208, 217, 222, 223, 238, 256, 257, 265, 270, 275, 280, 284, 285, 289, 290, 306, 309, 315, 318; 德 19: 2, 8, 9, 19, 46, 56, 73, 88, 91, 92, 93, 97, 98, 101, 102, 103, 111, 113, 119, 120, 121, 144, 145, 182, 191, 206, 211, 214, 219, 221, 225, 229, 233, 240, 243, 245, 247, 248, 255, 284, 285, 286, 291, 304, 313, 314, 325, 333

Aglaurus (-), Ἀγλαύρος, 阿格劳萝丝, 德 19: 303

Alexander II, Ἀλέξανδρος, 亚历山大（马其顿国王亚历山大二世）, 德 19: 195

Alexander III (Alexander the Great, Alexander), Ἀλέξανδρος, 亚历山大[马其顿国王亚历山大三世（大帝）], 德 18: 51, 52, 270, 296, 297

Amyntas (IV?), Ἀμύντας, 阿明塔斯, 德 18: 73, 74

Anaxinus (-), Ἀναξίνος, 阿那克西诺斯, 德 18: 137

Anemoetas (-), Ἀνεμοίτας, 阿涅摩伊塔斯, 德 18: 295

Antigone (I), Ἀντιγόνη, 安提戈涅, 德 19: 246, 247

Antipater (VI), Ἀντίπατρος, 安提帕特[马其顿显贵（后任摄政）], 德 19: 69

Antiphanes (-), Ἀντιφάνης, 安提法涅斯, 德 18: 187

Antiphon (V), Ἀντιφῶν, 安提丰, 德 18: 132

Apemantus (-), Ἀπημάντος, 阿珀曼托斯, 德 18: 75

Aphobetus (-), Ἀφόβητος, 阿福柏托斯（埃斯基涅斯之弟）, 德 19: 237, 285, 287

Apollophanes (-), Ἀπολλοφάνης, 阿波罗法涅斯, 德 19: 168

Apollophanes (--), Ἀπολλοφάνης, 阿波罗法涅斯, 德 19: 194, 195

Aristaechmus (-), Ἀρίσταιχμος, 阿里斯泰克摩斯, 德 18: 295

Aristodemus (VI), Ἀριστόδημος, 阿里斯托得摩斯, 德 18: 21; 德 19: 12, 18, 94, 246, 315

Aristolaus (-), Ἀριστόλεως, 阿里斯托勒俄斯, 德 18: 197

Aristonicus (-), Ἀριστονίκος, 阿里斯托尼科斯, 德 18: 83, 84, 223

Aristonicus (--), Ἀριστονίκος, 阿里斯托尼科斯, 德 18: 312

Aristophon (I), Ἀριστόφων, 阿里斯托丰（雅典演说家）, 德 18: 162, 219; 德 19: 297?

Aristophon (II), Ἀριστόφων, 阿里斯托丰, 德 18: 70, 75; 德 19: 291

Aristratus (-), Ἀρίστρατος, 阿里斯特剌托斯, 德 18: 48, 295

Aristratus (--), Ἀρίστρατος, 阿里斯特剌托斯, 德 18: 197

Arthmius (-), Ἄρθμιος, 阿耳特弥俄斯, 德 19: 271

Athena, Ἀθήνη, 雅典娜（智慧女神）, 德 18: 116; 德 19: 168（复合词）, 255, 272

Atrestidas (-), Ἀτρεστίδας, 阿特瑞斯提达斯, 德 19: 305, 306, 309

Atrometus, Ἀτρόμητος, 阿特洛墨托斯（埃斯基涅斯之父）, 德 18: 54, 130, 137; 德 19: 281

Batalus (=Demosthenes), Βάταλος, 巴塔罗斯（德谟斯提尼小名）, 德 18: 180

Bosporichus (-), Βοσπορίχος, 玻斯波里科斯, 德 18: 90

Bulagoras (-), Βουλαγόρας, 部拉戈剌斯, 德 18: 164

Callaeschrus (-), Καλλαίσχρος, 卡莱斯克洛斯, 德 18: 137

Callaeschrus (--), Καλλαίσχρος, 卡莱斯克洛斯, 德 18: 187

Callias (---), Καλλίας, 卡利阿斯, 德 18: 115, 116

Callias (----), Καλλίας, 卡利阿斯, 德 18: 135

Callias (II), Καλλίας, 卡利阿斯, 德 19: 273

Callisthenes (II?), Καλλισθένης, 卡利斯忒涅斯, 德 18: 37; 德 19: 86

Callistratus (III), Καλλίστρατος, 卡利斯特剌托斯（雅典演说家）, 德 18: 219; 德 19: 297

Cephalus (V), Κέφαλος, 刻法罗斯（雅典演说家）, 德 18: 219, 251

Cephisodotus (II), Κηφισοδότος, 刻菲索多托斯, 德 19: 180

Cephisophon (--), Κηφισοφῶν, 刻菲索丰, 德 18: 21, 29, 55, 75

Cephisophon (---), Κηφισοφῶν, 刻菲索丰, 德 18: 55

Cephisophon (----), Κηφισοφῶν, 刻菲索丰, 德 18: 75, 77

Cephisophon (-----), Κηφισοφῶν, 刻菲索丰, 德 19: 293

Cercidas (-), Κερκιδᾶς, 刻耳喀达斯, 德 18: 295

Cersobleptes, Κερσοβλέπτης, 刻耳索布勒普忒斯（色雷斯国王）, 德 19: 174, 181, 334

Chabrias (-), Χαβρίας, 卡布瑞阿斯, 德 19: 287

Chaerondas (-), Χαιρώνδας, 开戎达斯, 德 18: 54

Chaerondas (--), Χαιρώνδας, 开戎达斯, 德 18: 84

Chares (I), Χάρης, 卡瑞斯, 德 19: 332

Charidemus (I & II), Χαρίδημος, 卡里得摩斯［史密斯（William Smith）辞典认为埃 3: 77 中出现之人 (II) 非曾担任将领者 (I), 此处依英注以为系同一人］, 德 18: 114, 116

Cineas (I), Κινέας, 喀涅阿斯, 德 18: 295

Cleander (-), Κλέανδρος, 克勒安德洛斯, 德 18: 187

Cleinagoras (-), Κλειναγόρας, 克勒那戈洛斯, 德 18: 154, 155

Cleitarchus (I), Κλειτάρχος, 克勒塔耳科斯, 德 18: 71, 81, 82, 295

Cleon (-), Κλέων, 克勒翁, 德 18: 29, 55

Cleon (--), Κλέων, 克勒翁, 德 18: 55

Cleon (---), Κλέων, 克勒翁, 德 18: 75

Cleon (----), Κλέων, 克勒翁, 德 18: 135

Cleon (-----), Κλέων, 克勒翁, 德 18:

Cleotimus (-), Κλεότιμος, 克勒俄提摩斯, 德 18: 295

Conon (I), Κόνων, 科农, 德 19: 191

Cottyphus (-), Κόττυφος, 科特堤福斯, 德 18: 151, 155

Creon (II), Κρέων, 克瑞翁, 德 18: 180; 德 19: 247

Cresphontes, Κρησφόντης, 克瑞斯丰忒斯, 德 18: 180

Ctesiphon (I), Κτησιφῶν, 克忒西丰（提议授德谟斯提尼以冠冕之人）, 德 18: 5, 13, 16, 54, 57, 83, 118, 223, 250

Ctesiphon (II), Κτησιφῶν, 克忒西丰（出使马其顿之使团一员）, 德 19: 12, 18, 94, 315

Cyrebrio (-) (=Epicrates), Κυρηβίων, 麸皮先生（德谟斯提尼称呼埃斯基涅斯内兄弟厄庇克剌忒斯之外号）, 德 19: 287

Cyrsilus (I), Κυρσίλος, 库耳西罗斯, 德 18: 204

Damagetos (-), Δαμάγητος, 达马革托斯, 德 18: 90

Daochus (-), Δάοχος, 达俄科斯, 德 18: 295

Deinarchus (II?), Δείναρχος, 得那耳科斯, 德 18: 295

Demades, Δημάδης, 得马得斯, 德 18: 285

Demaretus (-), Δημάρετος, 得马瑞托斯, 德 18: 295

Demeter, Δημήτηρ, 得墨忒耳（地母神）, 德 19: 262

Democrates (I), Δημοκράτης, 得摩克剌忒斯, 德 18: 29, 187?

Democritus (-), Δημόκριτος, 得摩克里托斯, 德 18: 75, 77

Demomeles (--), Δημομέλης, 得摩墨勒斯, 德 18: 223

Demonicus (-), Δημόνικος, 得摩尼科斯, 德 18: 115

Demonicus (--), Δημόνικος, 得摩尼科斯, 德 18: 135

Demophon (-), Δημοφῶν, 得摩丰, 德 18: 75

Demosthenes (II), Δημοσθένης, 德谟斯提尼（雅典演说家）, 德 18: 29, 54, 55, 79, 84, 105, 118, 137, 181, 187, 197, 303; 德 19: 46, 80, 171, 188, 229, 242, 253, 254, 335

Demosthenes (III), Δημοσθένης, 德谟斯提尼（演说家德谟斯提尼之父）,

德 18: 29, 54, 105, 118, 181, 187

Dercylus (I), Δερκύλος, 得耳库罗斯（出使马其顿之使团一员），德 19: 60?, 125?, 175

Dion (-), Δίων, 狄翁, 德 18: 129

Diondas (-), Διώνδας, 狄翁达斯, 德 18: 222, 249

Dione, Διώνη, 狄俄涅, 德 19: 299

Dionysius (-), Διονύσιος, 狄俄倪西俄斯, 德 19: 180

Dionysus, Διονύσος, 酒神, 德 18: 54, 55, 115, 116, 118, 260

Diopeithes (II?), Διοπείθης, 狄俄珀忒斯, 德 18: 70

Diophantus (-), Διόφαντος, 狄俄丰托斯, 德 18: 137

Diophantus (II), Διόφαντος, 狄俄丰托斯, 德 19: 297

Diophantus (--), Διόφαντος, 狄俄丰托斯, 德 19: 86, 198?

Dioscuri, Διόσκουροι, 狄俄斯库里（双子神），德 19: 158

Diotimus (-), Διότιμος, 狄俄提摩斯, 德 18: 114, 116

Diotimus (--), Διότιμος, 狄俄提摩斯, 德 18: 187

Elpias (-), Ἐλπίας, 厄尔庇阿斯, 德 18: 129

Empusa (=Glaucothea), Ἔμπουσα, 恩浦萨（德谟斯提尼称呼埃斯基涅斯母之外号，原为神话之妖魔），德 18: 130

Epichares (-), Ἐπιχάρης, 厄庇卡勒斯, 德 18: 295

Epicrates (I), Ἐπικράτης, 厄庇克剌忒斯, 德 19: 277, 280

Epiphron (-), Ἐπίφρων, 厄庇佛戎, 德 18: 165

Erechtheis (-), Ἐρεχθηῖς, 厄瑞克忒伊斯（雅典部落），德 18: 164

Ergocles (-), Ἐργοκλῆς, 厄耳戈克勒斯, 德 19: 180

Ergophilus (-), Ἐργόφιλος, 厄耳戈菲罗斯, 德 19: 180

Etoenicus (-), Ἐτεονίκος, 厄忒俄尼科斯, 德 18: 37

Eubulus (-?), Εὔβουλος, 欧部罗斯（雅典政客），德 18: 21, 29, 70, 162; 德 19: 191?, 290, 304

Eubulus (--), Εὔβουλος, 欧部罗斯, 德 18: 73, 75

Eucampidas, Εὐκαμπίδας, 欧卡谟皮达斯, 德 18: 295

Eucleides (-), Εὐκλείδης, 欧克勒得斯,

德 19: 162

Eudicus, Εὔδικος, 欧狄科斯, 德 18: 48

Eunomus (-), Εὔνομος, 欧诺摩斯, 德 18: 165

Euripides (II), Εὐριπίδης, 欧里庇得斯（剧作家）, 德 19: 246

Eurybatus (-), Εὐρύβατος, 欧律巴托斯, 德 18: 24

Euthycles (-), Εὐθυκλῆς, 欧堤克勒斯, 德 18: 118

Euthycrates (-), Εὐθυκράτης, 欧堤克剌忒斯, 德 19: 265, 342

Euthydemos (-), Εὐθύδημος, 欧堤得摩斯, 德 18: 164

Euxitheus (-), Εὐξίθεος, 欧克西忒俄斯, 德 18: 295

Execestus (-), Ἐξήκεστος, 厄克塞刻斯托斯, 德 19: 124

Glaucothea (-), Γλαυκοθέα, 格劳科忒娅（埃斯基涅斯之母）, 德 18: 130, 284; 德 19: 281

Glaucus (--), Γλαῦκος, 格劳科斯, 德 18: 319

Harmodius (II), Ἁρμόδιος, 哈耳摩狄俄斯, 德 19: 280

Hegemon (-), Ἡγήμων, 赫革蒙, 德 18: 84

Hegemon (II), Ἡγήμων, 赫革蒙, 德 18: 285

Hegesilaus (-), Ἡγησίλαος, 赫革西拉俄斯, 德 19: 290

Hegesippus (I), Ἡγήσιππος, 赫革西波斯, 德 18: 75; 德 19: 72, 73, 74, 331

Helixus (-), Ἕλιξος, 赫利克索斯, 德 18: 295

Heracles (Hercules), Ἡρακλῆς, 赫拉克勒斯（传说中之英雄，大力神）, 德 18: 186, 294; 德 19: 86, 125, 308

Heropythus (-), Ἡροπύθος, 赫洛皮托斯, 德 18: 164, 165

Heros (-), Ἥρος, 赫洛斯（存疑，此处且作人名）, 德 18: 129; 德 19: 249

Hieronymus (II), Ἱερώνυμος, 希厄洛倪摩斯, 德 18: 295; 德 19: 11

Hipparchus (III), Ἵππαρχος, 希帕耳科斯, 德 18: 295

Hipponicus (-), Ἱππόνικος, 希波尼科斯, 德 19: 273

Hippothontis (-), Ἱπποθοντίς, 希波同提斯（雅典部落）, 德 18: 75, 105

Hyperides, Ὑπερείδης, 许佩里得斯

（雅典演说家），德 18: 134, 135, 223?; 德 19: 116

Hyperides (-), Ὑπερείδης, 许珀瑞得斯，德 18: 137

Hyperides (--), Ὑπερείδης, 许珀瑞得斯，德 18: 187

Iatrocles (-), Ἰατροκλῆς, 伊阿特洛克勒斯，德 19: 197, 198

Ischander (?), Ἴσχανδρος, 伊斯坎德洛斯，德 19: 10, 303

Lasthenes (I), Λασθένης, 拉斯忒涅斯，德 18: 48; 德 19: 265, 342

Leo (Leon) (VI), Λέων, 勒翁，德 19: 191

Leodamas (--), Λεωδάμας, 勒俄达马斯，德 18: 73, 77

Leontis (-), Λεωντίς, 勒翁提斯（雅典部落），德 18: 84

Leosthenes (-), Λεωσθένης, 勒俄斯忒涅斯，德 18: 54, 118

Melantus (-), Μελάντος, 墨兰托斯，德 18: 249

Miltiades (II), Μιλτιάδης, 弥尔提阿得斯［史密斯辞典认为埃 2: 172 中所提及者应单列一条 (III)，此处依英注认为即 (II) 中之人（马拉松之战中雅典军之将领）］，德 19: 303

Minos (I), Μίνως, 弥诺斯，德 18: 127

Mnaseas (II), Μνασέας, 谟那塞阿斯，德 18: 295

Mnesiphilus (-), Μνησίφιλος, 谟涅西菲罗斯，德 18: 29, 37

Mnesitheides (-), Μνησιθείδης, 谟涅西忒得斯，德 18: 155

Mnesitheides (--), Μνησιθείδης, 谟涅西忒得斯，德 18: 187

Mnesitheus (---), Μνησίθεος, 谟涅西忒俄斯，德 18: 73

Moerocles (-), Μοιροκλῆς, 摩伊洛克勒斯，德 19: 293

Molon (II?), Μόλων, 摩隆，德 19: 246

Myrtis (-), Μύρτις, 密耳提斯，德 18: 295

Nausicles, Ναυσικλῆς, 瑙西克勒斯，德 18: 181

Nearchus (-), Νέαρχος, 涅阿耳科斯，德 18: 165

Neocles (-), Νεοκλῆς, 涅俄克勒斯，德 18: 73, 75

Neon (II), Νέων, 涅翁，德 18: 295

Neoptolemus (-), Νεοπτόλεμος, 涅俄普托勒摩斯，德 18: 114

Neoptolemus (IX), Νεοπτόλεμος, 涅俄普托勒摩斯, 德 19: 12, 315

Neoptolemus (IX?), Νεοπτόλεμος, 涅俄普托勒摩斯, 德 19: 10

Niceratus (-), Νικηράτος, 尼刻剌托斯, 德 19: 290

Nicias (--), Νικίας, 尼喀阿斯, 德 18: 137

Nicias (---), Νικίας, 尼喀阿斯, 德 19: 287

Nicomachus (-), Νικόμαχος, 尼科马科斯, 德 18: 137

Oedipus, Οἰδίπους, 俄狄浦斯, 德 18: 186

Oeneis (-), Οἰνηίς, 俄涅伊斯（雅典部落）, 德 18: 118

Oenomaus (I), Οἰνομάος, 俄诺马俄斯, 德 18: 180, 242

Onomarchus, Ὀνόμαρχος, 俄诺马耳科斯, 德 19: 319

Ozolae (-), Ὀζόλαι, 俄左莱（罗克里斯部落）, 德 18: 157

Pallas (IX) (=Athena), Παλλάς, 帕拉斯（雅典娜别名）, 德 19: 255

Pandionis (-), Πανδιονίς, 潘狄翁尼斯（雅典部落，德谟斯提尼所属部落）, 德 18: 29

Parmenion (I) (Parmenio), Παρμενίων, 帕曼纽, 德 19: 69, 163

Patrocles (-), Πατροκλῆς, 帕特洛克勒斯, 德 18: 105

Perillos (Perilas; Perilaus) (II), Πέριλλος, 珀里拉俄斯（德 18 牛津本［2002 年版］作 Πέριλας；德 19 牛津本［1903 年版］作 Πέριλλος, 牛津本［2005 年版］作 Περιλάος）, 德 18: 48, 295; 德 19: 295

Phaedimus (II), Φαίδιμος, 法伊狄摩斯, 德 19: 196

Philammon (-), Φιλάμμων, 菲拉谟蒙, 德 18: 319

Philiades, Φιλιάσης, 菲利阿得斯, 德 18: 295

Philippus II (Philip), Φίλιππος, 腓力（马其顿国王腓力二世）, 德 18: 19, 20, 23, 24, 25, 26, 27, 29, 30, 31, 32, 33, 35, 36, 39, 42, 43, 48, 51, 52, 60, 63, 65, 66, 67, 73, 75, 76, 77, 81, 87, 90, 92, 93, 109, 132, 136, 137, 139, 143, 144, 145, 151, 155, 156, 157, 161, 163, 164, 165, 166, 167, 168, 172, 174, 176, 177, 181, 184, 185, 193, 195, 200, 201, 211, 213,

215, 218, 221, 222, 228, 229, 231, 235, 240, 244, 245, 247, 282, 283, 284, 294, 295, 296, 297, 300; 德 19: 8, 9, 10, 11, 12, 20, 21, 22, 27, 30, 34, 35, 36, 38, 44, 47, 48, 51, 53, 54, 56, 58, 60, 61, 62, 63, 64, 67, 68, 74, 76, 77, 81, 82, 83, 85, 87, 89, 92, 102, 103, 109, 111, 113, 116, 118, 123, 128, 130, 132, 133, 134, 135, 138, 139, 143, 144, 148, 149, 150, 154, 155, 156, 158, 159, 160, 161, 162, 163, 164, 165, 166, 168, 169, 170, 174, 175, 179, 180, 181, 187, 192, 193, 195, 204, 214, 216, 219, 220, 222, 225, 226, 229, 230, 233, 235, 248, 254, 259, 260, 261, 266, 267, 278, 286, 287, 288, 289, 292, 295, 299, 300, 302, 303, 304, 305, 306, 307, 308, 310, 314, 315, 321, 322, 324, 326, 330, 331, 333, 334, 335, 338, 341, 343

Philistides (-), Φιλιστίδης, 菲利斯提得斯, 德 18: 71, 81, 82

Philochares (-), Φιλοχάρης, 菲罗卡瑞斯（埃斯基涅斯之兄）, 德 19: 237

Philocrates (-), Φιλοκράτης, 菲罗克拉忒斯, 德 18: 249

Philocrates (III), Φιλοκράτης, 菲罗克拉忒斯（雅典政客）, 德 18: 17, 21, 75; 德 19: 8, 13, 14, 15, 23, 46, 47, 49, 53, 94, 97, 113, 114, 115, 116, 117, 119, 144, 145, 150, 159, 161, 171, 174, 178, 189, 206, 229, 236, 245, 253, 291, 309, 316, 333

Philon (-) (Philo), Φίλων, 菲隆（埃斯基涅斯内兄弟）, 德 18: 312

Philon (--) (Philo), Φίλων, 菲隆, 德 18: 115

Philon (---) (Philo), Φίλων, 菲隆, 德 19: 140

Philonicus (-), Φιλόνικος, 菲罗倪科斯, 德 19: 291

Phoenix (II), Φοῖνιξ, 福伊尼克斯, 德 19: 246

Phormion (-), Φορμίων, 福耳弥翁, 德 18: 129

Phrynon (-), Φρύνων, 佛律农, 德 19: 189, 197, 229, 230

Pittalacus (-), Πιττάλακος, 庇特塔拉科斯, 德 19: 245

Polycles (-), Πολυκλῆς, 波吕克勒斯, 德 18: 105

Polycrates (-), Πολυκράτης, 波吕克剌

忒斯，德 18: 165

Polycritus (-)，Πολύκριτος，波吕克里托斯，德 18: 75, 77

Proxenus (-)，Προξένος，普洛克塞诺斯，德 19: 50, 52, 73, 74, 154, 155

Pteodorus (-)，Πτοιόδωρος，普托伊俄多洛斯，德 18: 295; 德 19: 295

Pythocles (I)，Πυθοκλῆς，皮托克勒斯，德 18: 285; 德 19: 225, 314

Pythodorus (-)，Πυθοδώρος，皮托多洛斯，德 19: 225

Python (VIII)，Πύθων，皮同，德 18: 136

Pythonax (-)，Πυθώναξ，皮托那克斯，德 19: 271

Rhadamanthus，Ῥαδάμανθυς，剌达曼堤斯，德 18: 127

Satyrus (XIII)，Σάτυρος，萨堤洛斯（喜剧演员），德 19: 193, 196

Simus (-)，Σῖμος，西摩斯，德 18: 48

Simus (--)，Σῖμος，西摩斯，德 18: 164

Simylus (II)，Σιμύλος，西穆罗斯（此人名在德 18 诸抄本中有不同写法，正文按牛津本写法作"西穆克卡斯"，此处采用史密斯辞典写法），德 18: 262

Smicythus (-)，Σμικύθος，斯弥库托斯，德 19: 191

Socrates (X)，Σωκράτης，苏格拉底，德 18: 262

Solon (I)，Σόλων，梭伦（雅典立法者），德 18: 6; 德 19: 251, 252, 253, 255, 256

Sophilus (-)，Σωφίλος，索菲罗斯，德 18: 187

Sophocles (I)，Σοφοκλῆς，索福克勒斯（悲剧作家），德 19: 246, 247, 248

Sosicles (-)，Σωσικλῆς，索西克勒斯，德 18: 249

Sosinomus (-)，Σωσινόμος，索西诺摩斯，德 18: 165

Sosistratus (-)，Σωσίστρατος，索西斯特剌托斯，德 18: 295

Teledamus (-)，Τελέδαμος，忒勒达摩斯，德 18: 295

Teledemus (-)，Τελέδημος，忒勒得摩斯，德 18: 137

Tharrex (-)，Θάρρηξ，塔瑞克斯，德 19: 191

Themison (II)，Θεμίσων，忒弥宋（厄瑞特里亚僭主），德 18: 99

Themistocles，Θεμιστοκλῆς，地米斯托克利（雅典政治家），德 18: 204; 德 19: 303

Theocrines, Θεοκρίνης, 忒俄克里涅斯, 德 18: 313

Theodorus (-), Θεοδώρος, 忒俄多洛斯, 德 18: 99

Theodorus (--), Θεοδώρος, 忒俄多洛斯, 德 19: 246

Theogeiton (-), Θεογείτων, 忒俄革同, 德 18: 295

Theseus (I), Θησεύς, 忒修斯（著名英雄）, 德 18: 129

Thrason (--), Θράσων, 特剌宋, 德 18: 137

Thrasybulus (-), Θρασύβουλος, 特剌绪部罗斯, 德 18: 219

Thrasybulus (III), Θρασυβούλος, 色雷西布洛斯, 德 19: 280

Thrasybulus (IV), Θρασυβούλος, 色雷西布洛斯, 德 19: 280, 290?

Thrasydaus (-), Θρασύδαος, 特剌绪达俄斯, 德 18: 295

Thrasylochus (-), Θρασύλοχος, 特剌绪罗科斯, 德 18: 295

Thyestes, Θυέστης, 堤厄斯忒斯, 德 19: 337

Timagoras (III), Τιμαγόρας, 提马戈剌斯, 德 19: 31, 137, 191

Timarchus (II), Τίμαρχος, 提马耳科斯（雅典政客）, 德 19: 241, 244, 251, 283, 285

Timolaus (II), Τιμόλαος, 提摩劳斯, 德 18: 48, 295

Timomacus (I), Τιμόμαχος, 提摩马科斯, 德 19: 180

Triballi, Τριβαλλοί, 特里巴利（色雷斯部落）, 德 18: 44

Tromes (=Atrometus), Τρόμης, 特洛墨斯（德谟斯提尼对埃斯基涅斯父亲之称呼）, 德 18: 129, 130

Xenocleides (-), Ξενοκλείδης, 克塞诺克勒得斯, 德 19: 331

Xenophron (-), Ξενόφρων, 克塞诺佛戎, 德 19: 196

Zeno (-), Ζήνων, 仄农, 德 18: 135

Zeus (I), Ζεύς, 宙斯（众神之王）, 德 18: 101, 117, 129, 199, 201, 251, 253, 256, 261, 285, 289, 307; 德 19: 16, 19, 45, 46, 52, 78, 113, 141, 149, 158, 188, 212, 215, 222, 235, 247, 255, 272, 285, 299

地名索引

Abydus, Ἄβυδος, 阿彼多斯, 德 18: 302

Achaia, Ἀχαΐα, 亚该亚, 德 18: 237

Aegina, Αἴγινα, 埃癸那, 德 18: 96

Aegyptus (Egypt), Αἴγυπτος, 埃及, 德 19: 287

Alopece, Ἀλωπεκή, 阿罗珀刻（阿提卡村社）, 德 18: 164

Alopeconnesus, Ἀλωπεκόννησος, 阿罗珀孔涅索斯, 德 18: 92

Ambracia, Ἀμβρακία, 安布剌喀亚, 德 18: 244

Amphictyons (-), Ἀμφικτύονες, 德尔斐周边城邦议事会；周边城邦议事会；议事会（提及各国派往该会之代表时或将该会全名译出，但不入索引）, 德 18: 135, 143, 147, 149, 151, 154, 155, 156, 158, 322; 德 19: 20, 49, 50, 63, 111, 132, 181, 288, 327

Amphipolis, Ἀμφίπολις, 安菲波利, 德 18: 69; 德 19: 22, 137, 220, 253, 326

Amphissa, Ἄμφισσα, 阿姆菲萨, 德 18: 140, 150, 151, 154, 155, 157, 163

Anagyrus, Ἀναγυροῦς, 阿纳古儒斯（阿提卡村社）, 德 18: 75, 164

Anaphlystus, Ἀνάφλυστος, 阿纳佛吕斯托斯（阿提卡村社）, 德 18: 29, 54, 75, 118, 165

Aphidna, Ἄφιδνα, 阿菲德那（阿提卡村社）, 德 18: 38

Arcadia (II), Ἀρκαδία, 阿耳卡狄亚, 德 18: 64, 155, 295, 304; 德 19: 10, 11, 198, 261, 288, 303, 305, 306, 310

Areopagus (-), Ἄρειος Πάγος, 战神山（雅典一议事机构所在地）, 德 18: 132, 133

Argos, Ἄργος, 阿尔戈斯, 德 18: 64, 295; 德 19: 262

Artemisium, Ἀρτεμίσιον, 阿耳忒弥西翁, 德 18: 208

Attica, Ἀττική, 阿提卡, 德 18: 71, 96, 139, 141, 143, 146, 164, 165,

176, 195, 213, 230, 241, 300, 301; 德 19: 83, 87, 153, 220, 334

Boeotia, Βοιωτία, 彼奥提亚, 德 18: 41, 96, 166, 213, 230, 301; 德 19: 20, 74, 127, 318

Bosporus (II) (Bosporus Thracius), Βόσπορος, 博斯普鲁斯（特指 Βόσπορος Θράκιος, 即今博斯普 鲁斯海峡）, 德 18: 91

Byzantium, Βυζάντιον, 拜占庭, 德 18: 71, 80, 87, 88, 89, 90, 91, 93, 95, 136, 230, 238, 240, 241, 244, 302

Cardia, Καρδία, 卡耳狄亚, 德 19: 174

Carystus (-), Κάρυστος, 卡律斯托斯, 德 18: 319

Ceos, Κέως, 刻俄斯（爱琴海岛屿）, 德 18: 96

Chalcidice (I), Χαλκιδική, 卡尔喀狄 刻, 德 19: 263, 266

Chalcis (II), Χαλκίς, 卡尔喀斯（优 卑亚岛上最大城市）, 德 19: 60, 125

Chelidoniae Insulae, Χελιδόνιαι, 刻利 多尼亚, 德 19: 273

Chersonesus Thracica (Chersonese), Χερσόνησος, 半岛地区（加里波 利半岛）, 德 18: 80, 92, 93, 139, 302; 德 19: 78, 79

Chios, Χίος, 希俄斯（爱琴海岛屿）, 德 18: 234

Cirrha, Κίρρα, 基拉, 德 18: 149, 152

Collytus, Κολλυτός, 科吕托斯（阿提 卡村社）, 德 18: 75, 180

Coprus (-), Κόπρος, 科普洛斯（阿提 卡村社）, 德 18: 73

Corcyra, Κέρκυρα, 科库拉（伊奥尼 亚海岛屿）, 德 18: 234, 237

Corinthus (Corinth), Κόρινθος, 科林 斯, 德 18: 96, 157, 237, 295

Coroneia (I), Κορώνεια, 科洛涅亚, 德 19: 112, 141, 148, 325, 334

Corseia (Corsia), Κορσεία, 科耳塞亚, 德 19: 141

Cothocidae (-), Κοθωκίδαι, 科托喀代 （阿提卡村社, 埃斯基涅斯籍 贯所在）, 德 18: 29, 54, 55, 75, 137, 180, 187

Cyaneae Insulae, Κυανέαι, 青岩, 德 19: 273

Deceleia, Δεκέλεια, 得刻勒亚, 德 18: 96

Delos, Δῆλος, 提洛（爱琴海岛屿）, 德 18: 134

Delphi, Δελφοί, 德尔斐, 德 18: 157;

德 19: 65

Dodona, Δωδώνη, 多多纳（宙斯神谕所在地），德 18: 253

Dolopia, Δολοπία, 多罗庇亚，德 18: 63

Doriscus, Δορίσκος, 多里斯科斯，德 18: 70; 德 19: 156, 334

Drymus (II), Δρυμός, 德律摩斯，德 19: 326

Elaeus (II), Ἐλαιοῦς, 厄莱乌斯，德 18: 92

Elateia (I), Ἐλάτεια, 厄拉忒亚，德 18: 143, 152, 168, 169, 174, 175, 177

Eleusis, Ἐλευσίς, 厄琉息斯（阿提卡村社），德 18: 38, 177, 184

Elis, Ἦλις, 埃利斯，德 18: 295; 德 19: 260, 294

Eretria, Ἐρέτρια, 厄瑞特里亚（优卑亚岛上城市），德 18: 71, 79, 81

Ergisca (-), Ἐργίσκη, 厄耳癸斯刻，德 18: 27

Euboea, Εὔβοια, 优卑亚（爱琴海岛屿），德 18: 71, 79, 87, 95, 96, 99, 230, 234, 237, 238, 240, 241, 295, 301, 302; 德 19: 22, 75, 83, 102, 204, 219, 220, 326, 334

Geraestus, Γεραιστός, 革赖斯托斯，德 19: 326

Hagnus, Ἀγνούς, 哈格努斯（阿提卡村社），德 18: 21

Haliartus, Ἁλίαρτος, 哈利阿耳托斯，德 18: 96

Halonnesus, Ἁλόννησος, 哈隆涅索斯（爱琴海岛屿），德 18: 69

Halus (I), Ἅλος, 哈罗斯，德 19: 36, 39, 159, 163, 174, 334

Hedylium, Ἡδυλείον, 赫底勒翁，德 19: 148

Hellas (Greece), Ἑλλάς, 希腊，德 18: 20, 22, 23, 24, 41, 43, 44, 54, 59, 61, 62, 63, 64, 65, 66, 71, 72, 84, 91, 99, 100, 109, 143, 155, 156, 158, 181, 182, 183, 184, 185, 187, 194, 198, 202, 232, 238, 241, 253, 254, 257, 270, 287, 289, 292, 293, 296, 297, 304, 323; 德 19: 10, 11, 16, 64, 66, 133, 244, 253, 259, 268, 271, 272, 288, 302, 303, 304, 306, 307, 308, 309, 311, 312, 317, 319, 343

Hellespontus (Hellespont), Ἑλλήσποντος, 赫勒斯滂（达达尼尔海峡），德 18: 30, 71, 73, 77, 88, 93, 230, 241; 德 19: 150, 162, 180

Hieron Oros (-), Ἱερὸν Ὄρος, 圣山，德

19: 156, 334

Illyria (Illyricum), Ἰλλυρικόν, 伊利里亚, 德 18: 44, 244

Imbros, Ἴμβρος, 因布洛斯（爱琴海岛屿）, 德 18: 115

Isthmus, Ἰσθμός, 地峡（科林斯地峡）, 德 18: 91

Lacedaemon (II), Λακεδαίμων, 拉栖代梦, 德 18: 18, 96, 98, 202; 德 19: 50, 72, 73, 74, 75, 76, 77, 264

Larissa (I), Λάρισσα, 拉里萨, 德 18: 48; 德 19: 163

Lemnos, Λῆμνος, 勒姆诺斯（爱琴海岛屿）, 德 18: 77

Leucas (II), Λευκάς, 琉卡斯（伊奥尼亚海岛屿）, 德 18: 237

Leuctra (I), Λεῦκτρα, 留克特拉（前371年著名战役战场）, 德 18: 18, 98

Locris, Λοκρίς, 罗克里斯, 德 18: 140, 150, 151, 152, 157; 德 19: 62

Macedonia (Macedon), Μακεδονία, 马其顿, 德 18: 30, 32, 39, 73, 77, 90, 155, 157, 166, 167, 181; 德 19: 155, 196, 260, 265, 286, 307, 311, 327

Madytus, Μαδυτός, 马底托斯, 德 18: 92

Marathon, Μαραθών, 马拉松, 德 18: 135, 208; 德 19: 311, 312

Megalopolis (I), Μεγάλη Πόλις, 麦加罗波利斯, 德 19: 11

Megara (II), Μέγαρα, 麦加拉, 德 18: 48, 96, 234, 237, 295; 德 19: 87, 204, 294, 295, 326, 335

Messene, Μεσσήνη, 美塞尼, 德 18: 64

Metroon (-), Μητρῷον, 神母殿（雅典档案馆所在地）, 德 19: 129

Munychia (Munichia), Μουνιχία, 穆尼喀亚, 德 18: 107

Myrtium (Myrtenum), Μυρτηνόν, 密耳忒农, 德 18: 27

Mysia, Μυσία, 密西亚, 德 18: 72

Naxos (III), Νάξος, 纳克索斯（爱琴海岛屿）, 德 18: 197

Nemea, Νεμέα, 涅美亚, 德 18: 91

Neon, Νέων, 涅翁, 德 19: 148

Olympia, Ὀλυμπία, 奥林匹亚（著名赛会所在地）, 德 18: 91, 319; 德 19: 192（马其顿举行的同名赛会）

Olynthus, Ὄλυνθος, 俄林托斯, 德 18: 48; 德 19: 146, 192, 194, 196, 197, 263, 267, 294, 306, 309

Orchomenus, Ὀρχομενός, 俄耳科墨诺

斯，德19: 112, 141, 148, 325, 334

Oreus, Ὠρεός, 俄瑞俄斯（优卑亚岛上城市），德18: 71, 79, 81; 德19: 155, 163

Oropus, Ὠρωπός, 俄洛波斯，德18: 99; 德19: 22, 220, 326

Paeania, Παιανία, 派阿尼亚（阿提卡村社，德谟斯提尼籍贯所在），德18: 29, 54, 84, 105, 118, 180, 181, 187

Pagasae, Παγασαί, 帕伽赛，德19: 163

Panactus (-), Πανάκτος, 帕那克托斯（史密斯辞典认为当作Πανάκτον），德19: 326

Pella (I), Πέλλα, 佩拉（马其顿首都），德18: 68; 德19: 155, 166, 169

Peloponnesus (Peloponnese), Πελοπόννησος, 伯罗奔尼撒，德18: 18, 79, 156, 157, 186, 218, 301; 德19: 83, 260, 261, 303, 304, 311

Peparethus, Πεπάρηθος, 珀帕瑞托斯（爱琴海岛屿），德18: 70

Perinthus, Πέρινθος, 珀任托斯，德18: 89, 90, 91

Persis (Persia), Περσίς, 波斯（βασιλεύς 一词单独出现时，译为"波斯国王"，但不入索引），德18: 202; 德19: 137

Phalerum, Φάληρον, 法勒戎（阿提卡村社），德18: 37, 135

Pharsalus, Φάρσαλος, 法萨卢斯，德19: 36

Pherai, Φέραι, 斐赖，德19: 158, 175, 320

Phlya, Φλύα, 佛吕亚（阿提卡村社），德18: 29, 105, 115, 135, 187

Phocis, Φωκίς, 福基斯，德18: 18, 32, 33, 35, 36, 39, 41, 42, 142, 157; 德19: 18, 21, 29, 30, 37, 43, 44, 47, 49, 51, 53, 56, 57, 58, 59, 60, 61, 62, 63, 64, 72, 73, 74, 75, 76, 77, 78, 80, 81, 82, 83, 96, 102, 112, 123, 125, 127, 128, 130, 141, 148, 152, 153, 159, 174, 178, 179, 204, 220, 248, 278, 317, 318, 319, 321, 322, 324, 325, 326, 334, 335

Phrearrhii (-), Φρεάρριοι, 弗瑞阿里俄伊（阿提卡村社），德18: 84, 115, 116, 129, 187

Phyle, Φυλή, 费莱（阿提卡境内要塞），德18: 38, 164; 德19: 280

Piraeeus, Πειραιεύς, 庇里尤斯（雅典港口），德 18: 37, 132, 301; 德 19: 60, 125, 209, 277, 280, 291

Plataea, Πλάταια, 普拉泰亚, 德 18: 208; 德 19: 21, 42, 112, 325

Pnyx (-), Πνύξ, 普倪克斯（雅典公民大会会场所在地），德 18: 55

Porthmus, Πόρθμος, 波耳特摩斯, 德 18: 71; 德 19: 87

Potidaea, Ποτείδαια, 波忒代亚, 德 18: 69

Proconnesus, Προκύννησος, 普洛铿涅索斯（马尔马拉岛），德 18: 302

Prytaneum (-), Πρυτανεῖον, 市政厅, 德 19: 31, 32, 234

Pydna, Πύδνα, 皮德那, 德 18: 69; 德 19: 194

Pylae, Πύλαι, 温泉关；关口；关, 德 18: 32, 147（复合词）, 151（复合词）, 154（复合词）, 155（复合词）, 304; 德 19: 18, 34, 58, 78, 83, 96, 152, 153, 180, 204, 318（包括复合词）, 322, 334

Pytho (=Delphi), Πύθια, 普提亚（德尔斐神谕所），德 18: 91, 141; 德 19: 128

Red Sea (-), Ἐρυθρή θάλασσα, 红海, 德 19: 304

Rhamnus, Ῥαμνοῦς, 剌谟努斯（阿提卡村社），德 18: 29, 38, 55

Rhodus (Rhodes), Ῥόδος, 罗得（爱琴海岛屿），德 18: 234

Salamis (II), Σαλαμίς, 萨拉米斯（阿提卡附近岛屿），德 18: 116, 208; 德 19: 251, 252, 311, 312

Selymbria, Σηλυβρίη, 塞林布里亚, 德 18: 77, 78

Serrheum (Serrhium), Σέρριον, 塞里翁, 德 18: 27, 70

Sestus, Σηστός, 塞斯托斯, 德 18: 92

Sicyon, Σικυών, 锡库翁, 德 18: 48, 295

Sphettus, Σφήττος, 斯斐特托斯（阿提卡村社），德 18: 187

Sunium, Σούνιον, 苏尼翁（阿提卡村社），德 18: 38, 135

Tanagra, Τάναγρα, 塔那格拉, 德 18: 96

Tenedos (I), Τένεδος, 忒涅多斯, 德 18: 302

Thasos, Θάσος, 塔索斯（爱琴海岛屿），德 18: 197

Thebae (II) (Thebes), Θῆβαι, 忒拜,

德 18: 18, 19, 35, 36, 40, 41, 43, 48, 96, 98, 99, 145, 146, 147, 148, 153, 156, 161, 162, 163, 165, 166, 167, 168, 174, 175, 176, 177, 178, 179, 184, 185, 186, 187, 188, 195, 202, 211, 213, 214, 215, 218, 229, 234, 237, 238, 240, 241, 244, 295; 德 19: 20, 21, 35, 39, 42, 47, 50, 53, 60, 62, 65, 74, 77, 81, 83, 84, 85, 112, 127, 128, 130, 135, 138, 139, 140, 141, 142, 148, 149, 204, 219, 220, 318, 320, 321, 325, 335

Thespiae, Θεσπιαί, 忒斯庇埃, 德 19: 21, 37, 42, 102, 112, 325

Thessalia (Thessaly), Θεσσαλία, 帖撒利, 德 18: 36, 40, 43, 48, 63, 64, 145, 146, 147, 148, 151, 166, 211, 244, 295, 304; 德 19: 50, 62, 111, 198, 260, 318, 320, 321

Tholos (-), Θόλος, 穹顶屋（雅典市政厅建筑）, 德 19: 249, 314

Thracia (I) (Thrace), Θρακία, 色雷斯, 德 18: 27, 30, 32, 87, 244; 德 19: 156, 161, 179, 180, 219

Tilphossium(Tilphossaeum), Τιλφωσαῖον, 提尔佛赛翁, 德 19: 141, 148

Troas (Troy), Τροία, 特洛伊, 德 19: 337

Zeleia, Ζέλεια, 仄勒亚, 德 19: 271